BASTEI
LÜBBE
TASCHENBUCH

Weitere Titel des Autors:

Das Gummistiefelgefühl
Und immer war's die Frau fürs Leben
Minutenwissen für den Mann von Welt

Titel in der Regel auch als E-Book erhältlich

Über den Autor:

Harald Braun lebt als Autor von Sachbüchern und Romanen auf dem schleswig-holsteinschen Land. Bis 2008 arbeitete er hauptsächlich für Hochglanz-Magazine, u. a. als Stellvertretender Chefredakteur von *Allegra* und Freier Textchef von *Park Avenue*. Seinen Versuch, als überzeugter Städter ein glückliches Landei zu werden, verarbeitete er in *Das Gummistiefel-Gefühl*, das 2011 als Sachbuch erschien.

Harald Braun

SCHEUNEN-HERZEN

Roman

BASTEI LÜBBE TASCHENBUCH

BASTEI LÜBBE TASCHENBUCH
Band 16 880

1. Auflage: September 2014

Dieser Titel ist auch als E-Book erschienen

MIX
Papier aus verantwortungsvollen Quellen
FSC® C014496

Originalausgabe

Textredaktion: Bettina Steinhage
Titelillustration: © missbehavior.de
Umschlaggestaltung:
Pauline Schimmelpenninck Büro für Gestaltung, Berlin
Satz: Urban SatzKonzept, Düsseldorf
Gesetzt aus der Adobe Garamond
Druck und Verarbeitung: GGP Media GmbH, Pößneck
Printed in Germany
ISBN 978-3-404-16880-4

Für Sabine,
die Wert darauf legt, nicht Anna zu sein.
Damit hab ich kein Problem.
Solange sie bei mir in Haasenbüttel bleibt,
kann sie sich nennen, wie sie will.
Und natürlich für das Paulchen,
dem wir beide traurig hinterherwinken.

Prolog

Der Anruf Langkamps erreichte mich zu einem ungünstigen Zeitpunkt. Ich saß auf der Veranda unseres Gartenhauses in der Frühlingssonne, nippte am Grünen Veltliner und machte meine Freunde reich. Ich schwankte noch. 500 000 für jeden? Oder reichten auch 250 000, um ihnen ein sorgloses Leben zu ermöglichen? Und wie war das übliche Protokoll bei Paaren? Schenkte man denen das Geld *zusammen?* Eine Menge Fragen. Wohltäter zu werden hatte ich mir einfacher vorgestellt. Ich musste mir was überlegen, wenn ich die Millionen gewinnen sollte, die jetzt schon seit Wochen im Jackpot der *Glückslotterie* festhingen.

»Stift, du alte Hüpfburg, alles im Lack?«

»Langkamp!? Was verschafft mir die Ehre?«

Von Langkamp hatte ich schon eine Ewigkeit nichts mehr gehört. Ich hatte ihn nicht vermisst. Langkamp gehört zu den Gestalten, die Männer wie Flavio Briatore oder Dieter Bohlen verehrten. Doppelkinn, offenes Hemd, Dreitagebart, gegeltes, zurückgekämmtes Haar, mindestens ein Kettchen. Und immer zu laut. Auf Langkamp zu treffen hatte was von einem Kirmesbesuch. Danach brummte einem der Schädel. Eine Zeit lang hatten wir zusammen für ein Klatschblatt gearbeitet. Was heißt zusammen ... *Nacheinander* trifft es besser. Damals zog Langkamp Nacht für Nacht in München um die Häuser und ging allen bayrischen Prominenten auf die Nerven. Meine Aufgabe bestand darin, am nächsten Morgen Langkamps blasse Erinnerungen zu entwirren und daraus einen Text zu stricken, den man drucken konnte, ohne aus dem Journalistenverband ausgeschlossen oder vor Gericht zitiert zu werden. Zwischen 14 und 15 Uhr erschien Langkamp in der Redaktion. Das war sein Zeitfenster zwischen »gerade wieder nüchtern« und »langsam mal vorglühen«. Bis zum Redaktionsschluss blieben mir noch zwei Stunden für *meinen* Job. Für Langkamp war ich eine Bratwurst, an guten Tagen sein »Stift« – nur auf der Welt, um seine am Tresen aufgelesenen Klatschjuwelen zu polieren.

»Wie lange haben wir uns nicht gesehen?«, rief er jovial ins Telefon. »Neun, zehn Jahre?«

»Kommt hin«, antwortete ich, schwieg aber ansonsten.

»Das waren wilde Zeiten, was?«, setzte Langkamp nach. »Wir zwei Kapeiken in der Weltstadt mit Herz!« *Höhöhö*. Langkamp gurgelte seinen Worten ein Lachen hinterher, das klang wie eine schlecht ausgesteuerte Sirene. Definitiv Tinnitus-Material. Ich wusste sofort wieder, warum ich den Job in München gekündigt hatte, obwohl die Bezahlung stimmte.

»Ja, eine *tolle* Zeit ...« Ich verdrehte die Augen. Zum Glück skypten wir nicht. Auch wenn ich schon gern gewusst hätte, ob Langkamp sich noch weiter ausgedehnt hatte. Schon in München ging er beim Fasching als Bulle von Tölz.

»Und jetzt machst du also auf Landjunker und nennst dich Alvy? Das ist mal eine Karriere, Kleiner, wieso hat man dich denn ausgewildert?«

Keine Ahnung, woher er das hatte. Und meine Telefonnummer. Selbst meinen Spitznamen kannte er offenbar. Falsch war allerdings, dass *ich* mich so nannte – alle *anderen* taten es. Lange Geschichte. Später.

»Stimmt Langkamp, ich bin vor ein paar Jahren ins Grüne gezogen. Falls du nicht weißt, was das ist: Kornfelder, eine Menge Nutzvieh und immer ein brennender Grill im Garten ...«

»Ja, hab ich schon mal im Kino gesehen«, antwortete er, »in Haasenbüttel, da ist die Welt noch in Ordnung!«

Langkamp hatte offenbar seine Hausaufgaben gemacht.

»Respekt, Recherche ist doch sonst nicht deine Stärke?«

»Unterschätz mich nicht, Alvy, ich hab' mich entwickelt!«

Wieder die Tinnitus-Sirene. Offenbar hatte Langkamp die letzten 10 Jahre damit zugebracht, so zu bleiben, wie er war: überwiegend peinlich. Im Nachtleben konnte das nicht schaden. Was aber wollte er jetzt von mir?

»Wie laufen die Geschäfte?«, erkundigte er sich. »Bist du schon Chefredakteur vom ›Landpimpf‹? Oder wie heißt das örtliche Käseblatt bei euch?«

»Treffer, Langkamp, genauso heißt es. Und nein, ich bin da noch nicht Chefredakteur, aber das steht ganz weit oben auf meiner Agenda ...«

Langkamp schwieg für seine Verhältnisse eine Spur zu lange. Dann salbte er im Tonfall eines Studienrats:

»Hab gehört, du pfeifst seit Monaten aus dem letzten Loch, Stift, so finanztechnisch.«

»Ach. *Das* hast du gehört?« Das sollte belustigt klingen, hatte aber bereits einen beleidigten Unterton. Wer ließ sich schon gern unterstellen, am Steuer der Titanic zu stehen.

»Man munkelt, dass du da draußen auf deiner Scholle langsam zu einem wunderlichen Hotzenplotz wirst, der den ganzen Tag mit seiner Töle übers Land wandert und nur noch sporadisch arbeitet. DAS habe ich gehört. Und dass dein Bankfräulein schon so langsam zittrig wird, wenn sie einen Blick in dein Sparschwein wirft.«

Langkamp wechselte die Tonart. Der Studienrat war raus. Zu seiner Jovialität hatte sich stattdessen eine Spur Schweizer Messer gesellt. Ich erinnerte mich: Langkamp galt unter meinen Kollegen bei der Zeitung als Vollhorst. Das war ihm egal und zudem unzutreffend. Man merkte ihm das selten an, aber Langkamp verfolgte Pläne. Ich war sicher, dass er sich nicht ohne Grund bei mir meldete.

»Hast du nur angerufen, um mich zu beleidigen, Langkamp? Dann zieh weiter, das habe ich nicht vermisst.«

»Hey, mein Lieber, jetzt reg' dich doch nicht gleich auf. Ich möchte dir doch nur ein wenig unter die Arme greifen, der guten alten Zeiten willen ...«

Das war lächerlich. Es gab keine guten, alten Zeiten. Keine gemeinsamen jedenfalls. Und so wie ich Langkamp kannte, griff er höchstens mal welken Schlagersängern oder Dschungelcamp-Stars unter die Arme, um sie entweder nach dem Koksen oder dem Kotzen aus der Kneipentoilette zu eskortieren und ihnen dabei ein gelalltes Zitat abzupressen.

»Du willst mir helfen? Womit? Bist du wieder auf der Suche nach einem Schreiber, der dein Kauderwelsch ins Deutsche übersetzt?«

»Ach, Stift, mein *Kauderwelsch* ist kein Problem mehr, ich bin jetzt beim Fernsehen.«

»Oh, das macht natürlich Sinn.«

Machte es wirklich. Man musste nur mal in irgendeinen Privatsender reinschalten.

»Umso weniger verstehe ich den Grund deines Anrufs ...«

»50 000 Euro!«

»WAS?«

»Ich biete dir 50 000 Euro an.«

Das kam jetzt ein wenig überraschend. Eher hätte ich damit gerechnet, dass er mich anpumpte. Meine spontane Eingebung konnte ich gerade noch zurückhalten. *Schieb sie rüber!,* hätte sie gelautet. Stattdessen spielte ich auf Zeit.

»Langkamp ... wer sagt denn ... woher willst du wissen, dass ich Geld brauche ...?«

»Stift, mach mal einen Moment den Kopf zu. Lassen wir die Spielchen. Du bist so abgebrannt wie Dresden '45. Ich weiß es, du weißt es. Ich schütte dir 50 000 Euro in deine Dorfscheune. Zum Mitschreiben für Merkschwache: 50 warte ... warte ... TAUSEND! Legendary!« Offenbar mochte Langkamp »How I met your mother«.

»Ich hab's verstanden. Ich bin ... ähem ... interessiert.« Zeitspiel beendet.

»Wo ist der Haken?«

»Dafür müsstest du mir einen kleinen Gefallen tun.«

Das war klar.

»Wie klein fällt er denn aus, der Gefallen? Bist du jetzt im Drogengeschäft, Langkamp, brauchst du einen neuen Kurier für deine Medellin-München-Route?«

Höhöhö. Langkamps Sirene stellte mein Trommelfell auf eine erneute Probe.

»Mensch Stift, nix Illegales, keine Angst. Du sollst in meiner Sendung mitmachen.«

Ich schwieg einen Moment. Fernsehen? Hatte ich noch nie gemacht. War aber denkbar. Ehrlich gesagt: In meiner Lage war auch PR für die Rüstungsindustrie *denkbar*.

»Gagschreiber oder Ablaufredakteur?«, fragte ich betont beiläufig, als wüsste ich, wovon ich redete.

»Weder noch«, antwortete Langkamp, »ich sprach von 50 000 Euro, nicht von eins fünf brutto plus Feiertagsbeilage ...«

»Okay ... Also?«

»Stift, ich will dich als Kandidaten. VOR der Kamera!«

Das war jetzt wirklich eine Überraschung – und die musste einen Haken haben. Wenn Langkamps Haufen bereit war, mir viel Geld dafür zu bezahlen, dass ich vor eine Kamera trat, *musste* einfach etwas faul sein.

»Das ist alles?«

»Das ist alles!«

»Wir reden aber nicht über *Wer wird Millionär*, oder?«

Sireneneinsatz Langkamp.

»Witzbold!«

»Also, spucks aus. Um was für eine Art Fernsehen geht es dabei?«

Langkamp machte eine Pause und grinste hörbar durchs Telefon. Dann nannte er den Titel der Serie, die er jetzt schon in der vierten Staffel produzierte. Ich legte wortlos auf.

1

Kein gutes Zeichen, wenn man gezwungen wird, immer wieder über die gleichen Fragen nachzudenken. Sind zwei Flaschen Wein am Tag zu viel? Ist das Leben ein Drecksack? Sollte ich meine Seele an den Teufel verkaufen?

Es herrschte leichter Südwestwind in Schleswig-Holstein, das Thermometer zeigte sonnige 22 Grad. Ein paar Quellwölkchen waren zu erkennen, ansonsten aber hatte sich am Himmel aquarelliges Cyanblau ausgebreitet. Oder war das schon Azur? Ich bemerkte einen Schatten über mir und drehte leicht den Kopf, ohne ihn von der Tischplatte zu heben. Hoch über mir schwebte in Zeitlupe ein leuchtend gelber Heißluftballon vorbei. Wenn man der Aufschrift glauben durfte, hatte ihn die »Glückslotterie« auf die Reise geschickt. Surreales Haasenbüttel. Selbst der Hund beobachtete dieses Schauspiel beifällig. Sah man ja wirklich nicht mehr so oft. Ich fragte mich, was die Passagiere des Ballons dachten, wenn sie auf unser Haus, den blühenden Garten und die goldgelb schimmernden Kornfelder in seiner Umgebung schauten.

»Och, wie schöööööön!« vermutlich, falls urbanes Publikum an Bord war. Ich kannte diesen verzückten Ausruf von unseren Sommergästen; beim Anblick einer Blumenwiese oder einem sabbernden Kälbchen schlich sich immer gleich ein sehnsüchtiger Glanz in ihre Augen. Vornehmlich bei den Herrschaften, die stolz darauf waren, zwischen St. Pauli und der Schanze zu leben, Hamburgs linker Latte-Macchiato-Hochburg. Ich kritisiere das nicht. Ich war lange Zeit selbst einer von ihnen, bis ich vor 10 Jahren mein Leben in der Kulisse einer »Landarzt«-Folge ansiedelte: Ich erwarb ein Haus im Grünen. In Haasenbüttel.

Das war, wie sich herausstellen sollte, eine leichtsinnige Entscheidung. So ähnlich, wie mit siebzehn in Gretna Green zu heiraten oder die Schule zu schmeißen, um Erotikdarsteller zu werden. Damals tauschte ich eine alte Katze gegen die Liebe meines Lebens ein, und das meine ich nicht metaphorisch. Anna trennte sich von mir mit der Begründung, ich sei schon in der Stadt schwer genug zu ertragen, aber da habe man immerhin ein paar alternative Freizeitangebote. (Für den genauen Wortlaut lege ich meine Hand nicht ins Feuer, aber das fasst es im Großen und Ganzen zusammen.)

Sie verließ mich, stattdessen zog ungefragt eine 18 Jahre alte Katze bei mir ein. Das war allerdings auch der einzige Lichtblick in dieser Zeit. Mein neues Leben in der Pampa gestaltete sich in den ersten Monaten wie der Versuch eines Stotterers, eine Grundsatzrede vor der UNO zu halten. Ein Fiasko. Die Bräuche und Gewohnheiten des gemeinen Landbewohners erschienen mir weitgehend rätselhaft und unergründlich. So blieb ich für meine Nachbarn der arme Horst aus der Stadt, der die Dienste eines Gärtners in Anspruch nahm und nie wusste, wie der Milchpreis gerade stand. Ich driftete in meiner neuen Heimat durch viele unterschiedliche Stadien der Verzweiflung, bis das Schicksal mir eine zweite Chance einräumte. Anna entdeckte die Reize des Landlebens und erinnerte sich daran, dass ich sie häufiger zum Lachen bringen konnte als jeder andere Mann in ihrem Leben. (Lange Geschichte. Später vielleicht ...)

Mit ihrer Hilfe begann ich beinahe unmerklich, mich in Haasenbüttel heimisch zu fühlen. Erst mochte ich es ein bisschen da draußen, und dann mochte ich es plötzlich schon ein bisschen mehr. Die Wahrheit: Zehn Jahre nach meiner Stadtflucht hatte ich mich nicht bloß mit meiner neuen Heimat arrangiert. Nein, es war viel mehr als das. Ich liebte mein Leben hier. Unser Leben. Immer seltener zog es mich in die Stadt, um aromatisierten Kaffee zu trinken, ein Sportstudio zu besuchen oder andere Dinge zu tun, für die man hier draußen nur milde belächelt wurde. Ich fühlte mich ... ja doch ... irgendwie in der Provinz ... *angekommen*. Erstaunlich.

Die Ironie daran? Das Ende dieses Traums war schon wieder absehbar. Wenn nicht ein kleines Wunder geschah, hieß es bald wieder retour in die Stadt, in eine Zwei-Zimmer-Wohnung mit Kochnische und Blick auf einen Gewerbehof. Seit Stunden saß ich jetzt schon auf der Veranda unseres Gartenhauses in der Sonne, trank einen Grünen Veltliner nach dem anderen und dachte über mein Problem nach: Ich war ein wenig klamm. Naja, das trifft es womöglich nicht ganz: Ich hatte mich in den letzten Jahren zu einer Art schleswig-holsteinischem Griechenland entwickelt, nur ohne Rettungsschirm. Als Journalist verdiente ich immer weniger und als Schriftsteller war mir der große Durchbruch trotz einer Menge grandioser Ideen noch nicht gelungen. Vielleicht hätte ich dazu auch mal ein Buch fertig schreiben sollen.

Was könnte ich jetzt noch tun, um schnell wieder flüssig zu werden und meine Bankberaterin Frau Dutziak davon zu überzeugen, dass nicht bediente Hypothekenkredite und tiefrote Girokonten in meinem Fall kein Grund zur Sorge waren? Der Jahrhundert-Jackpot in der Glückslotterie? Wäre eine Lösung. Um in dieser Hinsicht nicht ganz unvorbereitet zu sein, verteilte ich den Gewinn in ruhigen Minuten gedanklich schon mal an meine besten Freunde. Es war eine Art Ablasshandel: Wenn ich meinem Schicksal klarmachen konnte, dass ich so einen Lotteriegewinn nicht für ein Konto in der Schweiz verwenden, sondern eine Menge Gutes damit tun würde (allerdings auch mir!), würde es vielleicht bei Fortuna ein gutes Wort für mich einlegen.

Dann hatte Langkamp angerufen und 50 000 Euro in die Luft gemalt. *Natürlich* kam es nicht in Frage, dass ich sein Angebot annahm. Kandidat in *Scheunenherzen* – das ging zu weit. Ich kannte die Sendung, wie man den Ebola-Virus kennt oder die Wohnzimmereinrichtung von Angela Merkel: Man musste sich nicht ausführlich damit beschäftigen, um zu wissen, dass wir über eine Katastrophe redeten. Dieser schamlose Abklatsch von »Bauer sucht Frau« war noch eine Prise zynischer als das Original – und *noch* erfolgreicher. Dabei versteckte man diesen lausigen Balzplatz für Traktorfahrer nicht mal verschämt im dritten Programm. *Scheunenherzen* lief am Samstagabend in der ARD, zur besten Sendezeit. Ich würde den 50 000-Euro-Scheck von Langkamp mit dem Totalverlust meiner Menschenwürde bezahlen müssen. Schon bei dem Gedanken daran trieb ein Piranhaschwarm seine spitzen Zähne in meine Magenwände. Mal ganz abgesehen davon, dass dieses unmoralische Angebot noch einen Haken hatte, von dem Langkamp entweder nichts wusste oder der ihn schlicht nicht kümmerte: Anna. Ich war verheiratet. Und ein verheirateter Bauer brauchte nicht noch eine Frau, jedenfalls keiner aus unserem Kulturkreis. Ich musste wohl eine andere Lösung finden. Aber wo und wie bloß?

Wenn ich noch ein paar Monate Zeit hätte, könnte ich es mit einem kleinen Landcafé versuchen. Davon träumte ich schon länger. Birnenschmand und Käsesahne, ein richtiger Barista, Grüner Veltliner, Holz und Sichtbeton – das Konzept stand jedenfalls so weit. Dass ich es in den nächsten Wochen schaffen würde, einen passenden Laden in Haasenbüttel, eine fähige Crew und, nun ... etwas Geld aufzutreiben, um das Projekt zum Laufen zu bringen, war allerdings eher unwahrscheinlich. Außerdem mochte Anna die Idee nicht. Sie liebte zwar Kaffee in allen Varianten, und gegen ein Slow Food-Café mit den Produkten des Bio-Bauernhofs von nebenan hätte sie sicher auch nichts einzuwenden gehabt. So grundsätzlich. *Ich* war das Problem.

»Du bist ein prima Café-Gast«, sagte sie immer, »aber als Gastgeber würde ich eher auf die Addams-Familie setzen als auf dich ...« Damit war das Thema vom Tisch, wann immer ich einen zögerlichen Vorstoß unternahm. Ich argwöhnte, dass ihre Weigerung, meine unternehmerischen Pläne ernst zu nehmen, in Wahrheit andere Gründe hatte. In den letzten Monaten machte Anna immer wieder leise Andeutungen, dass sie da ihr eigenes kleines Projekt verfolgte. Und dafür, das sei klar, würde sie meine ganze Unterstützung benötigen. Ich hielt die Luft an, wenn die Rede darauf kam, und lenkte das Gespräch in diesen Momenten reflexartig auf unsere desolate finanzielle Situation. Das ließ auch Anna verstummen. Sie war praktischer veranlagt als ich und wusste im Prinzip, dass ein Baby mehr Geld kostete, als es einbrachte. Vom Schlafdefizit mal ganz abgesehen. Ich hoffte inständig, dass diese verdammte biologische Uhr ihr nicht über Nacht den Verstand raubte.

Also doch Langkamp? Mit 50 000 Euro, okay, *damit* ließe sich etwas anfangen. Wir würden einige Jahre über die Runden kommen. 50 000 Euro. Verdammt, Langkamp. Mein Kopf fiel schwer auf die Tischplatte.

Das war der Moment, an dem ich den Schatten am Himmel wahrnahm. Den gelben Ballon der Glückslotterie. Der Moment, an dem ich mich fragte, was die Gäste dieses historischen Flugkörpers zu sehen glaubten, wenn sie auf unser kleines Haus in Haasenbüttel hinunterblickten. Auf die kleine, schon leicht verwitterte Reetdachbutze, umgeben von Kornfeldern und Pferdekoppeln. Auf das schrammelige Gartenhaus, das aussah, als sei es vor Jahrhunderten in der russischen Tundra abgebaut und in Haasenbüttel originalgetreu wieder zusammengesetzt worden. Auf diesen vermeintlich so lässigen Lebenskünstler da unten auf seiner blumenumrankten Veranda, der seinen Kopf zufrieden auf den Tisch bettete und dabei mit der linken Hand den Hund kraulte ... So musste das Leben aussehen, wenn man in der Glückslotterie gewonnen hatte.

Ich versuchte, dieses Bild für einen Moment mit ihren Ballonfahrer-Augen wahrzunehmen. Es gelang mir nicht. Ich war wohl einfach zu nah dran. Ich konnte die Details erkennen, die Sollbruchstellen der Idylle. Ich nahm noch einen Schluck vom Landwein. Vögel zwitscherten, unsere Kater aalten sich in der Sonne unter den Kirschbäumen, der Hund dämmerte friedlich zu meinen Füßen, irgendwo da draußen tuckerte Bengt mit einem Trecker über den Acker. Ich hatte nie gewusst, was das heißen sollte: *So schön, dass es weh tut.* Bis jetzt, bis zu diesem Augenblick. In meiner Körpermitte knirschte ein Eisblock aus Furcht. Wenn nicht ein Wunder geschah, würde ich all das hier verlieren. Dieses Gefühl passte zu der Musik von Nils Koppruch, die ich schon seit Tagen hörte. Müde summte ich seinem melancholischen Refrain hinterher: *»Kirschen gibt's an Sommertagen nur so lang die Bäume tragen, und lebend gehen wir nicht mehr aus der Welt.«*

Es stimmte schon: Alles, was ich jetzt noch tun konnte, war, das Unvermeidliche zu akzeptieren. Meine Optionen hatte ich in den letzten Monaten verdaddelt, ausgesessen bei trüben Gedanken und Grünem Veltliner. Jetzt musste ich meinen Stolz über Bord werfen. Für mich, für unsere Tiere und vor allem für mein Leben mit Anna. Ich hatte keine Wahl, es war offensichtlich. Verkaufte ich eben meine Seele an den Teufel. Ich würde Langkamp anrufen. Das Leben ist ein Drecksack. Ich hatte diesen Verdacht schon länger. Aber wie sollte ich es Anna beibringen?

2

Bis zum Abend hatte der Grüne Veltliner den Eisblock in meinen Eingeweiden aufgetaut. Das war an sich keine Überraschung, in den letzten Wochen war der Kampf meistens so ausgegangen. Ich hatte allerdings den Eindruck, dass dem Landwein so langsam die Puste ausging. Würde ich beobachten müssen. Ich schloss die Tür des Gartenhauses hinter mir, stopfte meinen Laptop in die angeschmuddelte *Freitag*-Tasche und scheuchte das Paulchen von der Veranda.

»Hund, ins Haus!«

Mit der Grandezza eines arroganten Weimaraners, unter dessen DNA sich ungefragt ein Labrador geschlichen hatte, setzte er sich in Bewegung. So ein Leben hätte ich auch gern. Das einzige Problem unseres Haustieres war vermutlich sein unbestimmtes Geschlecht. Wir nannten Paula selten bei ihrem richtigen Namen; stattdessen Paulchen, Pauline oder Paul, je nach Laune und Verfassung. Möglicherweise wusste der Hund selber nicht mehr so genau, wo er dran war, obwohl er sich nichts anmerken ließ und auf so ziemlich jede Ansprache mit der Attitüde eines gelangweilten Rudelführers reagierte: mäßig interessiert und stark verzögert.

Um lästigen Fragen aus dem Weg zu gehen, baute *ich* jeden Tag den Laptop vor mir auf und tat so, als sei ich mit wichtigen Recherchen beschäftigt, während der Hund neben mir lag und zufrieden vor sich hin dämmerte. Wenigstens blieb es mir erspart, das Haus zu verlassen und mich in Vorstadtkneipen oder Spielhöllen herumzudrücken, um nicht zugeben zu müssen, dass ich seit Wochen nur so tat, als würde ich arbeiten. Ein Vorteil der Selbstständigkeit. Ich war nicht sicher, ob Anna dieses Manöver durchschaute. Früher hatte ich ihr am Abend manchmal vorgelesen, was ich tagsüber geschafft hatte. Dazu tranken wir eine Flasche Wein *zusammen*. Inzwischen erledigte ich das meistens allein. Auch zum Vorlesen gab es nur noch selten etwas. Anna nahm das wortlos hin, aber ich spürte schon länger, dass es in ihr gärte. Ich fürchtete, dass das nicht *nur* an ihrem plötzlichen und längst nicht ausdiskutierten Wunsch lag, eine Kleinfamilie zu gründen. Fragte sie sich, was ich eigentlich den ganzen Tag so trieb, während sie beruflich in Haasenbüttel so langsam ins Rollen kam?

Bevor Anna sich für unser gemeinsames Leben in Haasenbüttel entschieden hatte, war sie rastlos durch die Welt gereist. Keine schlechte Karriere: Ihre letzte Visitenkarte wies sie als Marketing-Chefin einer internationalen Hotelkette mit Sitz in Berlin aus. Sie wusste an manchen Tagen nicht mal, auf welchem Kontinent sie aufwachte. Das war vorbei. Sie hatte damals gekündigt, um sich, ich zitiere, »mal wieder zu erden«.

Außerdem sei ihr klar geworden, dass sie mich – dann doch, irgendwie – *liebte*. Das behauptete sie jedenfalls und klang dabei so, als sei sie von diesem erratischen Gefühl so überrascht worden wie ein Überfallopfer an einer dunklen Straßenecke. Falls sie wieder zur Besinnung kommen würde, hatte ihr Chef – ein gewisser Dr. Fleissner – darauf hingewiesen, dass sie jederzeit wieder zurückkommen dürfe. *Jederzeit*. In ihren alten Job. Bei erhöhten Bezügen. Anna machte sich über seine Mails lustig, die pünktlich einmal im Quartal in ihrem Account aufploppten, aber mir behagte dieser Kerl trotzdem nicht. Vor allem, seitdem Anna ihn Gisbert nennen durfte.

Im Moment aber hatte Gisbert schlechte Karten. Anna war gut beschäftigt und wirkte wenigstens in dieser Hinsicht rundum zufrieden: Sie kümmerte sich in Haasenbüttel hauptsächlich um Malte-Klaas Giebel, genannt Grütze. Als Karriere konnte man das wohl kaum noch bezeichnen, eine Visitenkarte brauchte man dafür jedenfalls nicht. Das schmälerte den Elan allerdings nicht, mit dem Anna unseren Grütze betreute.

Grütze sah aus wie ein klein gewachsener Hobbit mit roten Bäckchen und listigen kleinen Augen; irgendwer musste ihm gesteckt haben, dass er in einem Blaumann und einem locker darübergeworfenen Holzfällerhemd prima aussah. Zu Weihnachten trug er eines mit roten Karos, ansonsten dominierten gelb, braun und grün. Es half, ihm mit einer Sonnenbrille zu begegnen. Grütze gehörte ein Bauernhof, den er zur *Event-Location* umgebaut hatte. Er nannte ihn »Lindenhof«, obwohl es da noch nie eine Linde gegeben hatte. Klang aber gut, fand Grütze. Anna hatte offiziell das Marketing für den Lindenhof übernommen, aber für Grütze war sie die Perle für die Reklame, darunter konnte er sich wenigstens etwas vorstellen.

Offenbar platzte ich in unserer Wohnküche mitten in ein *Meeting* der beiden – oder sie tranken einfach nur einen Kaffee. Bei Grütze waren da die Grenzen nicht erkennbar; er ging bei uns ein und aus, wie es ihm passte, verbindliche Vereinbarungen und feste Arbeitszeiten waren nicht so sein Ding. Ich umarmte Anna und wandte mich unserem Gast zu, froh, nicht wieder auf ihre rituelle Frage: »Hast du heute was geschafft?« antworten zu müssen.

»Hey, Grütze, alles gut auf dem Hof?«

Ich mochte ihn. Der Mann hatte Ideen und ignorierte die Bedenken seiner Mitmenschen mit prächtig gelauntem Starrsinn. Anna brachte das hin und wieder zur Verzweiflung, aber tief im Herzen respektierte sie ihren schrulligen Chef. Sie hielt ihn zwar für einen ausgemachten Kindskopf, aber im Vergleich zu den Dr. Fleissners ihres früheren Lebens war Grütze geradeheraus und integer, auch wenn er seine Gutmütigkeit meistens hinter dicken Schichten norddeutscher Knurrigkeit verbarg.

»Moin, Moin«, grüßte Grütze zurück, machte aber ansonsten keine Anstalten, meine Anwesenheit zur Kenntnis zu nehmen. Auch gut. Hörte ich halt zu. Grützes neustes Projekt kreiste um Cosima, ein ganz besonderes Huhn. Grütze wollte Cosima zur Attraktion der gesamten Gegend aufbauen, indem er sie als »das intelligenteste Huhn Deutschlands« vermarktete. Anna schien nicht sooo begeistert.

»Machen wir uns damit nicht lächerlich?«

»Wieso ditt denn, Kinn'chen?«

»Naja, es ist ein *Huhn*, dem du zwei, drei Tricks beigebracht hast. Es ist *lustig*, das schon. Aber das macht es noch nicht zum Einstein!«

Anna strich sich die Haare aus dem Gesicht und blickte Grütze gespielt verzweifelt an. Ich lachte in mich hinein. Grütze war wirklich speziell.

»Secht keiner. Aber soviel ich weiß, gibt's keinen IQ-Test für Hennen, nech?«

»Das nicht. Aber wir müssen so einen Spruch trotzdem beweisen können ...«

Grütze lachte auf.

»Wem denn? Dem Ministerium für Hühnerforschung?« Er klopfte sich vor Vergnügen auf die Schenkel.

»Nee, Kinn'chen, lass ma' stecken, Cosima tanzt uns die Taschen voll!«

In Grützes Sätzen fehlten zwar gelegentlich Bausteine, aber in seinem Verständnis war das nicht nachlässig, das war effizient. Anna seufzte. Sie nahm bei Grütze stets die Rolle der Bedenkenträgerin ein, hatte aber wenig Hoffnung, dass ihr Boss zur Vernunft kommen würde. Mit gesundem Menschenverstand brauchte man ihm nicht zu kommen. Er glaubte nur an sein Bauchgefühl. Manchmal beneidete ich Grütze. Er hatte pro Quartal mindestens *eine* schräge Geschäftsidee. Einige seiner Projekte setzte er voll ins Silo, das wäre die schlechte Nachricht. Mit dem Rest aber machte er sich die Taschen voll. Zog man einen Strich unter all seine Projekte der letzten Jahre, stellte sich heraus: Bislang war Grütze amtlich weit im Plus. Und nachdem er kürzlich ein Landtankstellen-Konzept für eine erstaunliche Summe (sechs Stellen!) an DEA verkauft hatte, würde sich das auch so bald nicht ändern.

Wer wissen will, wie Grütze tickt, musste sich bloß diese *eine* Idee ansehen, danach blieben keine Fragen offen: Er pachtete eine Tankstelle in einem Nachbarort von Haasenbüttel, baute darin eine beeindruckende Carrera-Bahn zusammen, auf der nur Kunden spielen durften, die ihr Auto in seine Waschstraße schoben. Für neue Rekordzeiten auf der Carrera-Bahn lobte Grütze Preise und Pokale aus, und schon nach einem Monat rüstete Grütze seine Tankstelle auf 24-Stunden-Betrieb um und musste eine Telefonkraft einstellen, die sich nur um Reservierungen für die Waschstraße kümmerte.

Das Tankstellen-Ding lief, jetzt stand die Wertschöpfung seiner Henne Cosima ganz oben auf Grützes Agenda. Cosima verfügte als »das lustige Huhn« bereits über eine gewisse lokale Berühmtheit. Nun hatte sich die Redakteurin einer Hamburger Zeitung auf dem Lindenhof angekündigt, um Cosima auf der »Vermischtes«-Seite der Wochenendausgabe vorzustellen. Der nächste Schritt. Landthemen waren im Trend und die Kunde von Cosimas Talenten schon bis nach Hamburg gedrungen. Grütze witterte einen neuen Markt. Das mit dem schlauen Huhn sei zwar Spinnkram, meinte Grütze, das wisse er selbst, aber genau diese Art von Spinnkram, den die Verrückten aus der Stadt liebten. Anna möge sich doch um die Zeitungsmamsell kümmern und Cosimas Talente in den Fokus der Hamburger Bevölkerung rücken.

»Was kann denn dieses Huhn eigentlich?«, warf ich interessiert ein.

»Pfötchen geben, auf ein Trampolin hopsen und zwei, drei Hüpfer zur Seite machen, die bei gutem Willen als Tanzschritte durchgehen!«, antwortete Anna tendenziell bockig.

»Und das allein macht sie schon zum intelligentesten Huhn Deutschlands?«

Anna zuckte mit den Schultern. Grütze übernahm.

»Kümmert keenen, Alvy. Die Leute kommen och, wenn ich denen vertell, dass Cosima Ostereier ausbrütet.«

Stimmte natürlich. Selbst ohne ihren neuen Titel hatte Cosima in den letzten Monaten ganze Schulklassen begeistert. Kinder liebten sie. Nicht zuletzt, weil sie Federhosen trug. Das mit den Hosen lag daran, dass Cosima zur Rasse der in Schleswig-Holstein eher selten anzutreffenden Brahmas gehörte; einer Hühnerrasse, die nach dem indischen Fluss Brahmaputra benannt worden war und von einem Nürnberger Konsul etwa 1850 über Philadelphia nach Deutschland eingeführt wurde.

Grütze *wusste* so etwas. Er mochte die Brahma aber vor allem deswegen, weil sie dank ihrer Federhosen die meisten Besucher des Lindenhofes ziemlich erheiterte. Grütze steigerte diesen Effekt, indem er ihre Flauschstelzen jeden Monat neu einfärben ließ: Violett, Orange, Rosa. Cosima trug ihre Beinkleider in allen Trendfarben. Das passte auch gut zu den legendären Tanzschritten, die Cosima ausschließlich zu *Here comes the sun* von den Beatles aufführte. Dreimal am Tag war Vorstellung. Weiß der Teufel, wie Grütze seinem Huhn das Tanzen beigebracht hatte.

Grützes polnische Hofgehilfen Kasimir und Romanski hatten Cosima eine Villa aus Holz gezimmert, die an eine Puppenstube für Zehnjährige erinnerte. Cosima thronte darin in einem Himmelbett aus Stroh mit bestickten Gaze-Vorhängen, ihre Morgentoilette verrichtete sie in einem Bassin aus bunten Keramikkacheln. Reinstes Bauerntheater. Aber es funktionierte. Allein schon durch die schillernden Kulissen wirkte Cosimas Treiben deutlich unterhaltsamer als das öde Gescharre, mit dem sich ihre Artgenossinnen im Gehege nebenan die Zeit vertrieben. Abends, wenn das zahlende Publikum vom Hof gescheucht worden war, steckte Grütze Cosima zu den anderen Hühnern auf dem Hof. Anna nahm an, dass das aus sozialen Gründen geschah, aber als sie einmal danach gefragt hatte, erhielt sie eine typische Grütze-Antwort: »Wegen Stallallüren!« Das war knapp, knurrig, und man konnte unmöglich mit Sicherheit sagen, wie ernst er das meinte.

3

»Deine Else würde natürlich abtauchen müssen«, sagte Langkamp, »aber das ist ja wohl kein Problem?«

Ich blickte Langkamp verblüfft an.

»Abtauchen? Sag mal, Langkamp, bist du nicht mehr ganz frisch? Das geht doch nicht so einfach. Wir reden hier über meine FRAU, das ist keine Bekanntschaft vom letzten Schützenfest, die ich nicht mehr losgeworden bin.«

Natürlich übertrieb ich ein wenig. Ich wollte Langkamp betteln sehen. Ich hatte ja selbst schon drüber nachgedacht, ob es nicht besser sei, Anna aus der Schusslinie zu bringen, für den Fall, dass ich tatsächlich bei den *Scheunenherzen* einsteigen würde. Ein Gespräch über die genaueren Umstände ihres Rausschmisses auf Zeit stand mir allerdings noch bevor. Nachdem Grütze sich gestern Abend getrollt hatte – nicht ohne Anna ein detailliertes Profil seines zukünftigen Star-Hühnchens zu hinterlassen –, war es zu spät gewesen, um noch ein potentielles Krisengespräch zu führen. Anna hatte sich schnell zurückgezogen, wie so oft in den letzten Tagen. Wir würden reden müssen, und ich fürchtete, dass Langkamps unmoralisches Angebot dann nur *ein* Punkt auf der Tagesordnung sein würde.

Kein einfacher allerdings. Wenn die Fernsehfritzen in Haasenbüttel einfielen und bei uns im Klöterkamp kein Stein auf dem anderen blieb, wäre ein zeterndes Weib in der Nähe keine große Hilfe. Im Gegenteil. Ich hatte ein gewisses vorauseilendes Verständnis. Wie sollte Anna denn ruhig bleiben, wenn sich in ihrem Zuhause gleich drei offizielle Heiratskandidatinnen ihres Mannes für einen Monat einquartierten? Das besagte jedenfalls das alberne Regelwerk der Show. Natürlich würde Anna verstehen, dass meine Kandidatur für die *Scheunenherzen* nur ein dreister Betrug sein würde. Trotzdem wäre es vermutlich nicht ganz einfach für sie, dieses Trio mit offenen Armen zu empfangen ... Langkamp unterbrach rüde meine sorgenvollen Gedanken.

»Stift, schick sie nach Malle, sechs bis acht Wochen Vollpension, dann sind wir wieder weg und ihr könnt hier für den Rest eures Lebens ›Unsere kleine Farm‹ spielen.«

Für einen Mann, dem noch die Unterschrift unter seinem Vertrag fehlte, machte Langkamp ganz schön auf dicke Hose. Er konnte nicht anders. Der Umstand, dass Journalisten beim Rest der Bevölkerung ein mieseres Image hatten als katholische Pfarrer oder Strauchdiebe, lag an Jungs wie ihm. Durch seine Adern floss purer Fusel. Mit seiner Dauerfahne könnte er eine Insektenplage eindämmen. Es war ein Wunder, dass Langkamp seine Geschäfte noch im Griff hatte. Aber in dieser Hinsicht war ihm nichts vorzuwerfen. Er legte eine Energie an den Tag, die man bewundern *musste*, selbst wenn Langkamp ansonsten nicht der Mensch war, den man sich zum Vorbild nahm. Sein Elan war umso erstaunlicher, wenn man bedachte, dass er in den letzten 15 Jahren sein Gewicht verdoppelt und die Anzahl seiner Kinne verdreifacht hatte. Er ähnelte inzwischen einem chinesischen Faltenhund, es war gar nicht einfach, wenigstens einen Ausschnitt der Pupillen hinter seinen schmalen Hautschlitzen zu erkennen. Das war kein schöner Anblick, alles in allem, und dabei waren die größten Teile seines mächtigen Körpers noch hinter einem schwarzen, knittrigen Leinenanzug versteckt, der in den neunziger Jahren mal kurze Zeit modern gewesen sein dürfte.

»Mal in die Tüte gesprochen, Langkamp: Wenn, ich sage ausdrücklich, WENN ich bei *Scheunenherzen* mitmachen würde – was passiert dann mit meinem Haus? Wie wollt ihr daraus einen *Bauernhof* machen? Ich habe eine Wiese vor der Tür mit einem Gartenhaus drauf, zwei Kater und einen Hund. Ein paar Obstbäume. Und, nicht zu vergessen: Anna hat ein Gemüsebeet angelegt. Da wachsen Zucchini und Tomaten für ungefähr fünf Mahlzeiten im Jahr. Und ich spreche von Beilagen. Ich kann da beim besten Willen kein landwirtschaftliches Konzept erkennen.«

Langkamp wiegelte ab.

»Stift, lass das mal unsere Sorge sein. Wir haben da ein paar lässige Jungs an den Waffen, die machen dir aus dem Vatikan in drei Tagen einen Puff im Morgenland. Und deinen Business-Plan musst du ja im Fernsehen nicht herzeigen.«

Klar. Ein orientalisches Bordell fiel Langkamp als Erstes ein, wenn er an die Fähigkeiten seiner Setdesigner dachte. Der Mann hatte sich wirklich nicht verändert. Langkamp war unverheiratet. Immer schon gewesen. Immerhin machte er sich in dieser Hinsicht keine Illusionen.

»Das freut mich zu hören, aber ich würde das gern ein bisschen konkreter wissen: Rückt ihr hier mit einem Bagger an?«

»Ach was, Stift, ein paar kosmetische Korrekturen, ein wenig deutsche Handwerkerkunst – wir machen einen richtigen Palazzo aus deiner Murkelbude. Wenn du willst, schicken wir dir sogar Tine Wittler vorbei, um den Stall zu dekorieren.«

»Danke, Langkamp, aber lieber nicht, ich will nicht in einer IKEA-Kulisse leben.«

Langkamp wieherte vergnügt.

Moment mal. *Ich habe gar keinen Stall!!!*

»Langkamp! Was für ein Stall?«

»Naja, Stall ... Schuppen ... Was macht das für einen Unterschied? Und in diesem Schuppen steht sowieso nur Müll drin, den *storen* wir in der City ein, kost' uns *peanuts*.«

Diesmal war meine Verblüffung echt.

»Du willst hier einen Stall bauen lassen? Mit Tieren drin?«

»Naja, ein paar Accessoires brauchen wir schon. Eine Ladung Kälbchen, einen alten Ackergaul, der bei dir sein Gnadenbrot anknabbert – Hauptsache putzig! Wenn geschmücktes Vieh durchs

Bild stromert, macht sich Lieschen Müller in Kleinkleckersdorf nass vor Entzücken. Wie viel Briefe allein wegen der Tiere bei uns eintreffen. Neulich wollte die Kummerow-Sippe aus Marzahn ein Hängebauchschwein aus der Sendung adoptieren, um es im Plattenbau zu halten. Das glaubst du nicht!«

»Sollen Kummerows gern machen. Aber ich hab eigentlich keine Lust auf ein Hängebauchschwein. Und auch nicht auf Kälber und Gäule.«

»Keine Panik, Stift, wir kümmern uns um alles. Du musst nur die Mistgabel in die Kamera halten, wenn unser Regisseur dich ruft. Und nach dem Ende der Dreharbeiten verhökern wir das Vieh an den Dorfmetzger.«

Zum Glück hörte Anna das nicht. Sie war schon frühmorgens verschwunden, Grütze hatte sie zu irgendeinem Hühnerbaron aus Haasenbüttel geschickt, wenn ich ihre kargen Informationen am Frühstückstisch richtig verstanden hatte. Anna liebte Tiere. Alle, ausnahmslos. Spätestens an diesem Punkt unserer Verhandlungen hätte sie Langkamp mit einem Küchenmesser bedroht. Ich hatte ohnehin den Eindruck, dass sich meine Gemahlin und Langkamp besser nicht persönlich begegneten. Mir fielen viele Gründe dafür ein: Langkamp selbst. Der Umstand, dass er sie für ein Möbelstück zu halten schien, das man in einem Trödel unterstellen konnte – oder auf Mallorca. Und dann noch diese andere Sache ... Zu den Bedingungen Langkamps gehörte eine frisierte Biographie. *Meine* Biographie.

»Die Informationen über die Kandidaten von *Scheunenherzen* verteilen wir vorab an Fernsehzeitungen und Boulevardblätter«, erklärte er, »damit die Schmierlappen wissen, über wen genau sie sich in den nächsten Wochen lustig machen können.«

Look who's talkin ...

Langkamp hatte auch in dieser Hinsicht klare Vorstellungen.

Man würde mich in meiner getürkten Bio als Kleinbauern bezeichnen, der in seiner Freizeit gern dichtet. Momentan seien das aber tendenziell traurige Verse, da ich noch an der schmerzhaften Trennung von meiner Frau knabberte.

»Da lassen wir ein bisschen die Bratsche jammern, Stift, das ist doch sicher kein Problem? Du musst da selbst auch ein wenig mithelfen, verstehst du? Erzähl deinen Nachbarn von der Trennung, heul denen ein bisschen in die Rabatten, bevor noch einer auf die Idee kommt, einem Revolverblättchen von deiner liebenden Ehefrau zu erzählen. Dann gäb's aber einen Shitstorm vom Allerfeinsten.«

Ich wollte nicht glauben, was ich da hörte, musste aber zugeben, dass es wirklich funktionieren konnte.

»Macht ihr das immer so?«

»Hockst du dich beim Scheißen auf die Schüssel? KLAR machen wir das immer so. Was glaubst du denn, wie das beim Fernsehen heute läuft. ›Was bin ich‹ macht ja leider keine akzeptable Quote mehr.«

»Und du glaubst, dass man uns das abkauft?«

»Wieso nicht? Solange ihr am Wochenende nicht Händchen haltend über den Gemüsemarkt von Haasenbüttel schlendert, dürfte das kein Problem sein. Menschen trennen sich. Schau dir Dieter Bohlen an. Oder Boris Becker. Wer hätte das gedacht?«

Naja, möglicherweise jeder, der bei klarem Verstand war? Aber ich verzichtete darauf, näher auf Langkamps logische Schlussfolgerungen einzugehen. War ja eh sinnlos. Ich musste mich auf die Verhandlungen mit ihm konzentrieren, vielleicht konnte ich das Schlimmste verhüten. Ein paar Kompromisse würde ich eingehen müssen, das war klar. Für 50 000 Euro erwarteten Langkamp und seine TV-Leute ein wenig Entgegenkommen. Ich hoffte, dass Anna das nach ihrem ersten Schreck auch so sehen würde. Ich wünschte allerdings, dass ich *dieses* Gespräch schon hinter mir hätte.

Altlasten in der Gestalt von Ehefrauen waren in den *Scheunenherzen* nicht willkommen. Das sah ich ein. Meine Verpflichtung zur Tierhaltung allerdings machte mir noch zu schaffen.

»Warum muss das denn sein? Ich mach' doch aus meinem Haus keine Arche Noah. Weißt du, wie so ein echter Bauernhof *riecht?*«

»Kauf dir eine Großpackung Raumfrisch, Stift. Und wenn das nicht hilft, bring ich eine Nasenklammer vorbei.« Das war alles, was Langkamp dazu einfiel. Kein Diplomat, mein ehemaliger Kollege.

»Nee, Langkamp, echt nicht, das kannst du vergessen. Sucht euch einen anderen Blöden, ich habe keine Ahnung, wie man diese armen Tiere versorgt, das mach ich nicht!« Beinahe hätte ich trotzig mit beiden Fäusten auf den Tisch getrommelt. Langkamp schwieg und grinste mich spöttisch an.

»WAS!?«

»Nichts, Stift. Alles schicko.«

Er grinste unverdrossen weiter, sagte aber kein Wort. Okay, er hatte ja recht. Wen wollte ich hier verarschen? Hatte ich eine Wahl? Nein. Langkamp wusste erstaunlich gut über meine finanzielle Situation Bescheid. Ich fragte mich, ob er einen Schnüffler engagiert hatte. Es half nichts. Ich musste diesen Vertrag unterschreiben. Den Entwurf hatte mir Langkamp gleich zugemailt, nachdem ich ihn in seinem Hotel in Hamburg geweckt hatte. Er tat nicht mal so, als sei er überrascht. »Na, Stift, hast du jetzt deine Rechenaufgaben gemacht?«, fragte er, offenbar amüsiert über das Fliegengewicht, das in seinem Netz zappelte.

»Ist doch eine amtliche Win-Win-Situation, Stift«, lachte er, »wir kriegen mit dir einen prima Kandidaten, der nicht gleich so aussieht, als würde er jeden Sonntag im Stall seine Ziege pimpern. Und ein paar unfallfreie Sätze kannst du auch in eine Kamera sagen. Perfekt. Da sind wir sehr dankbar. Und du bist hinterher wieder flüssig genug, um dir auf deiner Hängematte wohlig die

Eier zu schaukeln, und musst dir erst mal keine Gedanken mehr darüber machen, wie du in den nächsten Monaten über die Runden kommst.« Offenbar hatte Langkamp den Eindruck, damit sei umfassend beschrieben, womit ich mir üblicherweise den Tag vertrieb. Ich hätte beleidigt sein können, aber das sparte ich mir. Ich sagte ja schon: Langkamp war verblüffend gut informiert.

Das Kleingedruckte im Vertrag hatte ich nicht mal überflogen. Das sollte mir später noch zum Verhängnis werden. Aber ich konnte ja nicht ahnen, wie skrupellos es beim Fernsehen zuging. Ich dachte, ARD, okay, da kann erst mal wenig schiefgehen. Was es hieß, wenn eine unabhängige TV-Produktion wie *Telepop* da auch mit drinhing, war mir zu diesem Zeitpunkt nicht klar. Also las ich den Vertrag nur so oberflächlich wie eine Kotztüte im Flugzeug: Ich wollte gar nicht wissen, womit ich im Einzelnen alles einverstanden war. Mich interessierte bloß »Punkt 5, Vergütung«: 50 000 Euro würde ich erhalten, wenn ich in der Zeit zwischen Juni und September offiziell als Single-Landwirt in der Sendung *Scheunenherzen* auftrat und der Produktionsfirma *Telepop* in dieser Zeit auf meinem »Bauernhof« rund um die Uhr zur Verfügung stand.

»Stell 'ne Kerze auf, Stift, 50 000 Euro sind doch für einen Heimatdichter wie dich der Hauptgewinn. Die anderen Schweinehirten kriegen drei warme Mahlzeiten, und wenn sie Pech haben, noch eine proppere Hartz IV-Empfängerin zum Kuscheln obendrauf, die ihnen spätestens in drei Monaten das Leben zur Hölle macht!«

Langkamps lachende Sirene schmirgelte durch den Klöterkamp. Wahrlich ein Menschenfreund. Vielleicht hätte ich an dieser Stelle mal nachfragen sollen. Warum zahlte man *mir* so viel Geld, wenn die anderen armen Schweine bloß mit ein wenig TV-Ruhm und einer potentiellen Bauersfrau abgespeist wurden? Aus Sympathie sicher nicht. Aber ich kam gar nicht auf die Idee, dass daran etwas faul sein könnte. Muss dran gelegen haben, dass mein Kopf nach zwei Stunden mit Langkamp brummte wie ein überlasteter Trafo.

Ich nahm den Füller, den Langkamp mir mit bräsigem Grinsen reichte, und unterschrieb den Vertrag. Zweimal. Langkamp faltete das Original zusammen, steckte es in seine Sakkotasche gleich hinter seinem silbern blinkenden mobilen Schnapsdepot und legte mir jovial den Arm um die Schulter.

»Jetzt arbeiten wir zwei wieder zusammen«, lachte er, »das wird ... warte ... warte ... *legendary!*« In dieser Hinsicht sollte Langkamp recht behalten.

»Sag mal, Stift, was sagt eigentlich die Gemahlin zu deiner Verwandlung zum Landwirt?«

»Och ...«, antwortete ich vage und winkte ab, »Anna ist da nicht so der komplizierte Typ.« Irgendwas in meiner Stimme muss es Langkamp verraten haben.

»Warte mal, Stift – du hast noch gar nicht mit ihr *gesprochen?*«

»Quatsch!«, widersprach ich halbherzig, während Langkamp bereits Kopf schüttelnd das Haus verließ.

»Mach' kein Scheiß!«, sagte er zum Abschied und schaute mir einen Moment in die Augen. Er musste sie aufgerissen haben, denn ich konnte tatsächlich seine Pupillen erkennen. Langkamp hatte braune Augen. Komisch. Das war das erste Mal an diesem Tag, dass er mir gegenüber so etwas wie eine menschliche Regung zeigte. Doch bevor ich mich darüber wundern konnte, hatte er sich schon wieder in seine alkoholvernebelte Umlaufbahn geschossen: »Sach' deiner Else, sie kann solange bei *mir* wohnen, wenn es ihr auf Mallorca nicht zusagt.«

4

Es gibt keinen beiläufigen ersten Satz für ein Gespräch, wenn man schon knietief in der Scheiße steckt. Oder wie informiert man seinen Partner über die Absicht, mit einer jungen Studentin nach Gomera auszuwandern oder in die FDP einzutreten? Nur um mal Beispiele zu nennen. Ich ahnte, dass mein neuer Job bei den *Scheunenherzen* für Anna in der gleichen Liga spielte. Dementsprechend ratlos war ich, wie ich das Thema zur Sprache bringen sollte.

Ich bin Journalist, jedenfalls *war* ich das mal. Ich weiß also, dass im Leben nie bloß die schlichte Faktenlage zählt. Auch die Präsentation ist wichtig. Ich würde mich in einigen Wochen als Heiratskandidat in der Fernsehserie *Scheunenherzen* vor Millionen von Zuschauern zum Horst machen – das war die unumstößliche Tatsache in meiner Geschichte. Den Rest nenne ich jetzt einfach mal die Begleitumstände.

Liste mit den *positiven* Begleitumständen

1.) 50 000 Euro
2.) 12 Wochen regelmäßige Beschäftigung
3.) Landesweite Berühmtheit
4.) Neue Freunde
5.) Verbesserung meiner Fähigkeiten als Gastgeber
6.) Tierhaltung auf dem ... ähm ... *Hof*

Ich fand, das war eine ganz ordentliche Ansammlung von guten Argumenten. Jetzt musste ich nur noch vermeiden, dass Anna allzu lange auf der Liste mit den *nicht ganz so positiven* Begleiterscheinungen herumritt.

Liste mit den *nicht ganz so positiven* Begleiterscheinungen

1.) Ich war gar kein Bauer
2.) Ich war gar kein Single
3.) Es würden heiratswillige Frauen in unserem Haus leben
4.) Anna würde nicht mehr in unserem Haus leben
5.) Ich würde mich landesweit zum Affen machen

Sechs zu fünf. Ich glaube nicht, dass ich einen wichtigen Punkt unterschlagen hatte. Schon die schlichte Arithmetik war auf meiner Seite. Wenn Anna nicht vollkommen verstockt war, würde sie verstehen, dass ich Langkamps Angebot annehmen *musste*.

Seit einer halben Stunde schlich ich in unserer Wohnküche um sie herum. Selbst der Hund wurde schon ganz rappelig. Anna hatte uns nach ihrem Termin bei Melzig, dem Hühnerbaron von Haasenbüttel, ein paar *Lappen* mitgebracht. Dabei handelte es sich um einen köstlichen Teigzwitter aus flunderflacher Pizza und süßem Gebäck, das man nur bei Käthe Obgenoth kaufen konnte. Käthe war berühmt für ihren Kuchen und ihre knurrige Art, zu gleichen Teilen. Ganz Haasenbüttel schaute mehrmals wöchentlich bei ihr vorbei, um sich mit ihren eigenwilligen Produkten zu versorgen. Schon ihre Präsentation war spektakulär. Käthe residierte im Verkaufsraum einer ehemaligen Metzgerei, die früher einmal zum größten Wirtshaus Haasenbüttels gehört hatte. Außer diesem Raum aber, der mit seiner altmodischen Fleischtheke und den schmucklosen gekachelten Wänden so einladend wie die Pathologie in einem Provinz-Krankenhaus wirkte, war kein einziges Zimmer im ganzen Haus bewohnt oder auch nur notdürftig möbliert. Nur die Fenster in den oberen Etagen waren mit schwarzen Planen abgeklebt worden. Wer bei Käthe kaufte, bekam eine Vorstellung davon, wie man in den Außenbezirken Bulgariens lebte. Es hieß, dass Käthes Familie nicht das nötige Kleingeld hatte, um das langsam vor sich hin gammelnde Haus instand zu halten. Ein Verkauf stand aber offenbar auch nicht zur Diskussion, Erbschaftsgeschichten, keiner wusste da Genaues. Käthes Kuchen schafften es so gerade, die erstaunlich große Obgenoth-Sippe zu ernähren, die auf einem Resthof an der Landstraße auf halbem Weg nach Itzehoe hauste. Für das große Backsteinhaus mit seinem antiken Torbogeneingang und dem riesigen Garten hinter dem Haus tat es mir leid, es wirkte selbst halb verfallen noch so erhaben wie eine Ruine aus Kriegszeiten. Da steckt Phantasie drin, hatte Anna einmal gesagt, und das traf es genau.

»Wie war denn Käthe heute drauf?«

»Lebensfreude pur!«, antwortete Anna, »es ist sogar möglich, dass sie zur Begrüßung einmal kurz genickt hat, aber nagel' mich nicht drauf fest.«

Normalerweise bellte Käthe ihren Kunden bloß ein kehliges *»Was?«* zu und reckte angriffslustig das Kinn vor. Ihr brettsteifer Dutt wackelte dabei auf ihrem Kopf wie ein Softcord-Dackel auf der Hutablage. Ich hatte es mit Sanftmut und übertriebener Freundlichkeit versucht. Selbst bei den notorischsten Stinkstiefeln führte das ja häufig zu einer gewissen Irritation. Nicht so bei Käthe. Sie blieb knurrig wie ein hungriger Rottweiler, egal, wie sehr man sie umschmeichelte. In einer vorwitzigen Minute hatte ich Käthe einmal darauf hingewiesen, dass ihre als Pizza verkleideten Hefe-Mandelsplitter-Variationen einen schöneren Namen verdienten als »Lappen«, aber Käthe war für Belehrungen ihrer Kundschaft nicht empfänglich.

»Wenn's schmeckt is dat schietegal, wie's heißen tut«, hatte sie gebrummt, »und dat Ding sieht ja nu mal ut wie nen Lappen, nu?« Tja also …

»Wenn Käthe mir ihre Rezepte verkaufen würde, könnte ich uns beide reich machen!«, sagte Anna zwischen zwei Bissen und spielte noch etwas mit dieser verwegenen Idee. So kannte ich meine Frau. Mit Anna zu leben war nicht unkompliziert, aber überwiegend vergnüglich, ein Umstand, der leider in den letzten Wochen ein wenig in den Hintergrund getreten war. Natürlich wäre das jetzt auch der perfekte Moment für meinen lange gesuchten ersten Satz gewesen: »Apropos *reich machen* …« Ich ließ ihn verstreichen. Es sollte für längere Zeit meine letzte Chance gewesen sein.

Stattdessen holte Anna jetzt tief Luft.

»Wir müssen reden!«

Ich erschrak. Das war doch eigentlich *mein* Text. Und einer dieser ersten Sätze, die auf *jeden* Fall Unheil ankündigten. Annas vergnügtes Lächeln war verschwunden.

»Was ist denn los? Schon wieder Jubiläum? Stand der Klodeckel zum 100. Mal in diesem Monat offen?«

Anna schwieg und schaute mich unsicher an. Oh. Nicht mal ein kleiner Witz auf meine Kosten? Nicht gut, gar nicht gut. Waren ihr meine Kontoauszüge in die Hände gefallen?

»Es geht um das vergangene Wochenende.«

»Was war denn da?«

Sie seufzte.

»Das *weißt* du doch!«

Naja. Wusste ich nicht, ehrlich gesagt. Offenbar waren meine desolaten Finanzen nicht das Thema. Was dann? Ich hatte mir keine sanktionswürdigen Albernheiten erlaubt, soweit ich das auf die Schnelle rekonstruieren konnte. Anna war außerdem gar nicht in Haasenbüttel gewesen, sondern auf ihrem »20-Jahre-Abi-Treffen« in Hamburg. Mit Übernachten … bei einer Freundin. War das etwa in Wahrheit ein Freund? Nein. Konnte nicht sein. Nicht

Anna. Da war sie einfach nicht der Typ für. Oder war ich bloß zu naiv?

»Wie ist es eigentlich mit deinen alten Mitschülern gelaufen?«, erkundigte ich mich munterer, als mir zumute war. Wieso hatte ich danach nicht schon viel früher gefragt?

»Davon will ich ja gerade erzählen …«

Ich unterbrach sie erneut.

»Bist du etwa deiner großen Liebe wiederbegegnet?«

Anna schaute mich verblüfft an.

»Lass mich raten: Du hast ihn in wilder Prosecco-Raserei geküsst, und jetzt willst du mit dem frisch geschiedenen Zausel ein Pilates-Zentrum auf Ibiza eröffnen!?« Dieser Blödsinn schoss ohne Umweg über mein Kleinhirn aus mir heraus wie Schaum aus einer warmen Bierflasche. Ich wusste selbst nicht so genau, ob das bloß als blöder Witz gemeint war. Nach diesem Satz knarzte ich jedenfalls wie ein alter Wandschrank. Mit Mühe ging das noch als irres Kichern durch.

»Sonst aber alles klar bei dir, Alvy?« Meine Frau schaute mich ein wenig empört, aber mehrheitlich belustigt an, dann schüttelte sie den Kopf und wischte mir mit der Hand beruhigend über den Rücken; drei-, viermal am Stück. Eine Geste, die man aus der Seniorenbetreuung kennt. Ich fühlte mich gleich wie einer dieser Deppen, die bei Günter Jauch schon die 500-Euro-Frage versemmelt hatten. Anschließend hörte ich Anna ein paar Minuten schweigend zu, danach wusste ich, dass ich ein ziemliches Problem hatte. *Noch* eins.

Wissen Sie, was eine Zeitkapsel ist? Ich dachte bisher, das sei ein harmloser Zeitvertreib für Leute, die gern auf die Zukunft wetten. Inzwischen weiß ich es besser: In Wahrheit ist es die Inquisition. Das mit der Zeitkapsel funktioniert so: Man schreibt auf ein Blatt Papier einige Sätze darüber, was man sich von der eigenen Zukunft verspricht, und legt noch zwei, drei Fotos dazu, die den eigenen Modegeschmack und die aktuelle Frisur zeigen. Dann steckt man das alles in einen Blechkasten und verbuddelt ihn im Garten. 10, 25 oder sogar 50 Jahre später – je nachdem, wie viel Geduld man aufbringt – wird die Zeitkapsel unter lautem Hallo wieder ausgegraben. In Details variiert der Inhalt einer Zeitkapsel natürlich je nach Temperament des Absenders, aber im Prinzip läuft es genau so.

Wenn man Glück hat, hat sich der Inhalt einer solchen Kapsel nach langen Jahren im Erdreich noch nicht gänzlich aufgelöst. Was dann folgt, ist wenig überraschend: Auf den Fotos ist ein Mensch in alberner Garderobe und einer Frisur zu sehen, für die man heute bei *Facebook* auf der Stelle *defriended* würde. Und Raketenforscher oder Chefarzt ist man auch nicht geworden, nicht mal Anwalt, Schriftsteller oder Bundespräsident. Selten findet man in solchen Zeitkapseln Einschätzungen wie »Ich sehe mich in 25 Jahren als geschiedenen Steuerfachgehilfen mit Opel Corsa vor der Tür, Knorpelschaden im Knie und einem TV-Spielfilm-Abo!« Die Wahrscheinlichkeit also, vom Inhalt seiner eigenen Zeitkapsel enttäuscht zu werden, ist vermutlich größer als der Spaß, den man dabei hat, sich selbst auf einem alten Foto mit Korkenzieherlöckchen und Batik-Unterhemd vor einem Wohnwagen in Dänemark wiederzubegegnen. Mich interessierten Zeitkapseln bislang nicht besonders, selber hatte ich so ein Ding noch nie in Deutschlands Muttererde versenkt. Hätte ich geahnt, dass so eine vergrabene Flaschenpost in Wahrheit eine tickende Zeitbombe ist, wäre ich nervöser gewesen, als Anna zu ihrem Klassentreffen aufbrach. Vor 20 Jahren hatten sie und 62 ihrer Mitschüler aus dem 93er Jahrgang des Hamburger Helene-Lange-Gymnasiums eine ehemalige Munitionskiste aus Werzalit in solch eine Zeitkapsel verwandelt und verplombt in einem Lagerraum der Schule verstaut – seit 1979 eine Tradition des Hauses. Auf diese Weise kam mit jedem neuen Abi-Jahrgang im Keller der Schule eine neue Kiste hinzu. Folglich wurde seit 1999 einmal im Jahr auch eine davon im Beisein der ehemaligen Schülerinnen geöffnet. Am vergangenen Wochenende war Annas Jahrgang an der Reihe gewesen. *Ganz* mieses Timing, würde ich sagen.

»Anna, soviel ich weiß, bist du nicht nach Haasenbüttel deportiert worden. Du hast dir das Leben hier ausgesucht! *Unser* Leben.« Die letzten Worte klangen ein wenig verzweifelt. So als ob ich sie daran erinnern müsse. Was offenbar auch stimmte. Anna blickte schweigend auf einen Punkt am Horizont. Der Anflug eines unbestimmten Schmerzes streifte ihr Gesicht.

»So ein Leben auf dem Land war nie *mein* Traum, das weißt du. Ich hatte mal andere Ziele ...«

Das wusste ich wirklich. Fernweh, Rastlosigkeit und eine schwer zu stillende Neugier wären die Eigenschaften gewesen, die mir zu Anna als Erstes einfielen. Dazu hätte es den Brief, den sie 1993 an ihr zukünftiges Ich adressiert und der jetzt unseligerweise in dieser Werzalitkiste in der Schule wieder aufgetaucht war, nicht gebraucht. Darin hatte Anna offenbar genau beschrieben, wie sie sich ihr Leben in der Zukunft vorstellte: am Meer sein, mit Tieren, ein paar Kindern und vielen Freunden um sich herum; viel reisen, die Welt kennenlernen, eine Arbeit haben, die sich nicht wie eine anfühlt. Das war alles nicht sonderlich außergewöhnlich für eine Neunzehnjährige, eine Mischung aus wilden Hoffnungen und einer optimistischen Maßlosigkeit hauptsächlich, die am Ende der Pubertät ganz normal schien, wenn man das ganze Leben noch *à la carte* vor sich hatte. Erstaunlich war aber schon damals der Nachsatz, den sich Anna als Abiturientin überlegt hatte: »Ich will Lebensqualität aus dem ziehen, was ich tue, und nicht aus dem, was ich damit darstelle oder verdiene!«

So was wie Haasenbüttel kam in ihrem 20-Jahre-Plan nicht vor. Und die Vorstellung, irgendwann mal zur Reklame-Perle eines schrulligen Landwirts zu werden, hätte die junge Anna vermutlich in die Depression getrieben. Jetzt hatte sie den Salat. Gut, mit Cosima würde sie sicherlich nicht obszön viel Geld verdienen und so irgendwelche Ideale verraten, aber ihren Seelenfrieden könnte sie mit dem Huhn auch nicht machen. Und putzige Bullerbü-Blondschöpfe wuselten auch nicht um sie herum und zogen an ihren Rockzipfeln, wenn sie Sonne, Mond und Sterne erklärt haben wollten oder vor dem Schornsteinfeger Schutz suchten. Wenn man es mal von dieser Warte sah, konnte ich schon nachvollziehen, dass Anna gerade von Zweifeln geplagt wurde. Hatte sie wirklich so viele falsche Entscheidungen getroffen? Dabei ahnte sie noch nicht, dass eine dieser Entscheidungen – ihr eigener Mann nämlich – schon bald als Fernseh-Bauer nach einer *neuen* Frau suchen würde. Das würde ihre Bilanz sicher nicht verbessern.

»Ich dachte, du wärst hier eigentlich ganz zufrieden?«

»Ganz zufrieden«, wiederholte Anna tonlos, »ganz *zufrieden* ...« So wie sie es sagte, klang es wirklich nicht gut.

»Warum bist du denn zu mir zurückgekommen? Du wusstest doch, dass Haasenbüttel zu meinem Leben dazugehören würde?« Und einen Kinderwunsch hatte ich auch noch nie, daraus hatte ich keinen Hehl gemacht. Kein guter Moment, um das noch einmal ausdrücklich zu erwähnen ...

»Richtig«, antwortete Anna, »aber ich hatte gehofft, das mit uns hier draußen entwickelte sich vielleicht zu etwas ganz Besonderem, zu etwas *Gemeinsamen*. Aber so ist das nicht gelaufen, Alvy. Du schottest dich immer mehr ab, und du sprichst nicht mit mir. Ich merke doch, dass du dich seit Wochen mit Problemen herumquälst. Und sag mir nicht, dass dich das ›alberne Ticken meiner biologischen Uhr‹ so fertigmacht, wie du es immer nennst. Du hast mir ja deutlich zu verstehen gegeben, dass das ausschließlich mein Problem sei. Ehrlich, Alvy, ich weiß manchmal gar nicht mehr, ob ich dich für deine Genügsamkeit beneiden oder dich wegen deiner Antriebslosigkeit in den Hintern treten soll – und auch nicht mehr, wo das eine aufhört und das andere anfängt.«

Es reichte langsam. Jetzt wollte ich aber auch mal an den verdammten *talking stick!*

»Du übertreibst! Ich bin weder genügsam noch antriebslos. Erinnere dich mal dran, wohin *dein* Ehrgeiz dich gebracht hat. An den Rand der Erschöpfung nämlich! Weißt du nicht mehr, was die Nächte in Flughafenhotels, die Lunch-Termine, Coffeeshops, Business Lounges angerichtet haben? Ich dachte, damit wärst du durch? Weißt du noch, wie du dich damals gefühlt hast, bevor du deinen Job gekündigt hast?«

Anna nickte.

»Du hast gesagt, dass dein Leben sich anfühlte wie ein schickes Haus, in dem man die Küche vergessen hatte: Alles Warme sei aus deinem Leben verschwunden! Zählt das nicht mehr? Nur Schall und Rauch?«

Anna seufzte leise.

»Hab ich nicht vergessen, Muli.«

Ein flüchtiges Lächeln huschte über unsere Gesichter. Der »Muli« gehörte zu unserem Anekdoten-Repertoire, diesem ganz privaten Code, der sich zwischen Paaren im Laufe der Jahre entwickelte. Damals, direkt nachdem Anna ihr altes Leben hinter sich gelassen und zu mir aufs Land gekommen war, um zu bleiben, hatte sie mir ein zweifelhaftes Kompliment gemacht: »Du hast mir gefehlt, so wie man einen Muli in einem Zoo vermisst.« Es dauerte eine Weile, bis ich diesen Satz zu schätzen lernte. Er war wohl nur im Kontext ihres atemlosen Lebens zu verstehen: Anna nannte diese Zeit im Nachhinein ihre »Weltreise für Immer«-Phase. Der Jetlag war ihr treuester Freund, ihre To-do-Listen gefräßige Bandwürmer mit fünf Köpfen.

»Willst du denn wirklich wieder zurück in diese Mühle? Weißt du nicht mehr, wie ausgebrannt du dich gefühlt hast?«

»Ja, schon. Aber ich weiß auch, wie ich mich gerade *jetzt* fühle.

Mir fehlt der Glaube daran, dass wir noch *zusammen* unterwegs sind, und ich zweifle sogar daran, dass wir noch eine gemeinsame Idee haben, wohin wir wollen. Ich bin 39 Jahre alt, Alvy. Ich habe keine Zeit mehr, mich selbst anzulügen. In mir wächst der Wunsch nach einer richtigen Heimat, nach ein bisschen mehr Verbindlichkeit, nach einer Familie, in der ich mich aufgehoben fühle, die sich wie ein warmer Mantel um mich schmiegt. Als ich den Brief aus der Zeitkapsel gelesen habe, den ich vor 20 Jahren an mich selbst geschrieben habe, bin ich einer Version von mir begegnet, die ich auch heute noch mag, mit der ich aber keine Ähnlichkeit mehr habe. Und das gefällt mir nicht, Alvy, das gefällt mir ganz und gar nicht!«

Was sollte das denn jetzt schon wieder heißen? Ich wünschte, ich hätte von Langkamp und den *Scheunenherzen* erzählt, bevor Anna »mal reden« wollte. Das hätte kaum ärger werden können. Dieses Gespräch entwickelte sich jedenfalls gerade zu einem Albtraum.

»Darf ich mal zusammenfassen«, herrschte ich Anna in meiner Hilflosigkeit barsch, »du ziehst dein ganzes Leben in Zweifel, weil du in einem alten Brief auf eine ›Lara Croft meets Pippi Langstrumpf‹-Ausgabe von dir selbst gestoßen bist, auf eine übermütige Jungmädchen-Phantasie? Wie erwachsen ist DAS denn?«

Ich war ein wenig lauter geworden als beabsichtigt. Das Paulchen trottete mit eingekniffenem Schwanz davon und versteckte sich hinter dem Kachelofen.

»Das hat mit dem Brief nichts zu tun, Alvy. Der ist vielleicht ein kleiner Brandbeschleuniger, mehr aber nicht. Ich fühle mich hier, mit uns, schon eine ganze Weile nicht mehr so richtig … aufgehoben! Nicht mal *ganz zufrieden* mehr, Alvy, nicht mal das. Du merkst es doch selbst, irgendwas ist nicht in Ordnung.«

Das stimmte, lag aber sicher nicht an Anna. Einen schlechteren Zeitpunkt, um jetzt auch noch *darüber* zu diskutieren, konnte es gar nicht geben. Einen *anderen* aber auch nicht. Vielleicht war es sogar eine gute Idee, den Schwerpunkt dieser Unterhaltung mal ein wenig zu verlagern, um an einer anderen Front zu arbeiten …

»Kennst du eigentlich *Scheunenherzen*?« (Da war er ja plötzlich, der lang gesuchte erste Satz …)

Anna schaute irritiert auf.

»Die Fernsehsendung?«

»Genau.

Wie findest du die?«

»Wie soll ich die schon finden?«

Anna verstand nicht, was das sollte. Über ihrem Kopf tanzten die Fragezeichen.

»Grotesk? Menschenverachtend? Armselig? Aber ich versteh wirklich nicht ganz …«

»Das ist auch nicht so einfach zu verstehen. Ich fange mal so an: Wir haben ein Problem!«

Annas Fragezeichen wurden größer.

»Jaaaa, richtig, darüber reden wir doch gerade, dachte ich.«

»Nein, ich meine, wir haben noch ein *anderes* Problem. Es betrifft ausnahmsweise mal *mein* Leben.«

Anna schwieg und runzelte die Stirn.

»Mir geht das Geld aus, Anna, ich brauche dringend ein paar neue Jobs. Und zwar schnell.«

»Sonst?«

»Sonst kommen die bösen Schergen von der Bank und setzen uns vor die Türe.«

»Wie schnell?«

»Schnell.«

»Und *das* betrifft jetzt also nur *dein* Leben?«

Ich zuckte mit den Schultern. Punkt für Anna.

»*Deshalb* gehst du mir also seit Wochen aus dem Weg und versteckst dich mit deinem Landwein in der Gartenhütte«, sagte

Anna leise, »wegen *Geld?*« Sie spuckte das Wort aus wie einen giftigen Brei. »Wie wärs, wenn du mal ein Wort gesagt hättest? Dann hätten wir ja vielleicht gemeinsam darüber nachdenken können, was zu tun ist, bevor der Möbelwagen vor der Tür steht. Übrigens ein ziemlich populäres Konzept bei Leuten, die zusammenleben.«

»Einspruch, Euer Ehren. Sarkasmus.«

»Ach, sei still, Alvy.«

Mit einer resignierten Geste stand Anna auf, pfefferte den Rest ihres Lappens in die Brotkiste und griff nach einem Weinglas. Sie nahm eine angebrochene Flasche des Grünen Veltliners aus dem Kühlschrank, füllte sich ein Glas davon ein und rief den Hund, der immer noch hinter dem Kachelofen auf bessere Zeiten wartete.

»Wir zwei gehen mal ein paar Meter«, sagte Anna, und wandte sich zur Tür. Sie war schon fast draußen, auch Paulchen schlackerte schon vorfreudig mit dem Kopf, um die Dämmergeister aus seinem Schädel zu vertreiben, da drehte Anna sich noch einmal zu mir um.

»Was hat das denn jetzt eigentlich alles mit diesen *Scheunenherzen* zu tun?«

Keine Minute später kauerte der Hund wieder an seinem Platz hinter dem Kachelofen.

»Das meinst du nicht im Ernst?«, flüsterte Anna, was bei ihr eine bedrohlichere Wirkung zeigte als mein lautes Aufbrausen vorhin. »Ich soll ausziehen? Aus unserem Zuhause?«

Unser Zuhause. Ich schluckte. Frauen haben es einfach drauf. Mit einem Satz lassen sie dich spüren, was für eine nichtswürdige Kreatur hinter deiner harmlosen Fassade schlummert. Vor ein paar Minuten hatte sie dieses *Zuhause* zwar noch selbst in Frage gestellt, aber hey, das waren Details, ich war da jetzt besser nicht so kleinlich.

»Es ist doch nur für ein paar Wochen«, antwortete ich stattdessen angemessen kleinlaut, »so lange bis dieser ganze TV-Zirkus vorbei ist und wir daran arbeiten können, woran immer wir . . .*ähm* . . . arbeiten sollten.«

»Ein paar Wochen . . .«, wiederholte sie tonlos, »gerade jetzt.«

Männer haben es eher *nicht so* drauf. Mein nächster Satz war ein prima Beweis dafür.

»Wieso gerade jetzt? Du bist doch ohnehin im Moment ein wenig unsicher, ob du dich hier bei mir auf dem Land noch wohl fühlst. Wäre doch eine gute Gelegenheit, das mal woanders rauszufinden?«

Für drei, vier Sekunden hielt ich diesen Hinweis *nicht* für vollkommen unsensibel und totaaaal einfältig. So lange es eben dauerte, bis Anna in Tränen ausbrach und der Hund verzweifelt seine Vorderpfoten über dem Kopf ausstreckte.

Ich hatte echt einen Lauf.

5

»Bäm! Bäm! Bäm!«

Mit Schmackes schmiss Langkamp nacheinander drei postkartengroße Fotos auf den Küchentisch.

»Darf ich vorstellen, Stift, deine neuen Mitbewohnerinnen.«

Ein kurzer Blick reichte. Ich hatte so was schon geahnt. Für Langkamps Verhältnisse hatte er am Telefon eine Nuance zurückhaltender geklungen als üblich. Er ahnte wohl, dass er nicht die besten Karten in der Hand hatte. Ich betrachtete die Fotos genauer. Mir ist schon klar, dass ich eher selten wie George Clooney rüberkomme. Nicht mal wie Markus Lanz. Hätte schlimmer ausgehen können, denke ich immer, wenn ich in den Spiegel schaue – an Tagen, in denen ich versöhnlich gestimmt bin. Dass die drei Damen, die Langkamp mir da gerade präsentierte, das auch über sich dachten, war leider nicht sehr wahrscheinlich. Sie wirkten ein wenig verloren auf ihren schmucklosen Bewerbungsfotos, so wie Achtjährige, die man zum ersten Mal allein in die Ferien schickte. Meine Güte, wenn das Leben ein Kompensationsgeschäft wäre, dürfte sich dieses Trio über eine ganze Wagenladung innerer Werte freuen. Ich schämte mich gleich ein wenig für diesen Gedanken, schließlich wollte ich nicht als Blumenkohl zurück auf die Welt kommen – und genau das würde mir drohen, wenn ich mein Karmakonto nicht langsam mal etwas besser im Auge behielt.

»Okay, Langkamp, was steckt dahinter?«

Langkamp ignorierte meine Bemerkung und lockte einen meiner Kater mit einem Löffel Quark an den Tisch. *Mein* Frühstück. Günter ließ sich nicht lange bitten. Wolfgang war nicht zu sehen. Und das Paulchen, das üblicherweise für die Tischabfälle zuständig war, befand sich jetzt schon seit Tagen im Exil. (Traurige Geschichte. Später.)

»Langkamp?«

Er reagierte immer noch nicht. Ich stupste ihn kurz an.

»Darf ich mal kurz um deine Aufmerksamkeit bitten, wenn deine Mission als Tierpfleger beendet ist?«

Mühsam ächzte Langkamp seinen massigen Oberkörper wieder in eine aufrechte Position.

»Ganz der deine, Stift.«

»Was hat das zu bedeuten?«

Ich zeigte mit dem Finger auf die Fotos der drei Frauen.

Wenn es nach Langkamp und seinen TV-Fritzen ging, sollten das die Kandidatinnen sein, denen ich in *Scheunenherzen* den Hof machte. Langkamp lächelte süßsauer.

»Ist das Absicht?«

Langkamp probierte ein Pokerface. »Was meinst du?«

»Hör mal, Langkamp, ich bin doch nicht mit dem Klammerbeutel gepudert worden. Ihr wollt mir doch nicht wirklich erzählen, dass sich niemand anderes für die Show beworben hätte als diese . . .diese . . .«

»Gruselgusten?«, erkundigte sich Langkamp.

»Nein!«, schrie ich ihn beinahe an, mein Karma im Sinn. »Nenn sie nicht Gruselgusten, das sind nur Frauen, die ihre . . . ähm . . . Qualitäten offenbar nicht gleich auf einem Silbertablett präsentieren.«

Konnte man das so sagen? Meine Güte, wann war ich bloß zu solch einem Pharisäer geworden?

»Du hast wohl länger nicht mehr in den Spiegel gesehen?«, ätzte Langkamp. »Die passen doch prima zu dir!«

Stimmte das womöglich? Mein Stolz meldete sich: keineswegs! Leise Zweifel aber blieben.

»Nochmal, Langkamp. Was soll das? Willst du uns im Fernsehen als Freakshow vorführen?«

Langkamp grinste verlegen. Möglicherweise war ich auf der richtigen Fährte.

»Langkamp?«

»Naja, wir haben uns schon was dabei gedacht ...«

Ich hatte mir in den letzten Tagen alle Folgen der *Scheunenherzen* angesehen. Nicht ganz freiwillig. Ich wollte wissen, was auf mich zukam, bevor die Dreharbeiten der neuen Staffel begannen. Ein großer Spaß war das nicht. Nahezu alle Kandidaten in der Show kamen darin schlecht weg. Die meisten wurden als maulfaule Stinkstiefel oder fröhliche Deppen präsentiert, die mit 19 den Hauptschulabschluss vergeigt hatten und seitdem den Frühschoppen am Wochenende bis zum »Tatort« ausdehnten. Ich verstand nicht, welche Rolle Langkamp für mich vorgesehen hatte – und für die drei mir zugedachten Damen.

»Stift, aber das ist doch genau der Grund, warum wir so froh sind, einen Kerl wie dich in der Sendung zu haben. Du siehst gut aus, na ja, *normal.* Und du kannst dich artikulieren. *Dich* werden die Frauen doch auffressen!«

Na hoffentlich nicht.

»Du musst schon entschuldigen, dass ich bei *dieser* Perspektive nicht gleich vor Freude um den Tisch tanze.« Ich zeigte noch einmal auf meine drei Grazien. Nur damit man sich das besser vorstellen kann: Es handelte sich um eine *sehr* Dicke, eine *sehr* Dürre und eine *extrem* Winzige aus einem Kulturkreis, der gern mit Glutamat arbeitet. Langkamp wiegelte ab.

»Ach, ist doch nur für ein paar Wochen. Die überstehst du locker. Vielleicht kannst du ja eine Sonnenbrille tragen?«

Sein Lachen erreichte langsam wieder die gewohnte Sirenen-Qualität, er hatte sich wohl oft genug aus seiner Silbernuckel bedient, die er immer am Mann trug.

»Ehrlich, Stift, wenn ich drüber nachdenke: geile Idee! Ich seh' schon den Abbinder mit drei gelben Punkten über den Bildschirm laufen, Text: *Zum Glück kann Kleinbauer Alvy seine Frauen mit einer Sonnenbrille nicht so gut erkennen …* Lacher! Wir könnten sogar versuchen, Ray Ban als Sponsor dafür zu gewinnen.«

Das war zu viel. Ärger, Angst, Wut, all die Gefühle eben, die mich in den letzten Tagen abwechselnd heimsuchten, seitdem ich die Unterschrift unter den Vertrag gesetzt – und seitdem Anna angedeutet hatte, ernsthaft über ihr Leben nachzudenken – platzten aus mir heraus wie glühende Lava aus einem Plastikbeutel.

»Jetzt halt aber mal die BACKEN!«

Langkamp verstummte augenblicklich.

»Du sexistischer, versoffener Arsch, merkst du eigentlich noch was? Und deine Sprüche sind nicht mal komisch!«

Das verletzte ihn mehr als mein sozialpädagogisches Genöle. Moralische Bedenken waren Langkamp fremd, aber dass er schlechte Unterhaltung ablieferte, das wollte er sich nicht sagen lassen.

»Was ist denn los, Stift, wirst du jetzt etwa weich?«, antwortete er mürrisch.

»Langkamp, lass uns eins klarstellen. Ich bin nicht dein Kumpel! Wir sitzen für eine kurze Zeit im selben Boot, bedauerlich genug, aber nicht zu ändern. Aber verschone mich mit deinen blöden Sprüchen. Ich werd nicht applaudieren. Und ich werde auch nicht bei all euern armseligen Spielchen mitmachen. Wenn ihr glaubt, ich würde euch helfen, diese armen Frauen vor der Kamera lächerlich zu machen, dann habt ihr euch geschnitten!« Wer wusste schon, ob die nicht auch so gute Entschuldigungen für ihre Teilnahme in den *Scheunenherzen* hatten wie ich selbst?

Langkamp tat, als wüsste er nicht, wovon ich redete.

»Ich bin euer Kandidat, okay, und ich werde eure debilen Texte aufsagen, auch okay. Aber es gibt Grenzen. Meine Seele hab' ich euch jedenfalls nicht verkauft.«

Da war ich zwar nicht sicher, aber wenn ich's noch ein paar Mal laut schrie, würde ich vielleicht selbst daran glauben.

Langkamp schnaufte durch. Er war Beschimpfungen aller Art gewöhnt. Als Klatschkolumnist gehörte ein dickes Fell zur Grundausstattung. Trotzdem hatte ich den Eindruck, dass ihn mein Ausbruch getroffen hatte. Schimmerte da so etwas wie Scham und Verlegenheit in seinen Augen? Diese seltene Chance musste ich nutzen.

»Vorschlag zur Güte, Langkamp, wir machen es so: Ich akzeptiere zwei deiner Kandidatinnen, aber für die Startnummer 3 suchst du nach einer ganz normalen Alternative. Sie muss nicht schön, nicht auffallend attraktiv oder so etwas sein – es reicht, wenn sie nicht zu den beiden anderen passt!«

»Und was soll das bringen?«

»Kann ich dir sagen: Man merkt nicht gleich, wie armselig ihr denkt. Zwei auffallend unattraktive Frauen, das kann Zufall sein. *Drei* auffallend unattraktive Frauen, das wäre ein überlanger Sketch! Und in dem will ich nicht mitspielen.«

Langkamps Blick irrlichterte hektisch durch meinen Garten.

So sah das also aus, wenn Langkamp nachdachte. Er wand sich noch ein wenig, aber dann stimmte er zu: »Meinetwegen. In Ordnung. Gib mir ein paar Tage, ich kümmere mich persönlich drum.« Ich hielt das für einen seiner Sprüche. Diesmal aber lag ich falsch, so falsch.

6

Drei Wochen später

»Freut mich, Alvy, dass Sie ein wenig Zeit für mich erübrigen.«

Ich nickte und gab Melzig die Hand. Das fühlte sich an, als ob ich ein Croissant zerdrückte. In seine strähnigen grauen, nach hinten gekämmten Haare strich Melzig Pomade, um sie an seinen auffallend kleinen Kopf zu kleben. Das verlieh ihm das Aussehen eines frisch geschlüpften Vogels. Ein wenig gruselig, aber irgendwie auch amüsant. Vielleicht wollte Haasenbüttels Hühnerbaron mit diesem Manöver kahle Stellen verdecken oder aber er versprach sich einen modischen Effekt von dieser Maßnahme. Man konnte ihm da allerdings in beiden Fällen wenig Hoffnung machen.

Ich lachte in mich hinein. Viele Männer lagen in Fragen ihrer Schädeldekoration gern daneben. Das hatte ich schon bei einigen meiner früheren Kollegen bei der Zeitung beobachtet. Sie trugen schicke Anzüge, fuhren lässige Autos und strichen nicht selten sechsstellige Jahresgehälter ein. Man durfte also von ihnen erwarten, dass sie auch in Fragen der Frisur ein gewisses Stilempfinden bewiesen. Leider falsch. Vor ihrem Badezimmerspiegel versagten Männer reihenweise. Sie legten sich dünne Strähnen quer über den Schädel, färbten ihre Haare in unnatürlichen Tönen oder kultivierten einen dünnen Zopf, der es nicht mal annähernd mit einem Dackelschweif aufnehmen konnte. Einige klebten sogar einen künstlich schimmernden Fifi auf den Kopf und machten ein Gesicht dazu, als erwarteten sie Beifall für diese Form des missglückten Katastrophenschutzes. Auch Hanno Melzig wirkte gleich ein wenig albern auf mich, und ich wusste schon, dass er es schwer haben würde, diesen ersten Eindruck zu widerlegen. Ich nahm mir vor, ihm wenigstens eine faire Chance zu geben, auch wenn ich noch nicht so genau verstanden hatte, was Melzig eigentlich von mir wollte.

Langkamp hatte mich vorgewarnt.

»Stift, da wird dich in den nächsten Tagen so ein Hühner-Heini anrufen. Triff dich mal mit dem. Der ist unser wichtigster Sponsor, in einer seiner Hallen wird die Eröffnungssause von den *Scheunenherzen* stattfinden.«

»Und was will er von mir?«

»Der will dich nur kennenlernen, keine große Sache.«

Warum wollte mich der Sponsor einer Fernsehsendung kennen lernen? Rätselhaft. Wahrscheinlich wollte er den örtlichen Kandidaten unter die Lupe nehmen und auf den rechten Weg bringen, bevor der im Fernsehen noch das Image der ganzen Region untergrub. Eine Bemerkung von Langkamp hatte mich allerdings etwas beunruhigt.

»Wenn er dir so ein bisschen komisch kommt, dann ignorier das einfach. Trink ein Käffchen mit dem Kerl, denk an deine großzügige Gage und beiß auf die Zähne.« Auf meine Nachfrage hatte sich Langkamp ungewöhnlich maulfaul gezeigt. War sonst gar nicht seine Art.

»Darf ich Sie vielleicht zu einer kleinen Führung über das Gelände einladen?«, salbte Melzig. »Ich möchte Ihnen mein Unternehmen gerne etwas ausführlicher vorstellen, jetzt, wo wir ja sozusagen in einem Boot sitzen.« Für einen norddeutschen Geflügelbauern drückte Melzig sich ganz schön geschwollen aus. Keine Spur vom sperrig-knappen Plattdeutsch, das ansonsten in Haasenbüttel hoch im Kurs stand. Ich seufzte. Eine Führung auf einem Hühnerhof, na prima. Davon hatte Melzig am Telefon nichts gesagt, als wir den Termin ausgemacht hatten. Was sollte das auch für einen Sinn machen? In dieser Frage konnte Melzig mir allerdings sehr schnell weiterhelfen ...

»Alvy, Sie sind doch ein Mann des Wortes, nicht wahr?«

»Naja«, antwortete ich geschmeichelt, »wenn Sie damit auf meine Tätigkeit als Journalist anspielen ...«

»Durchaus, durchaus«, sagte Melzig und strich sich affektiert durch die fettigen Haare, »dann werden Sie es sicherlich schätzen, dass ich nicht lange um den heißen Brei herumrede. Das hier ist kein lustiger Antrittsbesuch beim Hühneronkel, Alvy, sehen Sie es eher als eine Art Schulung!«

»Schulung? Wer soll denn ... ich meine ... worin soll ich denn geschult werden?«

»Na, was glauben Sie, warum Sie für Ihre geschätzte Mitwirkung in *Scheunenherzen* so gut honoriert werden?«

Keine Ahnung. Das hatte ich mich allerdings auch schon gefragt. Moment mal!

»Sie wissen, wie viel mir der Sender zahlt!?«

»Natürlich bin ich darüber im Bilde, junger Mann, ich habe Sie ja schließlich *ausgesucht!* War gar nicht so einfach, in Haasenbüttel einen geeigneten Kandidaten zu finden.«

Musste ich das verstehen?

»Ich dachte, der Kollege Langkamp hätte mich *ausgesucht*, wie Sie das so nett formulieren. Ich bevorzuge allerdings die Vorstellung, dass Herr Langkamp mir ein Angebot unterbreitet hat, das ich nach reiflicher Überlegung angenommen habe.«

Melzig lächelte maliziös.

»Lieber Alvy, wir hatten uns doch darauf verständigt, wie Erwachsene miteinander zu reden ...«

Hatten wir?

»Nun, erstens: Ihr Kumpel Langkamp ist gar nicht in der Position, Ihnen ein solches Angebot zu unterbreiten – und wenn ich mir eine persönliche Bemerkung erlauben darf: Er wäre dank seiner ausgeprägten Liebe zur Spirituose auch gar nicht in der Lage, zwischen einem fernsehtauglichen Landwirt und einem stinkenden Schweinehirten zu unterscheiden.«

Das war hart und außerdem falsch, aber ich erwähnte es bereits: Man unterschätzte Langkamp gern, nur weil er soff wie ein Kosak. Ein Wortbeitrag von mir war aber an dieser Stelle nicht vorgesehen, Melzig fuhr ohne Pause fort. Es schien ihn nicht zu interessieren, ob ich an der Einschätzung meines *Kumpels* etwas auszusetzen hatte. (Was ehrlich gesagt, nicht der Fall war.)

»Zweitens, und jetzt kommen wir zu Ihnen, lieber Alvy: Ich bin, wie Sie zweifelsohne wissen, ein langjähriger Bürger Haasenbüttels und darüber hinaus auch der größte Steuerzahler der Gemeinde, doch das nur nebenbei. Im Laufe der Jahre hatte ich die Freude, alle, ich wiederhole, ALLE Landwirte der Gegend kennenlernen zu dürfen. Daraus ergibt sich eine logische Schlussfolgerung: Sie sind meine Idealbesetzung für die Sendung. Meine Recherchen haben nämlich dreierlei ergeben. Punkt 1. Sie leben in prekären finanziellen Verhältnissen und dürften prinzipiell ein offenes Ohr für monetäre Offerten aller Art aufbringen.«

Ich schaute ihn ungläubig an.

»Kein Grund, sich zu schämen, das ist schon vielen guten Männern widerfahren.«

Er tätschelte mich nachsichtig am Arm wie mein Grundschullehrer nach der ersten Mathestunde meines Lebens. Ich wusste nicht, ob mir diese Form der Zuwendung gefiel oder ob ich mich dagegen verwehren sollte. Würde ich später entscheiden.

»Punkt 2. Sie sind zwar kein Landwirt, leben aber auf einem hübschen Anwesen in Alleinlage, das man mit etwas Phantasie und den entsprechenden Accessoires leicht in einen Ort verwandeln könnte, den die Zuschauer von *Scheunenherzen* mit einem Bauernhof verwechseln dürften.«

Mann, was für ein gestelzter Zinnober. Aber ich befolgte Langkamps Rat: Klappe halten und wegatmen.

»Schön. Kommen wir zu Punkt 3: Im Gegensatz zu diesen störrischen Männern, die hier in Haasenbüttel schon in der sechsten Generation mit der Mistschaufel hantieren, sind Sie zu intelligent, um sich diese Chance beim Fernsehen aus falschem Stolz entgehen zu lassen.«

Ich schluckte. Meinte der das ernst? Oder wollte er mir nur zu verstehen geben, dass er mich für einen charakterlosen Gesellen hielt?

»Wie kommen Sie denn zu dieser nun ... *ähm* ... schmeichelhaften Ansicht?« Ich versuchte es auch mal in seinem parfümierten Ton.

Jetzt lächelte Melzig milde wie ein Pastor. Was war mit dem Kerl los? Hatte das viele Geld den Landjunker ein wenig wunderlich gemacht?

»Ist pragmatische Kooperationsbereitschaft nicht die berufliche Basis für Journalisten?«, fragte er scheinheilig.

»Sie meinen, wir sind alles korrupte Schmierfinken?«, antwortete ich spontan und lachte meiner Frage entwaffnend hinterher.

»Ach, lieber Alvy, da gehen Sie jetzt aber sehr kritisch mit sich und Ihren Kollegen ins Gericht.« Der Subtext war klar: Allerdings! Jetzt noch *ein* »lieber Alvy«, und ich würde für nichts mehr garantieren, Sponsor hin oder her. Dieser Melzig hatte eine Art, aus der ich nicht schlau wurde. War der jetzt bloß ein wunderlicher Hagestolz mit der Angewohnheit, sich unklar auszudrücken, oder ein Arsch, wie er im Buche stand?

»Können wir jetzt vielleicht mit der Schulung beginnen, ich müsste dann langsam mal wieder ...?«

Ich hoffte, das klang nicht zu unterwürfig. Melzig nickte kurz und ging voran. Zwei etwa 100 bis 120 Meter lange Hallen bildeten den Kern seines Hofes. Sie schienen gerade erst neu errichtet worden zu sein. Die blau gestrichenen Holzpaneele, aus denen die modernen Außenfassaden der beiden Hallen bestanden, leuchteten frisch in der Mittagssonne. Der ganze Hof wirkte wie aus dem Ei gepellt. Melzigs Angestellte wuselten geschäftig auf dem Hof herum. Ich wusste gar nicht, was die so trieben: Den ganzen Tag: vielleicht Eier suchen? Frauen wie Männer trugen rote Latzhosen, rot-weiß karierte Hemden und blaue Gummistiefel. Alle, ausnahmslos. Diese farbenfrohe Uniform sollte wohl eine gewisse Dynamik zum Ausdruck bringen, aber dazu hätte Melzig seinen Leuten vielleicht noch mitteilen sollen, dass gehetzte Blicke und verkniffene Mienen nicht besonders gut zu dieser Absicht passten. Melzigs Erscheinen hatte überall den gleichen Effekt bei seinen Leuten: kurzes Ducken, ein knapper Gruß, gepaart mit einem kaum zu bändigenden Fluchtreflex. Hier war aber mal einer so richtig beliebt ...

»Die habe ich alle vom Elmshorner Arbeitsamt«, klärte mich Melzig auf, »beziehungsweise der Agentur für Arbeit, wie das ja nun korrekt heißt. Hauptsächlich Leute, die als schwer vermittelbar galten. Bin ich also ein Wohltäter?«

Er lachte seiner Frage keckernd hinterher.

»Nein, bin ich nicht. Die Leute sind einfach dankbarer und loyaler, wenn sie mal mit dem Rücken an der Wand standen.« Wieder so eine Bemerkung, die man so oder so verstehen konnte. So einer wie Melzig war mir in Haasenbüttel überhaupt noch nicht untergekommen, ein undurchsichtiger Großmeister der Ambivalenz. Musste man aber auch erst mal draufhaben. Ein Dummer war das nicht, so viel stand fest.

Melzigs albernes Firmenlogo *GluckenGlück* war in den Hof-Farben gestaltet: *Glucken* in blau, *Glück* in rot. Darüber grinste eine gold-gelbe Henne so breit, als würde sie mit Ecstasy gefüttert. Das war alles ein bisschen dick aufgetragen. Allein dieser Name: *GluckenGlück*. Reinster Comic. Ich war sicher, dass Melzig ihn der Marktforschung verdankte. Konnte man ihm ja auch nicht vorwerfen. So war er, der *Endverbraucher*. Er mochte es gern ein bisschen verlogen, um sein Gewissen zu beruhigen. Allein schon mit einer grinsenden Henne auf der Verpackung und einem fröhlichen Namen dazu konnte man ihm weismachen, so ein Huhn zu 1,99 Euro im Tiefkühlpack habe ein Spitzenleben gehabt, bevor es am Ende seiner Tage lebensmüde und glücklich in den Grill geschoben wurde. Was natürlich Blödsinn war. So viel wusste ich: Hühner, die bei Discountern zum Dumpingpreis in der Gefriertruhe landeten, hatten die Sonne nie gesehen.

Eines musste ich aber zugeben: Den Geflügelhof eines Hühnerbarons hatte ich mir immer ganz anders vorgestellt. Nicht so folkloristisch – und auch nicht so waldorfschulenbunt. Melzigs Hallen sahen aus wie diese Wellnesshotels mit ihrem Manufactum-Spirit, so als ob das Landleben eine höhere Lebensform sei. Entspannt führte mich der Meister durch sein Reich. Überall offene Türen und eine Menge Licht. Die Hühner liefen auf großen, mit Sägemehl ausgelegten Holzböden frei herum und taten, was Hühner tun müssen: hauptsächlich scharren.

»Wir ziehen hier nur noch 3000 Einheiten zur gleichen Zeit hoch«, sagte Melzig, »wir haben da ja leider in der Vergangenheit mal einen Fehler gemacht ... Aber daraus haben wir gelernt! Mir ist wichtig, dass unsere Tiere ein schönes, erfülltes Leben haben, bevor sie ... äh ... bevor ... nun ...«

Sein letzter Satz verhallte unvollendet. Ich fragte nicht nach, nahm mir aber vor, später mal kurz zu googeln, was es mit diesen *Fehlern* auf sich hatte. Wenn so jemand wie Melzig freimütig über eigene Versäumnisse sprach, musste davon etwas an die Öffentlichkeit gelangt sein. In dieser Hinsicht unterschieden sich multinational agierende Unternehmen nicht von Krautern aus der Provinz: Keiner redete freiwillig über die Leichen in seinem Keller. Und dass Melzig ein großer Tierliebhaber war, nahm ich ihm auch nicht ab. Wer seine Hühner als *Einheiten* bezeichnet, die man *hochzog*, dem ist das Glück seiner Glucken wumpe, da ließ ich mich nicht verarschen.

Bei der Führung über seinen Hof schlug sich Hanno Melzig allerdings ganz ordentlich. Er referierte über die Geschichte der Firma, setzte mich über seine Absatzziele, neue Märkte und langfristige Strategien ins Bild und zeigte mir anhand von allerlei Beispielen, wie toll *Bio* sein Hof inzwischen geworden sei. »Ich erwarte, dass der Hof schon in Bälde das begehrte Grüne Bio-Zertifikat erhält, damit der Verbraucher in Deutschland in Zukunft ganz sicher sein kann: Mit den GluckenGlück-Erzeugnissen kann er beherzt und mit einem guten Gewissen zulangen!« Melzigs Mantra hatte schon beinahe was von nordkoreanischer Einflüsterung: *Bio! Bio! Bio!* Er wollte wohl ganz sichergehen, dass ich seine Botschaft verstand: Melzigs Hühner waren die glücklichsten. So weit zum Thema *Schulung*.

»Was haben Sie denn eigentlich mit Cosima vor?«, unterbrach ich Melzigs Nachhaltigkeitsansprache, ich wusste ja bereits von Anna, dass er sich für Grützes smartes Huhn interessierte.

»Sie sprechen von diesem Wunderhuhn vom Lindenhof?«

»Genau jenem.«

»Interessantes Tier«, entgegnete Melzig, »sehr beliebt in der ganzen Region.«

»Wollen Sie es kaufen?«

»Nein, Gott behüte. Hühner besitze ich in ausreichender Zahl. Ich möchte Cosima in meiner Werbekampagne einsetzen, die parallel zum Start der *Scheunenherzen* anlaufen wird. Dieses Huhn ist ja schon bekannt wie ein bunter Hund, wenn Sie mir diesen Kalauer erlauben. Ich kann mir vorstellen, dass Cosima ein positiver Multiplikator für die Strahlkraft der Marke GluckenGlück sein könnte«, dozierte er eifrig. Der Mann schien sein Geschäft mit Verve zu betreiben. Ob Cosima Deutschlands Grills zum GluckenGlück-Terrain bekehren würde, fand ich trotzdem zweifelhaft. Ich meine, ein tanzendes Huhn! Hallo? Das war ja schon beinahe so irre wie die Werbung dieser Fast-Food-Verbrecher mit dem verrückten Huhn von Frau Bratbäcker ... Aber was wusste ich schon von der Strahlkraft von Hühnern?

Zum Abschluss der Tour führte mich Melzig in seinen Hofladen. Mit einem trostlosen Kabuff, den man auf einem Hühnerhof erwartete, hatte diese elegante Boutique wenig gemein. Melzig hatte offenbar verstanden, dass Merchandising ein Wachstums-Markt war. In edel aussehenden Tiefkühl-Vitrinen stapelten sich die Gefrierhühner wie Goldpokale. Die antiken Apothekerschränke hingegen quollen über vor Hühnern aus Stoff, Hühnern auf Frühstücksbrettchen, Hühnern auf Porzellan, Salatschüsseln und Handtüchern. Es gab hier sogar Toilettenpapier mit GluckenGlück-Aufdruck und Schüttelkugeln in Küken-Form. Das Hühnerparadies auf Erden – und das bei uns in Haasenbüttel. Beeindruckend.

»Bevor die Dreharbeiten beginnen, werde ich einen unserer Fahrer bitten, Ihnen eine Auswahl anzuliefern«, ließ Melzig mich wissen.

»Oh, klar, vielen Dank«, antwortete ich irritiert, »ich schau mal, ob ich das ein oder andere Teil gebrauchen kann ...«

Melzig hielt inne und pfählte mich mit einem Blick, den er bei der Bundeswehr gelernt haben musste, auf dem Lehrgang für angehende Feldwebel.

»Ich würde Sie bitten, lieber Alvy, meine Deko-Empfehlung ernsthaft in Erwägung zu ziehen ...«, antwortete Melzig, »ich hoffe doch, dass mein Logo in der Sendung an prominenter Stelle zu sehen ist. In jeder Sendung. Und dann bitte regelmäßig!« So langsam dämmerte mir, warum ich hier war.

»Soll ich meine Kandidatinnen in der Sendung vielleicht auch noch auf die aphrodisierenden Kräfte der GluckenGlück-Erzeugnisse hinweisen?«, fragte ich betont ironisch. Melzig zuckte kurz mit einer Augenbraue, ließ mir das aber unkommentiert durchgehen.

»Wie ich sehe, lieber Alvy, haben Sie verstanden, worum es geht. Wir werden ganz vorzüglich zusammenarbeiten. Ich wünsche Ihnen noch einen angenehmen Tag.« Und damit drehte sich Pomaden-Melzig auf dem Absatz um und ließ mich stehen. Willkommen in der Welt des GluckenGlücks.

7

Eskimos mögen eine Menge Umschreibungen für Schnee kennen, aber ein Einheimischer in Schleswig-Holstein verfügt über mindestens genau so viele Worte für *Niederschlag* – ansonsten wäre sein Wetterbericht auch ziemlich eintönig. Seit Tagen nieselte, tröpfelte, fisselte und drippelte es über Haasenbüttel; abwechselnd schauerte, perlte, schiffte, schüttete oder pladderte es in Strömen, der Regen stürzte und rann, er rieselte, trommelte, sprühte und plätscherte nur so vom Himmel. Und wenn all diese Sonderausstattungen des klimatischen Verdrusses mal für einen kurzen Moment Pause machten, konnte man sicher sein, dass ein böiger Wind mit feuchter, kalter Luft jeden Schritt vor die Tür zu einer Mutprobe machte. Seit der letzten Woche war bereits ein respektabler Teil der rund 800 Liter Regen über Haasenbüttel gefallen, der uns laut Wetterdienst im Jahr zustand. Pro Quadratmeter, versteht sich. Es sah nicht so aus, als ob sich die Lage in absehbarer Zeit verbessern würde. Grauschwarze Wolken hingen tief über unseren Köpfen wie Kieferbretter in einem ausgebauten Dachgeschoss. Schleswig-Holstein im Juni? Musste man mögen. Mir passte das jämmerliche Wetter allerdings gerade gut in den Kram. Besser hätte man meine trübe Verfassung nicht illustrieren können. Anna war *vorübergehend* auf Grützes Lindenhof gezogen und hatte das Paulchen mitgenommen.

»Ich brauche mal etwas Abstand«, hatte sie behauptet und offengelassen, was genau das hieß. In meiner Welt hatte das in der Vergangenheit immer bedeutet, dass sich irgendwer von mir trennen wollte, aber noch nicht den Mut hatte, es so deutlich auszusprechen. Allerdings war Anna nicht irgendwer. Sie war für eine Überraschung gut, vielleicht würde sie schon morgen wieder mit Paula vor der Tür stehen und sich an den Umbauarbeiten unseres Hauses beteiligen. Unwahrscheinlich, okay, aber nicht unmöglich.

Bis es so weit war, gehörten die Gespräche mit Langkamp und seinen Vasallen von der Fernsehproduktion zu den sozialen Höhepunkten meines Lebens. Fiete und Andrea von nebenan hatten ihre nachbarlichen Pflichten derweil eingestellt. Entweder waren sie muksch, dass sie nicht von mir persönlich, sondern aus der Zeitung von der TV-Plage erfuhren, die schon bald über Haasenbüttel hereinbrechen würde. Oder Anna hatte ihnen bereits gesteckt, dass wir uns »vorläufig mal eine Auszeit genommen hatten«. Auf diese Sprachregelung hatten wir uns vorerst verständigt. Ich für meinen Teil in der Hoffnung, diese absurde Trennung nach ein paar Wochen wieder abzublasen, aber bei Anna war ich da nicht mehr so sicher. Und solange das ungeklärt blieb, war mein schwules Nachbarpärchen natürlich auf Annas Seite. (Doch, doch: Andrea ist in einigen Ländern durchaus ein Vorname für Männer.)

Zum Glück war ich durch die zunehmende Hektik in meinem Haus so abgelenkt, dass ich nicht den ganzen Tag an Anna dachte. Ich musste mich um den Hof kümmern. Man glaubt nicht, wie viele Leute bei so einer TV-Geschichte mitmischen: Setdesigner, Caterer, Haare-/Make-up-Stylisten, Redakteure, sogar ein Typ von der Versicherung war vorbeigekommen, um sich den »Hof« mal anzusehen. *Alle* stellten mir merkwürdige Fragen, die ich *alle* nur leidlich beantworten konnte. Das hatte immerhin den Effekt, dass die Fragen mit der Zeit weniger wurden und jeder machte, was er für richtig hielt. In den nächsten Tagen würde sich unser Grundstück nach und nach in einen voll ausgestatteten Bauernhof verwandeln, das war nicht mehr aufzuhalten. Ebenso wenig wie mein neuer Ruhm als Kleinbauer. So langsam sprach sich die Sache im Ort herum. Selbst Kliemann vom lokalen Käseblättchen hatte schon angefragt, ob er mal für ein kurzes Interview vorbeikommen dürfe.

Marvin *liebte* den Regen. Immerhin einer. Das mochte daran liegen, dass Marvin sich gern im nassen Stroh suhlte und es genoss, dass sich auf seiner schuppigen Haut eine zentimeterdicke Schlammpaste bildete; eine stinkende Rüstung aus Scheiße, Schmutz und klebriger Nässe, die so einem Tier erst den finalen Kick zu verleihen schien. So ein Hängebauchschwein ist der Karl Dall des gemeinen Kleintierfreundes. Nicht schön anzusehen, aber irgendwie lustig. Marvin hatte ich Geerd zu verdanken. Der Landwirt aus der Nachbarschaft war von Langkamps Produktionsfirma für die Dauer der Dreharbeiten als *Animal Executive* verpflichtet worden. Ein ziemlich hochfahrender Titel für Geerds Job: Er suchte bei den Bauern der Umgebung nach verzichtbarem Kleinvieh und zahlte ein paar Euro mehr, als der gängige Marktpreis normalerweise hergab; dafür lief das alles inoffiziell am Amt vorbei. Der schleswig-holsteinische Bauer ist selten sentimental, was sein Vieh angeht. Geerd hatte Marvin für einen Spottpreis bei Krögers Luschen ausgelöst, einem Kleinbauern aus der benachbarten Kiebitzreihe.

Als Geerd Marvin anlieferte, hatte sich das massige Vieh zunächst geweigert, aus Geerds altem Volvo-Kombi auszusteigen. Möglicherweise einer dieser intuitiven Impulse, die Tiere vor Katastrophen schützten. Ahnte Marvin, dass er in den nächsten Wochen zum Fernsehschwein aufgebaut werden sollte? Marvin war ein richtiger Koloss, ungefähr 70 Zentimeter hoch, sehr viel länger und stolze 85 Kilos schwer. Die Proportionen stimmten nicht, Marvin wirkte wie ein verformtes Ofenrohr mit einem aufgeschraubten Nilpferdkopf. Bedrohlich und knuffig zugleich, es kam drauf an, aus welcher Perspektive man ihn zu Gesicht bekam. In jedem Fall handelte es sich um ein Prachtexemplar, wie mir Tierkenner Geerd anerkennend versicherte. Mit Marvin freundete ich mich sofort an. Das dicke Schwein drückte, wann immer es mich bemerkte, vor Freude das Gatter seines Holzverschlags auf und begrüßte mich persönlich, indem es seine Nase an meinen Oberschenkel stupste, wohl so eine Art High Five unter Hängebauchschweinen.

Kay machte das wahnsinnig. Er gehörte zu den sogenannten Setdesignern von Langkamp, früher hätte man sie wohl als schlichte Schreiner oder Zimmerleute bezeichnet. Ein langer Lulatsch namens Jeff war ihr Kapo. Sie waren zu sechst, neben Jeff und Kay noch ein Tom, ein Tim, ein Leon und ein Klotz, bei dem ich allerdings noch rätselte, ob das sein Name oder sein Titel war. (Variante zwei klang nach einem Blick auf seinen Körperumfang wahrscheinlicher.) Ich hatte ein paar Probleme, mir die Namen der Jungs zu merken, weil sie – abgesehen vom langen Jeff und dem klobigen Klotz – für mich alle gleich aussahen. Cargohosen, Carhartt-Hoodies, ausgetretene Chucks, tief in die Stirn gezogene Mützen und eckige Brillen, die sie ernst meinten, und das alles in schwarz oder grau. Sie unterschieden sich von ordinären Handwerkern nur durch den Umstand, dass sie mich ungefragt duzten und ihre Hosenböden in den Kniekehlen trugen. Mir war das recht, solange sie sich nicht selbst am Boden festtackerten. Erst als der Regen kam und ich Langkamps Truppe aus meinem eigenen Bestand mit Friesennerzen und bunten Gummistiefeln ausrüstete, klappte das ein wenig besser.

Entweder hatte das desolate Wetter in den vergangenen Tagen Jeffs Leute demoralisiert, oder sie waren einfach generell nicht so die Typen, die sich gern bewegten. Müde schlurften sie über den Rasen, um sich unter die Veranda des Gartenhäuschens zu flüchten. Dort rauchten sie vornübergebeugt wie Trauerweiden und rieben sich die Hände warm. Ich sah sie eigentlich selten etwas *tun*, nur hin und wieder hörte ich einen Bohrer oder eine kreischende Säge. Trotzdem hatten sie es irgendwie geschafft, einen Großteil der Ställe für *meine* Tiere aufzubauen und die Stuben fertig zu stellen, in denen die *Scheunenherzen*-Kandidatinnen für ein paar Wochen leben sollten. Sogar die kleinen Kaminöfen waren bereits installiert worden, damit sie es sich auch mal gemütlich machen konnten. Im Moment war dekorative Feinarbeit gefragt: Tim und Tom trugen vor Feuchtigkeit dampfende Strohballen in den großen Schuppen und traten dabei mit verdrießlichen Mienen die zahlreichen *Titanolabis Colossea* platt, die aus dem Stroh rieselten. (Man kennt sie auch als Ohrenkneifer.)

Kay hämmerte jetzt bereits zum vierten Mal einen Stahlwinkel mit einem wuchtigen Riegel an den Verschlag meines neuen Freundes. Marvin sah dem Treiben gelassen zu. Obwohl die Winkel immer massiver geworden waren, stellten sie ihn bislang nicht vor Probleme. Ich war schon sehr gespannt, ob er sich von dem fetten Oschi beeindrucken ließ, den Kay nun als *ultima ratio* aus dem Baumarkt im Nachbarort angeschleppt hatte. Klotz und Leon nagelten unterdessen eine wurmstichige Kieferplatte an die Wand des kleineren Schuppens, vor der eine breite Stahlrinne mit Gardena-Gartendusche und Wasserhähnen aus Kunststoff als »Waschmöglichkeit« durchgingen. Ein Designer-Hotel wurde das hier nicht. Auf dem Boden der Schuppen klumpte das feuchte Sägemehl zusammen und bildete maulwurfshügelähnliche Pyramiden, nur eben in blond. Das alles wirkte ziemlich rustikal. Ich war nicht sicher, ob meine potentiellen Heiratskandidatinnen auf so viel *authentisches* Bauernleben eingestellt waren. Sie hofften vermutlich auf einen gemütlichen Alkoven in einem luxuriös gestylten Scheunenambiente. Die würden Augen machen, wenn Langkamp sie stattdessen in einem Asyl für Wanderpflücker unterbrachte. Hoffentlich hatten die Damen Humor. Aber das würde sich ja in ein paar Tagen zeigen, der Countdown für die neue Staffel von *Scheunenherzen* lief schon auf Hochtouren.

Eine Frage allerdings war immer noch nicht geklärt: Welche der drei Frauen, die Langkamp mir als Kandidatinnen unterjubeln wollte, sollte ich aussortieren? Ich konnte mich einfach nicht entscheiden. Langkamp nervte schon seit Tagen. Morgen wollte er vorbeikommen und mir ein Bild der Joker-Kandidatin vorführen, die ich mit ihm ausgehandelt hatte.

»Stift, du musst jetzt mal aus dem Quark kommen«, hatte er mich wissen lassen, »fliegt die Dicke, die Blasierte oder die falsche Schlange raus?«

»Ich weiß nicht, wovon du redest, Langkamp«, antwortete ich – was gelogen war, denn schon nach einem oberflächlichen Blick auf die Fotos war völlig klar, wen er mit der Dicken, der Blasierten oder der falschen Schlange meinen könnte.

»Die Schönheit der Dinge lebt in der Seele dessen, der sie betrachtet«, deklamierte ich am Telefon. Ein Hume-Zitat. War Langkamp aber wurst.

»Stift, von mir aus kannst du dich auch zwischen der drallen Sexbombe, der sehnigen Sportskanone und der zierlichen Philanthropin entscheiden, kein Ding. Hauptsache, es *ist* bald so weit.«

»Und wenn ich nun doch drauf verzichte, deine Ersatz-Kandidatin in Anspruch zu nehmen? Irgendwie tun mir die Frauen leid ...«

Eine Bemerkung, die ich nicht ganz ernst meinte. Ich wollte nur mal sehen, ob Langkamp noch am Telefon kollabierte oder ob er sich dafür Zeit nahm, das vor meinen Augen im Klöterkamp zu erledigen. Er hatte mich vor ein paar Tagen aus seinem Wagen angerufen und war vor Begeisterung kaum zu verstehen gewesen. Er habe da jetzt eine Alte klargemacht für die Sendung, alter Schwede, staunen würde ich, mein lieber Herr Gesangsverein. Eine Else wie ein Gemälde sei das, aber nicht brunzblöd dabei und Titten, Stift, *Titten!* An die habe sich die Schwerkraft noch nicht rangetraut, so wohlgeformt, so lecker, so *geil*. Letzteres schrie Langkamp beinahe ins Telefon. Ich hoffte, dass er nicht gerade an einem Haufen Vorschülerinnen vorbeifuhr.

»Stift, echt, das ist mal eine Traumfrau!«

Ich musste Langkamp zur Ordnung rufen, spielte der etwa an sich rum, während er mit mir telefonierte? Ich musste aber zugeben, dass er mich mit seiner Begeisterung angesteckt hatte. Und ich war neugierig: Wie wohl Langkamps Version einer Traumfrau aussah? Er mochte schlechte Witze, lange Nächte und viel Wodka, insofern stellte ich mir da so eine Art Harald Juhnke mit Brüsten vor. Aber vielleicht überraschte er mich ja.

Mir war klar, dass ich seine neue »Traumfrau« nicht wirklich abweisen konnte, nach dem ganzen Heckmeck, den ich um die Auswahl entfacht hatte. Es machte allerdings Spaß, Langkamp auf die Folter zu spannen.

»Weißt du, Langkamp, jetzt wo ich mich ein wenig in die Akten eingelesen habe, sind mir alle meine drei Damen schon richtig ans Herz gewachsen.«

»Hast du am Klostein geleckt, Stift, willst du mich verarschen?«, schrie er nun schon wieder, diesmal aber aus anderen Gründen. Und ich glaubte auch nicht, dass er dabei an sich herumspielte.

»Ich hab Tag und Nacht nach einer passenden Gespielin für den Herrn gesucht, weil ihm unsere erste Auswahl nicht angemessen erschien, TAG UND NACHT!«, blaffte er.

»Und jetzt willst du sie dir nicht mal ansehen?«

»Naja, unverbindlich ansehen kann ich sie mir ja mal ...«

»Vergiss es, Stift, unverbindlich ... unverbindlich ... Diese Frau hat längst einen unterschriebenen Vertrag, Mensch, was glaubst du denn? Ich kann doch so eine Else nicht auf den letzten Drücker mit warmen Versprechungen ködern, da musste *cash* her! Und die isses jetzt, Stift, die isses, mach mal einen Punkt!«

Langkamp schnappatmete jetzt schon seit 30 Sekunden, ich hoffte, der Kerl würde es noch so lange machen, bis er mir die Fotos seiner »Traumfrau« zeigen konnte.

»Ich komm morgen vorbei«, keuchte er, »und dann wollen wir mal sehen, ob du sie dann immer noch nicht willst!« Dann legte Langkamp auf, nicht ohne mich noch einmal eindringlich an meine Pflichten zu erinnern.

»Überleg dir, wer rausfliegt. Gib mir einen Namen!«

Würde ich ja gern. Aber ich war immer noch unentschlossen. Ich widmete mich wieder den Fotos und den Profilkladden vor mir auf dem Küchentisch. Was nun? Die Dicke, die Blasierte oder die falsche Schlange? Schwierige Entscheidung. Und dann immer diese Ablenkungen. Von draußen hörte ich Kay wütend rufen.

»*Come on*, du blödes Schwein, bleib stehen!«

Offenbar hatte Marvin auch die Machtprobe mit dem vierten Riegel gewonnen. Zum Glück war Marvin keine wirkliche Gefahr, solange ausreichend »Heidkämper Brikett« in der Nähe war. Eher zufällig hatte ich bei Marvins Ankunft noch kleinere Bestände dieser kuriosen Pressfleisch-Variante im Kühlschrank, die sich im Sommer an Haasenbütteler Grillstationen allergrößter Beliebtheit erfreute. Für meinen Geschmack war das Zeug nicht genießbar. Ich hatte das Gefühl, in einen gegrillten Socken zu beißen. Es stellte sich aber zum Glück heraus, dass nicht nur meine Nachbarschaft, sondern auch Marvin »Heidkämper« liebte. Er war sofort auf Droge und ließ sich mit den Fleischbriketts gut unter Kontrolle halten. Wenn wir wollten, dass Marvin in seinen Stall zurückkehrte, deponierten wir dort ein frisches Brikett – innerhalb von 30 Sekunden konnte man ein unförmiges Ofenrohr über den Klöterkamp galoppieren sehen. Der Nachteil an diesem Verfahren war allerdings, dass wir eine Menge Heidkämper Brikett brauchten, wenn wir nicht langsam ein stabileres Schloss für Marvin auftrieben. Jetzt aber musste ich mich erst mal um ein delikateres Problem kümmern. Ich kam einfach nicht weiter. Die Dicke, die Blasierte oder die falsche Schlange? Wen sollte ich rauswählen aus dem Klöter-Camp? Eine Münze werfen? Aber wie sollte das funktionieren, bei drei Kandidatinnen und zwei Münzseiten? Auslosen vielleicht? Auch blöd. Ich würde wohl noch mal eine Nacht drüber schlafen müssen.

8

»Meister, Skudden sind da!«

Irgendwer rüttelte an mir und sandte kryptische Botschaften. Musste ein Traum sein. »Alvy?!« Schon lauter. Ich blinzelte kurz auf den Wecker. 7:30 Uhr. Geerd wiederholte seinen rätselhaften Satz:

»Die Skudden sind da!«

»Leg die Dinger einfach in den Geräteschuppen«, antwortete ich, ohne die Augen zu öffnen, »ich muss schlafen.«

Sollte er doch denken, was er wollte, *ich* war beinahe ohnmächtig vor Müdigkeit und verbleitem Adrenalin in den Adern. Ein interessanter Mix übrigens, wenn auch selten in dieser Zusammensetzung zu haben. Geerd blieb ungerührt vor meinem Bett stehen. Ich fand die Marotte der Landbewohner, auch uneingeladen in fremde Häuser zu marschieren (und sich dabei die Schuhe auszuziehen), immer schon ein wenig grenzwertig. Ab morgen würde ich wohl abschließen müssen.

»Geräteschuppen. Abladen!«, murmelte ich erneut.

»Einfach abladen? Wird schwierig!«, sagte Geerd und wartete auf eine Reaktion. Es kam keine. Ich hatte beschlossen, ihn einfach zu ignorieren, vielleicht würde er ja dann verschwinden. Hoffnungslos. Jetzt versuchte er es auf die raffinierte Tour.

»Weißt du, was Skudden sind, Alvy?«

»Nee.«

»Ich merk's grad!«

»Wieso?«

»Weil das Tiere sind, Alvy: Heidschnucken! Knut und Kati. Fürs Fernsehen. Im Geräteschuppen kannst du die aber mal ga nich' abstellen.«

»Stall!?«, stöhnte ich unter Aufbietung all meiner Kräfte.

»Der für die Schnucken wird erst am Nachmittag fertig. Die haben das falsche Gatter angeliefert.«

30 Minuten dauerte es, im Erdgeschoss ein provisorisches Lager für Knut und Kati herzurichten. 10 Minuten, um festzustellen, dass ein Schafbock mit seinem gekringelten Horn zu Gemeinheiten fähig ist, die große Schmerzen verursachen können – vor allem, wenn er damit in die Weichteile eines Mannes springt, um die Ehre seiner vermeintlich bedrohten Lebensgefährtin Kati zu retten. Seit rund 90 Minuten wartete ich nun schon darauf, dass die Schmerzen nachließen. Und 35 Minuten hatte ich noch Zeit, bis Langkamp vorbeikam und mir seine vielversprechende Ersatzkandidatin präsentierte. Das hieß auch: 35 Minuten bis zu seinem ersten blöden Knut-Witz. Und im Radio sang Stings Tochter *»It's about to get worse before it gets better«*. Ich hoffte inständig, dass sie recht behielt.

Ich fühlte mich, als sei ich die ganze Nacht unterwegs gewesen. Vermutlich lag das daran, dass ich die ganze Nacht unterwegs gewesen *war*. Ich hatte keine Wahl gehabt. Kurz nach dem letzten Fluchtversuch meines Hängebauchschweins am gestrigen Abend hatte Grütze angerufen und war ohne Vorrede auf den Punkt gekommen.

»Mach'st dich nicht mal um deine Perle kümmern, Alvy? Die geht dir sonst von Bord.«

Er klang, als ob er mit einem Kleinkind redete.

»Wie meinst du das, von Bord?«

»Tu deine Perle fragen!«

»Komm, spucks aus, Grütze. Hast du mir was zu sagen?«

Doch Grütze verweigerte.

»Findest sie in der Kuppelei«, war alles, was er noch verriet, dann legte er auf.

Fast drei Wochen ohne ein Lebenszeichen von Anna reichten aber auch wirklich langsam. Sie fehlte mir. Der Hund fehlte mir. Unser ganzes Leben fehlte mir. Ich fühlte mich schon beinahe so zerlumpt, wie ich aussah. Es hört sich vielleicht nicht nach harter Arbeit an, aber es WAR anstrengend, sich mental auf einen Job als TV-Bauer vorzubereiten und dabei vorwiegend unglücklich im Kreis zu grübeln.

Von Grütze erfuhr ich, dass Anna ihr Lager in der *Sauna* des Lindenhofes aufgeschlagen hatte. Das war nicht so tragisch, wie es sich anhört: Die Sauna erinnerte mehr an ein Boutique-Hotel als an einen ordinären Schwitzkasten. In den kalten Monaten vermietete Grütze die beiden Räume an Liebhaber, die ein paar Stunden ungestört an einem romantischen Ort verbringen wollten. (Als *kalte* Monate gelten in Schleswig-Holstein September bis Mai. In den drei Monaten dazwischen nennt man die marginal höheren Temperaturen *frisch.*) Es handelte sich also um keine Sauna im herkömmlichen Sinne, sondern um eine Art Luxushütte mit offenem Kamin und einer großen Veranda. Für Grütze war es schlicht »Die Kuppelei«. Mit Architektur hatte das nichts zu tun. Die Hütte war ziemlich beliebt bei jungen Paaren aus der Region, die noch einen Vorwand brauchten, um sich »die Plünnen vom Leib« zu reißen, wie Grütze es nannte. Neben dem kleinen Verschlag mit der finnischen Sauna stand ein schickes Messingbett drin, eine hochwertige Musikanlage, sogar eine antike Emaille-Spüle hatte Grütze einbauen lassen. Anna und ich hatten mal ihren Geburtstag darin gefeiert. Sie liebte den Duft des gebeizten Holzes und die Aromen der Orangen- und Melissenaufgüsse, die hier drin mit der Zeit sesshaft geworden waren.

Als ich gegen 22 Uhr dort eintraf, lag Anna schon auf dem Bett und las. Ich trat wortlos ein, stellte den Wein auf den Tisch und setzte mich auf einen der weißen Leinensessel. Von meinem Platz aus blickte man auf einen Teich, in dem Grütze ein paar Seerosen platziert hatte. Man sah ihnen nicht an, dass sie aus einem Kunststoffhandel stammten. Anna schaute mir seelenruhig dabei zu, wie ich die Flasche entkorkte, die beiden mitgebrachten Gläser auf den Tisch stellte und den südafrikanischen Chardonney einschenkte. Sperrig wie immer, mein Weib. Der Mann ließ sich nach fast drei Wochen Funkstille in ihrer Notunterkunft sehen, wo sie bereits nachtfein herausgeputzt auf dem Bett lag, und sie sagte: NICHTS. Keinen Ton. Schaute nur neutral, als würde sie im Chemiesaal einen komplizierten Versuch überwachen.

Mit Machtkämpfen kenne ich mich nicht so gut aus. Es kommt wahrscheinlich darauf an, nicht als Erster die Nerven zu verlieren. Der Hund lief aufgeregt zwischen uns hin und her und stupste abwechselnd mich und Anna an. Ohne Erfolg. Irritiert legte er sich neben Annas Bett und beobachtete uns aufmerksam. Immer bereit, was Neues zu lernen, so ein domestizierter Canide. Eine Minute, zwei Minuten, fünf Minuten. Der Wein wurde sicher schon warm. Anna seufzte und blickte in ihr Buch. Das war genau der richtige Schachzug, wenn man einen nervösen und schuldbewussten Mann dazu bringen wollte, eine klitzekleine Reaktion zu zeigen.

»OKAY! ICH BIN JETZT HIER – WAS WILLST DU DENN NOCH? SOLL ICH AUCH NOCH VOR DIR AUF DEN KNIEN RUTSCHEN?!«

Es hat in der Geschichte der Streitigkeiten zwischen Eheleuten sicher schon subtilere rhetorische Fragen gegeben, da war ich sicher. Aber in unserer Situation funktionierte sogar dieser semantische Krüppel. Plötzlich hatte ich die Aufmerksamkeit meiner Gattin. Sie blickte mich amüsiert lächelnd an und antwortete schließlich in reduzierter Zimmerlautstärke, um mein Gebrüll gleich noch einmal doppelt so blöd aussehen zu lassen.

»Nach drei Wochen kommst du hier mit einem billigen Aldi-Fusel vorbei und denkst, ich springe dir gleich vor Freude auf den Arm?«

Es war *kein* Fusel. Wir reden hier über eine Flasche weißen *Jordan Nine Yards* aus einer schicken Kellerei im südafrikanischen Stellenbosch, vollmundig, cremig, mit der lebendigen Frische von Zitrusfrüchten. *Überhaupt* nicht billig. Mit dem Rest hatte Anna natürlich recht.

Die nächsten Minuten gingen in die Annalen des Lindenhofs ein. Die Lautstärke unserer Auseinandersetzung (an der sich schließlich auch das genervte Weib beteiligte) erreichte ihren höchsten Pegel, als die auf dem Teich dösenden Enten von unserem flüchtenden Hund aufgeschreckt wurden und in wilder Panik Richtung Hühnerhaus davonstoben. Niemand auf dem Lindenhof dürfte dieses Schauspiel verschlafen haben.

Inhaltlich ist so ein Streit ja selten aufregend. Die Dinge, von denen man ohnehin schon weiß, dass der andere sie über einen denkt, kommen mit einem ungesunden Schalldruckpegel noch einmal zum Vortrag, abzüglich der Prise Diplomatie und Wohlwollen, die unter normalen Umständen dafür sorgt, dass sich die gegenseitigen Vorwürfe nicht ganz so übel anhören. Was mich angeht, darf ich Annas Ausführungen kurz zusammenfassen: Ich hätte mich in den letzten Monaten zu einem lethargischen und armseligen Subjekt entwickelt, das mit der *Scheunenherzen*-Sache den Weg des geringsten Widerstandes gegangen sei. Ihr Kernsatz lautete: »Wie ist es um deine Selbstachtung bestellt, wenn du jetzt schon beim Proll-TV mitmachst?«

Darauf antwortete ich besser gar nicht erst.

Anna war ohnehin nicht zu bremsen. Das Schlimmste aber sei – und das wäre ihr in den zurückliegenden Wochen noch einmal so richtig klar geworden –, dass ich nicht mit ihr über meine, also *unsere* Geldprobleme und dieses Fernseh-Ding gesprochen habe. Frühzeitig, in Ruhe.

»Was ist denn bloß los mit dir? Wo ist denn dein Verstand

geblieben, dein Verantwortungsbewusstsein? Dir muss doch klar sein, dass mich das viel mehr verletzt als dieser absurde Plan, bei *Scheunenherzen* mitzumachen?«

Sie schnaufte vor Anstrengung.

»Sind Mehrfachantworten möglich?«, wagte ich einen schalen Scherz, aber Anna war noch nicht so weit.

»Ach, Alvy, halt den Mund!«

Sie hörte sich an wie eine Geschäftsaufgabe: Heute musste alles raus! Da hatte sich in den letzten Wochen so einiges angestaut.

»Hast du nur eine *ungefähre* Vorstellung davon, was das alles über UNS sagt?«

Ich zuckte mit den Schultern. Es reichte. Jetzt war ich mal dran. Ich schenkte mir noch ein Glas Wein ein und trank es in einem Zug aus. Dann sprach ich aus, was ich seit Wochen mit mir herumtrug wie einen Rucksack voller Wackersteine: wie sehr ich mich davor fürchtete, unser Haus und unser gemeinsames Leben in Haasenbüttel zu verlieren; wie mich die Angst, nichts dagegen tun zu können, zunehmend gelähmt hatte. Und dass sie, Anna, mir gegenüber ja auch immer abweisender und ungnädiger geworden sei, weil ich nicht auf ihre Babysache eingestiegen sei. *Darum* hätte ich nichts gesagt und *darum* hätte ich die Entscheidung, bei *Scheunenherzen* mitzumachen, auch nicht vorher mit ihr besprochen. Und weil all ihre Vorwürfe vermutlich auch wahr seien, irgendwie, ein bisschen, *darum* auch …

Nach dieser atemlosen Ansprache verpuffte unser Streit wie ein Volleyball, aus dem langsam die Luft entwich. Es dauerte bloß noch eine halbe Stunde, bis uns vollends die Worte und der Wein ausgingen und wir uns verlegen anlächelten. War das Hoffnung? Müdigkeit? Oder einfach bloß Resignation? Auf jeden Fall war es *kein* schlechtes Zeichen. Der Himmel war uns noch nicht auf den Kopf gefallen.

»Schön, dass du wenigstens mal aussprichst, was in dir vorgeht«, sagte Anna. Klang das ironisch?

Als wir uns küssten, taten wir das sanft und vorsichtig, so als würden wir auf dem Dachboden unserer Geschichte nach schon länger verborgenen Schätzen suchen. (Vielleicht waren wir aber auch um 3 Uhr morgens viel zu kaputt für etwas leidenschaftlicheren Sex.) Gegen sieben Uhr schlich ich davon, todmüde, leicht beschickert und so glücklich man in meiner unseligen Situation sein konnte.

Auf dem Weg nach Hause ließen mir ein paar naheliegende Fragen keine Ruhe: War jetzt alles wieder gut zwischen uns? Würde Anna mir wirklich heute Nachmittag dabei helfen, meine Streich-Kandidatin für *Scheunenherzen* auszuwählen und nach Hause kommen, wie sie es gerade versprochen hatte – und hieß das, dass sie mit der Sendung ihren Frieden machte? Ich beschloss, mich frühestens nach sechs Stunden Schlaf und einem deftigen Frühstück um Antworten zu kümmern. In meinem Schlafzimmer plumpste ich wie ein Stein ins Bett und fiel auf der Stelle in einen komatösen Schlaf. Für fünf Minuten. Bis die Stimme eines schleswig-holsteinischen Landwirts wie durch einen tiefen Tunnel an meine Ohren drang: »Meister, Skudden sind da!«

9

Was machte denn der Zuhälter in meinem Garten? Erst beim zweiten Hinsehen erkannte ich, dass es sich um Langkamp handelte. Er trug zwar keinen langen Pelzmantel. Er war, soweit ich das vom Küchenfenster aus erkennen konnte, auch nicht in einer roten Chevrolet Corvette vorgefahren. Ansonsten aber legte er einen perfekten Loddel-Auftritt hin, das musste man ihm lassen. Eine dunkle Boxpromoter-Sonnenbrille klemmte in seinen öligen, nach hinten gefluteten Haaren, er hatte sich dazu in einen doppelreihigen dunklen Nadelstreifenanzug genäht, ein schwarzes Hemd und schwarze Stiefel rundeten sein stilsicheres St.-Pauli-Outfit ab. Über seine groß gewachsene Begleiterin mit den wasserstoffgebleichten Haaren hielt er schützend einen roten Schirm, was nicht so einfach war, denn das zwang ihn, auf Zehenspitzen um sie herumzutänzeln wie Muhammad Ali einst um Joe Frazier. Blondie trug eine Art Mantel aus türkisfarben glänzender LKW-Plane und hatte sich dazu für ein paar schwarze Stöckelstiefel im »Fluch der Karibik«-Style entschieden. Sie endeten erst rund 10 Zentimeter oberhalb ihrer Knie, es brauchte allerdings noch etwas Strecke, bevor der Saum eines roten Lederrocks in Sichtweite kam. Darüber verhüllte ein weißes Lycra-Top notdürftig den Rest ihres Körpers.

Wer war *das* denn!? Langkamp brachte seine Bar-Affären doch sonst nie mit zur Arbeit? Ich musste allerdings zugeben: Die hatte was. Allein wie Blondie den Weg vom Gartenzaun zu meiner Haustür bewältigte – ein Träumchen. Das Wetter der letzten Tage hatte den mit Kopfsteinen gepflasterten Weg aufgeweicht. In ihren spitzen, rund 15 Zentimeter hohen Stöckelstiefeln rutschte sie bei jedem zweiten Schritt in die sumpfigen Steinspalten und versank tief im Matsch. Mit weit ausholendem Hüftschwung kämpfte sie sich mit dem nächsten Schritt aus ihrer misslichen Lage, nur um zwei Meter weiter erneut einzusinken. Reinster Slapstick. Aber sexy, zumal sie nicht den Eindruck erweckte, als ob ihr diese Form der Fortbewegung Mühe bereitete. Ihr Gang erinnerte mich an die schwankenden Riesenroboter aus *Avatar*, mit dem Unterschied, dass Blondie deutlich schönere Beine hatte. Ich kostete ihre Ankunft bis zum letzten Moment aus, erst als sie aus meinem Blickwinkel zu verschwinden drohte, eilte ich gespannt zur Haustür.

»Stift, du alte Hüpfburg, darf ich dich mit Frau Nowak bekannt machen?«

Vor Aufregung küsste Langkamp mir beinahe die Hand, während er »Frau Nowak« nach vorne schob. Allein der Umstand, dass er mir seine massige Pranke zur Begrüßung anbot, war ungewöhnlich. Die Frau schien Langkamp nervös zu machen.

»Aaahh!«, wischte sie Langkamps Versuch, gute Manieren vorzutäuschen, mit tiefer Stimme beiseite. »Ich bin Doroda, sagst du *du* zu mir!«

Doroda überragte mich und Langkamp um mindestens 10 Zentimeter, und nicht nur ihre Beine waren bemerkenswert. Wenn ihr Gummimantel in der Bewegung kurz aufklappte, war darunter ein Leib zu erkennen, den nicht allein der Herrgott erschaffen haben konnte. Für *diesen* Körper hatte Doroda nachsitzen müssen: in einem Fitnesscenter, im Solarium und ganz sicher auch im OP eines Schönheitschirurgen. (Nur in der Küche war er offenbar zu kurz gekommen ...) Zu behaupten, dass mir Dorodas beachtliche Brüste ins Auge stachen, wäre so ähnlich, wie einen Porsche als »recht sportlich« zu bezeichnen. Die Dinger waren so was von gemacht, dagegen hatte die Schwerkraft keine Chance. Sie sahen aus wie kleine Igel, die nach Futter schnappten. Da hatte es ein Künstler aus dem Pommernland aber sehr gut mit Doroda gemeint.

»Gefallen sie dir?«, fragte sie und klang ernsthaft an einer Antwort interessiert. Ich fühlte mich gleich wie ein Vierzehnjähriger.

»Sorry ...«, stammelte ich verlegen, »mir war nicht klar, dass ich ... ähem ...«

Ich schaute Doroda zum ersten Mal richtig an, okay, ich korrigiere: Ich schaute ihr zum ersten Mal in die Augen.

Ich bin normalerweise nicht so. Nein, ernsthaft. Ich *achte* auf so was. Ich hatte Jungs gesehen, die speichelten in langen Fäden aus den Mundwinkeln, wenn ihnen in der Straßenbahn eine attraktive Frau begegnete. Oder *überhaupt* eine Frau. Ich interessierte mich zwar genauso für Frauen und für ihre Brüste wie die meisten anderen Männer, aber es sollte nicht das Erste sein, was sie über mich erfuhren. War ich jetzt ein Heuchler oder ein Feminist? Schwierig. Auf jeden Fall war ich ein Typ, der über diese Frage stundenlang nachdenken konnte. Vielleicht ist das ein guter Zeitpunkt, um zu erklären, wie es zu meinem Spitznamen kam. Die Details erspare ich Ihnen. Nur so viel: Alvy. Von Alvy Singer. Aus dem Film »Der Stadtneurotiker«. Von Woody Allen. Noch Fragen? Dachte ich mir.

Doroda überspielte meine verspannte Verlegenheit. Sie brauchte keine perfekten Deutschkenntnisse, um die Kontrolle zu übernehmen.

»Sind gute Bruste, Ralfi, teuer! Kannst du hingucken, waren Investment. Aber dass du gleich weißt: Meine *piersi* nicht für fühlen, okay?«

»Doroda, der Alvy will doch deine Brüste nicht anfassen, um Gottes willen!« Langkamp heulte fast vor Aufregung, aber vermutlich klang ich auch nicht besser.

»Das stimmt, ich würde nie, ich meine ... *ehrlich* jetzt!«

Ich wusste noch nicht viel über Doroda, aber sie hatte eine einschüchternde Aura, das war schon mal klar.

»Schon gut, Kollega. Nur wegen Fernsehensache, weißt du. Ist besser, wenn wir das saubermachen vorher.«

»Sauber machen?«

»Sauber ... klarmachen ... *jasny*, verstehst du?«

»Nein, ehrlich gesagt nicht.«

»Stift, jetzt pump dir mal das Blut in den Kopf zurück!«, schaltete sich Langkamp ein, lehnte sich wie ein Conférencier zurück in Dorodas Richtung und streckte gleichzeitig den Arm aus.

»Das, mein Lieber, ist deine Kandidatin Nummer drei, Doroda Nowak aus der Nähe von Kattowitz. Ich dachte, ich bringe sie mal persönlich vorbei und zeige ihr deinen schönen ... ähem ... Hof! Tataaa!«

Doroda nickte knapp.

»Freu ich mir auf Zusammenarbeit, Ralfi.«

»Du kannst mich Alvy nennen«, antwortete ich aus der Hüfte, aber ohne viel Hoffnung, dass Doroda den Gag verstehen würde.

Vier Dinge schossen mir durch den Kopf: Erstens: War es möglich, das Langkamp eine polnische Prostituierte für die Sendung engagiert hatte? Zweitens: Diese Fernsehsache konnte interessanter werden als gedacht! Drittens: Ich musste unbedingt verhindern, dass Doroda in diesem Aufzug Anna über den Weg lief! Viertens: *Heilige Scheiße!*

»Können wir Sie mal um Rat fragen?«, unterbrach Kay unsere Unterhaltung. »Wir kriegen das Hängebauchschwein nicht in den Griff.« Er war jetzt schon der Vierte aus seiner Truppe, der uns in der Küche störte. Noch nie war meine Meinung sooo gefragt gewesen. Fehlten nur noch Leon und der Klotz, dann hätte sich jeder der Langkampschen Setdesigner meine neue Fernseh-Polin angeschaut, die wie Jessica Rabbit an meinem Küchentisch fläzte und über ihre zukünftigen Kolleginnen lästerte. Ich hätte Eintritt verlangen sollen.

Man kann nicht behaupten, dass Langkamps Handwerker und ich in den letzten Tagen Freunde geworden wären. Sie behandelten mich wie einen Provinzbauern, der weit unter ihrem Radar flog. Selbst meine Toilette im Haus wurde nur in höchster Not in Anspruch genommen, ansonsten erleichterten sie sich der Einfachheit halber in den umliegenden Gebüschen, nur um mir nicht zu begegnen. Ich fühlte mich wie ein Hartz-IV-Empfänger, dem ein paar Freiwillige im sozialen Jahr seine Einraumwohnung renovierten. Wenn Jeff oder einer seiner Jungs überhaupt das Wort an mich richteten, geschah das mit so herablassender Jovialität, als erkundigten sie sich bei DJ Bobo nach einem Rezept gegen die Bankenkrise. Ich hätte diesen arroganten TV-Hipstern am liebsten meinen Universitäts-Abschluss vor die Nase gehalten oder wenigstens meine Twin-Peaks-Sammlung mit Originalunterschrift von David Lynch, aber das wäre selbst für meine Verhältnisse beschämend gewesen. (Abgesehen davon, dass sie vermutlich nicht mal wussten, wer David Lynch *war.*) Jahrelang hatte ich mir gewünscht, mich hier draußen in der Provinz nahtlos einzugliedern. Jetzt, wo diese Schnösel mich für kulturellen Sondermüll vom Land hielten, war das auch nicht okay. Ich musste unbedingt noch ein wenig an meiner inneren Mitte arbeiten. Solange mir die Meinung von Typen nicht egal war, die ich selbst komplett lächerlich fand, lag da wohl noch ein weiter Weg vor mir.

»Was genau ist *jetzt* das Problem?«, antwortete ich Kay, obwohl ich schon vermutete, dass es sich immer noch um den ungebremsten Freiheitsdrang von Marvin drehte. Auch der vierte Riegel hatte gegen 85 Kilo Schweinepower nichts ausrichten können. Massivere Gerätschaften führte der Baumarkt im Nachbarort nicht. Kay setzte an, um zu antworten, ließ dabei aber Doroda nicht aus den Augen.

»He, Jungge«, unterbrach sie ihn, »was sohl der Scheise? Du bist schon der nächste *Glupol*, der hier hineinblast, was ist mit euch loos?«

Ich lehnte mich amüsiert zurück. Doroda hatte alles im Griff, und ihre Sprachmelodie war auch nicht ohne. Kay lief rot an und stammelte etwas, das niemand verstand. Hilfesuchend wandte er sich mir zu. Tja, *Jungge*, jetzt sollte ich also plötzlich dein Freund sein? Vergiss es. Doroda hatte ohnehin andere Pläne.

»Gehst du zurück an Arbeit, und etwas länger wir lösen Problem, du wartest.«

Kay verlor keine Zeit und trollte sich, ich schätze, er vergaß sogar, einen Abschiedsblick auf Dorodas Bindegewebe zu werfen. Er tat mir fast ein wenig leid. Ein wenig. Abgesehen davon, war das eine lehrreiche Studie, wie Doroda auf Männer wirkte. Auf alle Männer. Selbst Langkamps hippe Elitetruppe machte vor ihr Männchen, und zwar in – um es in Langkamps Jargon zu sagen – *no time!*

Derweil schien Langkamp für *diese* Welt verloren. Er inhalierte jedes Wort der polnischen Grazie mit einem verzückten Gesichtsausdruck, der nur ganz knapp an einem debilen Grinsen vorbeischrammte. Fehlte eigentlich bloß, dass er vor Freude dazu auf einem Bein hopste. So handzahm hatte ich ihn noch nie erlebt. Außerdem griff er nicht einmal in seine Jackentasche, um nachzuladen. Entweder er hatte sich schon zum Frühstück eine ordentliche Ration Wodka einverleibt oder er war tatsächlich dabei, ein wenig kürzerzutreten. Wäre keine schlechte Idee. Die nächsten Wochen würden es zeigen.

Doroda löste übrigens auch mein kleines Problem. Welche meiner potentiellen Heirats-Kandidatinnen leider zu Hause bleiben musste, war jetzt entschieden.

»Diese hier Ärger!«, sagte Doroda und zeigte mit dem Finger auf das Foto von »Pingh, 42, Köchin«.

Es handelte sich um eine zierliche, thailändische Frau mit schlechter Haut, die in einer Großküche von rund 20 Personen umringt wurde und dazu mit dem unteren Teil ihres Gesichts so künstlich lächelte, als sei ein Restauranttester zu Besuch. Langkamp führte sie unter dem Label »falsche Schlange«. Sie wäre auch für mich als Streichkandidatin in Frage gekommen. Nur der

Umstand, dass sie offenbar kochen konnte, hatte mich verunsichert. Doch das spielte jetzt keine Rolle mehr. Doroda hatte entschieden, Widerstand zwecklos: »Schlitzefrau schlafen ganzer Tag, kochen Stinkereis und haben ganze Familie dabei, immer Ärger!« Damit war die Sache klar. Eine nach Menü III mit Frühlingsrollen müffelnde Küche wollte sich Doroda nicht antun. Ich war nicht ganz unglücklich über ihre Wahl.

Damit hatten es die beiden anderen Damen in die Sendung geschafft. Aber auch für »Brigitte, 46, Kauffrau aus Oberkassel« (die Garstige) und »Waltraud, 34, ungelernte Arbeiterin aus Herten« (die Dicke) fand Doroda ein paar aufbauende Worte.

»Diese hier unglückliche Frau, immer *walczyk* ... wie heisst ... *fighting* ... und nie gearbeitet mit Hande. Ist falsche Ort hier, aber immer sauber, das sicher!«

Ich erlaubte mir eine Zwischenfrage.

»Der Hof oder die Frau?«

Doroda antwortete auch darauf, ohne lange nachzudenken: »Alles beide. Frau gerne putzt, sieht man. Gut.« Ich sah auf dem Foto noch ein wenig mehr: Eine tendenziell mufflige Aschblonde mit kurzen, sorgfältigst geföhnten Haaren, die in ihrem Leben mehr Zeit im Showroom von Jil Sander verbracht haben dürfte als in einem Gemüsegarten. Wie sie sich in die *Scheunenherzen* verirrt hatte, war mir ein Rätsel. Ich war schon gespannt, ob Brigitte aus Oberkassel die hohen Erwartungen, die Doroda in ihre Hygienestandards setzte, erfüllen würde. Für mich sah Brigitte eher aus wie jemand, der sich eine polnische Putzfrau *hielt*.

In Waltraud hingegen setzte Doroda nicht allzu viel Hoffnung. »Dicke Frau«, sprach sie, »immer essen und traurig sein, guckst du mal Haare ...« Angewidert reichte sie Langkamp das Foto von Waltraud zurück. Sie hätte gut zu Rainer Calmund gepasst. Waltraud war zwar angeblich erst 34, hatte die Zeit aber effektiv genutzt, eine Menge Hautflächen übereinanderzuschichten. Ich hoffte, die Fernsehfritzen hatten an einen zusätzlichen Kühlschrank gedacht.

Bemerkenswert auch ihre Frisur, da hatte Doroda recht: Nicht mal Rudi Völler würde tauschen wollen. In zwei schiefen Trassen fielen dünne Fusili-Löckchen auf ihre Schultern; war das nun missverstandenes Minipli von 1982 oder ein unverschuldeter Gen-Defekt? Offenbar hatte sich die ansonsten rotblonde Waltraud vor etwa einem Jahr mal an eine schwarze Tönung gewagt, es danach aber nicht mehr für nötig gehalten, den Haaransatz regelmäßig aufzufrischen. Jetzt sah das, was sie auf dem Kopf trug, wie ein Themenabend auf Arte aus.

»Ist bestimmt nicht fröhliche Frau«, wiederholte Doroda, »aber weiß ich schon umzugehen, braucht nur Boss, der sagt, was tun muss.« Ich hatte keinen Zweifel daran, dass Doroda von sich selbst sprach. Wo hatte Langkamp bloß diese Person aufgegabelt? Ich hoffte, ich würde mit meinem ersten Verdacht danebenliegen, aber ich wagte nicht zu fragen. Vor allem, solange Doroda in der Nähe war.

»Kann ich mal umschauen?«, fragte sie und wartete meine Antwort nicht ab. Langkamp und ich folgten ihr durch mein Haus und kommentierten launig, was wir sahen. Hauptsächlich um zu verhindern, dass Doroda meine »Country Style meets Ikea«-Einrichtung so ungnädig kommentierte wie die Fotos der anderen Kandidatinnen. Zum Glück gefiel Doroda offenbar, was sie sah, jedenfalls nickte sie beifällig und murmelte: »Is sich gemutlich und sauber.«

Erst als Doroda den Schuppen inspizierte und die rustikal hergerichteten »Stuben« sah, die für sie und die beiden anderen Kandidatinnen vorgesehen waren, verfinsterte sich ihre Miene.

»Ist Holzverschlag für Kuh, bin ich Kuh?«

Langkamp wurde gleich hektisch.

»Das ist noch nicht ganz fertig, Doroda, das wird tippi-toppi, total romantisch-bäuerlich, mit rotkarierten Betten und schau mal, wenn der Kamin erst brennt ...«

Doroda blieb skeptisch.

»Bin ich keine Kuh!«

Da hätte auch Langkamps Setdesigner-Sextett nicht widersprochen. Wie auf Kommando hatten sie sich um uns herum gruppiert und hechelten schon ein wenig, während sie Doroda nicht aus dem Auge ließen.

»Was war Problem vorhin, Jungge?«, tockte sie Kay mit ihrer braun lackierten Kralle auf die Brust – umgekehrt wärs ein Fall für den Ombudsmann geworden. Kay führte uns an den Pferden und den beiden Heidschnucken bis zum Verschlag von Marvin. Vor seinem Gatter parkte ein Aufsitzrasenmäher, den Geerd besorgt haben musste. Meiner war es jedenfalls nicht. *Das* Trumm konnte nicht mal Marvin wegschieben. Allerdings wäre es ein wenig mühsam, jedes Mal mit dem Trecker zu rangieren, wenn Marvin gefüttert wurde. Und für die Dreharbeiten war das auch keine Lösung.

Die Herren waren ratlos. Erst als Kay Doroda von unserem Trick mit dem »Heidkämper Brikett« berichtete, kam Bewegung in die Sache. Doroda überlegte kurz, dann stöckelte sie zurück an die Pferdebox, packte sich eine Mistgabel und verlangte nach Marvins Leibspeise. Nachdem wir die *Heidkämper* ausgepackt hatten, spießte sie eines der Briketts auf die Zacken der Mistgabel und befestigte den Holzstiel mit ein wenig Draht am hinteren Teil des Schweinestalls. Der Winkel erlaubte Marvin zwar einen freien Blick auf seine süße Hackfleisch-Versuchung, verhinderte aber gerade so eben, dass er das Objekt seiner Begierde auch erreichen konnte. Hängebauchschweine mögen eine Menge Talente haben, aber hüpfen und springen gehören nicht dazu. Problem gelöst. Acht erwachsene Männer standen mit offenen Mündern vor dieser Demonstration praktischen Verstands, die wir von Doroda nicht direkt erwartet hatten. Außer Langkamp vielleicht, der ja schon am Telefon behauptet hatte: »Dumm ist sie nicht!«

»Fahr Rasenauto weg!«, blaffte Doroda nun Kay an, der schnell tat, wie ihm geheißen wurde. Doroda öffnete das Gatter und trat zur Seite. Marvin war wieder frei. Theoretisch. Nichts passierte. Marvin hypnotisierte die guten Heidkämper Briketts auf der Heugabel. Nichts deutete darauf hin, dass er diese Position in den nächsten Stunden aufgab. Das konnte sein Hobby werden. Erst kommt das Fressen, dann die Moral. Oder der Freiheitsdrang, in diesem Fall. Doroda nickte. Sie hatte nichts anderes erwartet.

»Musst ihr runterlassen Fleisch ein oder zwei davon jede Tag, sonst wird langweilig für *świnia*. Lauft weg dann.« Guter Plan. Jeff und seine Jungs klebten an ihren Lippen. Es war wie ein Wunder: In den letzten drei Minuten hatte niemand der Jungs auf Dorodas Brüste gestarrt. Langkamp klatschte in die Hände. »Wir müssen dann mal weiter, der Kiez wartet!«

Deshalb also dieser Aufzug. Langkamp sah nicht nur aus wie ein St.-Pauli-Lude, er würde dort auch heute noch mit seiner Polin aufschlagen. Essen im Cuneo, ein paar Drinks in der China Lounge, ein Absacker an der Bar des Riverside Empire Hotels, wo man im 20. Stock den besten Blick über den Hafen hatte und auch gleich ein Zimmer buchen konnte, wenn es gut lief. Ich hoffte für Langkamp, dass er in dieser Hinsicht vorankam. Wo auch immer er diese Doroda aufgetrieben hatte – sie schien ihm gutzutun. In ihrer Gegenwart verwandelte sich Langkamp in einen Mann, der seine Neigung zu schlechten Witzen und allzu großer Lautstärke unter Kontrolle hatte. Wenn das so blieb, würde ich Doroda zum Dank ein Gedicht schreiben …

»Wer tragt mich zu Karre?«, warf Doroda in diesem Moment in die Runde. »Ist rutschig auf Steineweg.« Ich erinnerte mich. Langkamp nickte kurz und dienstbereit, doch Doroda erwies sich erneut als knallharte Pragmatikerin.

»Nein, du zu fett, schwitzt in schöne Anzug!«

Sie blickte stattdessen *mich* auffordernd an. 15 Meter Wegstrecke? Das würde ich so gerade noch schaffen. Ich streckte seufzend meine Arme aus. Schon hüpfte Doroda wie ein Welpe an mir hoch und schlang einen Arm um meine Schulter. Ein Welpe allerdings, der in *Shalimar* gebadet hatte. Ihr Körper – zumindest die Teile, die ich erspüren konnte – fühlte sich fest und durchtrainiert an, so als sei Doroda mal für Polen bei Olympia geschwommen. Ich fragte mich, ob Aktionen wie diese zu den Tricks gehörten, mit deren Hilfe sie moralische Leichtgewichte wie mich aus der Bahn warf. Vielleicht wollte sie aber wirklich nur sauber und komfortabel in Langkamps Auto ankommen? Das ließ sich vermutlich nicht trennen. Es war ja auch nicht direkt *unangenehm*, Doroda auf Händen zu tragen. Das dachte ich jedenfalls bis zu dem Moment, an dem ich sie absetzen wollte und ihr Mantel dabei mal wieder auseinanderklaffte wie die Vorhänge in einer Peepshow. Ich hätte mich gern noch einmal mit einem letzten Blick von Dorodas fein gemachten Brüsten überzeugt, aber aus aktuellem Anlass entschied ich mich dagegen. Ich starrte stattdessen Anna an, die gerade aus ihrem Auto gestiegen war und nun am Gartentor beinahe mit Doroda zusammenstieß. Jeff und seine Jungs hätten sie wohl beneidet, denn Anna genoss auf diese Weise die perfekte Perspektive auf Dorodas tollkühne Ausstattung – aus einem Meter Entfernung.

Richtig, Anna wollte mir ja bei der Auswahl meiner Kandidatinnen helfen. Bloß das Timing war jetzt ein wenig unglücklich. Doroda nickte knapp und ging einfach weiter, auch Langkamp pirschte sich nickend, aber wortlos an Anna vorbei wie ein geprügelter Hund. Kurze Zeit später hörte ich Autotüren schlagen. Anna sah mich immer noch verständnislos an. Und dann sagte ich den dümmsten Satz, den man vermutlich in solch einem Moment sagen konnte.

»Glaub mir, es ist nicht so, wie es aussieht!«

10

Noch fünf Tage bis zur Auftaktsendung. So langsam spürte ich, wie sich mein zweifelhafter Ruhm in Haasenbüttel und Umgebung ausbreitete. Drei Besucher an einem Vormittag, das war Rekord. Und da zählte ich den Briefträger und den Kauz, der einmal im Jahr im Blaumann auftauchte, um in meine Klärgrube hinabzusteigen und zu messen, wie es um die Umweltverträglichkeit meiner Exkremente bestellt war, nicht mal mit.

Bengt war der Erste. Er schlug schon um acht auf, scheuchte ein Huhn aus dem Flur, das sich dort auf einer Sporttasche niedergelassen hatte, und setzte sich grußlos an den Küchentisch. Er schüttete sich einen Kaffee ein und stellte das Radio ab. Das war okay. Wir waren *Freunde*, soweit man mit Bengt befreundet sein konnte. Er hörte selten zu, wenn *ich* etwas sagte, aber er hatte vermutlich gute Gründe dafür. Meistens schaute er nur im Klöterkamp vorbei, um ein paar Worte mit Anna zu wechseln oder mich vor Gefahren zu warnen. Er sagte dann Sachen wie »die gemorschte Tanne muss gedeckelt werden« oder »Gauben im Reetdach sehen schlichtig aus«. Es dauerte, aber inzwischen konnte ich den Großteil seiner Hinweise übersetzen. Außerdem habe ich gelernt, dass man sie auch befolgen sollte. Andernfalls würde mir beim nächsten Sturm der Regen durch die Gauben fließen wie durch ein Nudelsieb und die *gemorschte* Tanne hätte sich lässig auf mein Dach gelegt. Vermutlich fühlte Bengt sich noch zuständig für meine Hütte, weil sie früher als Gesindehaus zu seinem Hof gehörte. Oder er hatte einfach nur ein Herz für schwach begabte Landbewohner.

Bengt war der Boss der Region. Oder besser: Er war der *Regler*.

Wenn irgendwas in Haasenbüttel klemmte, ging man zu Bengt. Kaum einer seiner 5000 Einwohner wählte den Umweg über das Gemeindeamt oder die zuständigen Polizisten. Wer sicher sein wollte, dass er angehört und seine Sache *geregelt* wurde, der landete bei ihm. Er war der Patron, mehr Italien ging in Haasenbüttel nicht. Ein offizielles Amt hatte Bengt nie angestrebt, das war auch unnötig. Politik in Amtsstuben oder Hinterzimmern verachtete er. Zeitverschwendung. Ein Mann mit festen Überzeugungen und dem Willen, sie auch durchzusetzen – das war Bengt. Er hatte seinen Hof als Jungbauer schon zu einer Zeit auf anthroposophisch-biologisch umgestellt, als die Grünen in Deutschland noch fröhlich in Stoffwindeln kackten. Bio hatte man damals nur in der Schule, das war's. Bengt war ein schlohweißer Hüne mit funkelnden blauen Augen und rauer Lederhaut. So musste der Bruder von Luis Trenker ausgesehen haben, falls es je einen gegeben hatte.

»Hallo, Bengt, freut mich, dass du mal vorbeischaust. Schöner Tag heute, was?« Der Regen legte Pausen ein, manchmal blitzte sogar die Sonne für einen Moment durch die Wolken. Das reichte, um ein schöner Tag in Schleswig-Holstein zu sein. Bengt brummte bloß. Smalltalk war nicht so sein Ding. Zwecklos, es zu versuchen. Man musste einfach abwarten, irgendwann würde er sprechen. Er schlürfte noch einmal am Kaffee, um Anlauf zu nehmen, dann kniff er die Augen zusammen.

»Du musst mit deinen Leuten schnacken, Alvy. Die müssen Platz machen!«

»Ich habe keine Ahnung, wovon du redest. Wer sind *meine Leute?*«

»Du bist doch jetzt beim Fernsehen?«

Das stimmte und stimmte auch wieder nicht.

»Ich bin Kandidat in einer Sendung, die du besser gar nicht erst zur Kenntnis nimmst. Aber das sind ganz sicher nicht *meine Leute!*«

»Die sind *sparrig*, Alvy, du musst mit ihnen reden. Dat geiht nicht!«

Es dauerte ein paar Minuten, bis ich über die Verfehlungen der *Fernsehfritzen* vollständig im Bilde war. Heute war Dienstag, seit gestern liefen die Vorbereitungen für das *Scheunenfest* auf dem Geflügelhof von Melzig auf Hochtouren. Offenbar war der Produktionstrupp von *Telepop* mit zwei 40-Tonnern, den entsprechenden Anhängern und einigen Begleitfahrzeugen in allen Größen im Konvoi in Haasenbüttel eingefallen. Man musste wissen, dass Haasenbüttels Straßennetz nicht auf LKW-Betrieb angelegt ist. Hier gibt es eine zweispurige Hauptstraße und viele kleine Wege, die zum Teil bloß Pfade waren, gerne mit dem Zusatz »Trampel«. Die Fernsehkolonne aber war, angeführt von einem Fährtenleser, dem sein Stolz ein Navi im Auto verbot, ein paarmal orientierungslos durch die Ortschaft gekreist. Das allein hatte die braven Haasenbütteler schon arg irritiert. Auch Bengt war *not amused.*

»Alvy, das sah aus wie ein Feldzug beim Militär.«

Offenbar hatten nur die Fanfarenbläser gefehlt. Der Fernseh-Konvoi hatte es sogar geschafft, in Haasenbüttel einen Stau zu verursachen – eine einmalige historische Leistung. Bis der Tross schließlich den Geflügelhof Melzigs entdeckte, hatte ein Truck bereits einen Gartenzaun vor Hinrichs Apotheke an der Hauptstraße umgemäht, und zwar beim Versuch, den in zweiter Reihe geparkten Lieferwagen von »Ständer Apparatebau« ohne Berührung zu passieren. Vergeblich.

»Jetzt sind Hinrichs *und* Ständer beide mucksch«, berichtete Bengt, »wer vertalert denn datt jetzt?«

Wusste ich auch nicht. Und dann war da noch die Sache mit dem REWE-Getränkemarkt. Offenbar hatten die Fernsehleute nach der dritten Runde durch Haasenbüttel Durst bekommen. Sie parkten mit der branchenüblichen Arroganz mitten auf der Straße, um möglichst schnell Abhilfe zu schaffen.

»Da kam keiner mehr längs!«, sagte Bengt und schüttelte den Kopf.

»30 Minuten!«

Das war dann wohl der Stau.

»Du musst mit deinen Leuten reden«, wiederholte Bengt sein Anliegen erneut.

»Die müssen Platz machen.«

Bengt widersprach man nicht. Ich versicherte ihm, dass ich es mal mit dem Produktioner der Sendung versuchen würde. Vielleicht konnte ich Langkamp klarmachen, dass es wirklich keine gute Idee war, die nötigen Besorgungen mit einem Furcht erregenden 40-Tonner zu erledigen, wenn er nicht gleich das ganze Dorf gegen sich aufbringen wollte.

Ich begleitete Bengt nach draußen. Er wollte sich meinen frisch *geditschten* Hof mal anschauen. Jeff und seine Jungs waren wieder weg, vermutlich auf einer neuen Baustelle, auf der sie an Bäume pinkeln konnten. Aber ich muss zugeben, dass sich das Ergebnis ihrer Bemühungen sehen lassen konnte. Ein orientalisches Bordell war es zwar nicht direkt geworden, aber sie hatten Haus und Schuppen in einen bäuerlichen Themenpark verwandelt, in dem jetzt meine Kater, ein paar Hühner, die Heidschnucken Knut und Kati, Brikett-Liebhaber Marvin und die beiden Gäule Holsten und Astra in friedlicher Koexistenz zusammen hausten. Für Ahnungslose sah es tatsächlich schon ein wenig nach Bauernhof aus. Selbst der Trakt für meine Heiratskandidatinnen war rechtzeitig fertig geworden. Ihre Räumlichkeiten wirkten wie ein Wohnheim für Saloon-Tänzerinnen, mit Tischen aus Strohballen, rotweiß karierten Decken, Betten auf massiven Holzgestellen und einem Fußboden aus nun wieder gleichmäßig angeordneten Sägespänen. Ich hoffte, dass der Komfort Dorodas Ansprüchen genügte. Es sah nur noch ein bisschen nach Kuhstall aus. Langkamps

Wunsch, dass die Damen zum Gaudium des TV-Publikums »regional eingegroovt« wurden, war jedenfalls entsprochen worden. Strohballen ersetzten den Lattenrost und in der westlichen Ecke des Gartens war ein Donnerbalken in einem Holzhäuschen mit ausgeschnitztem Herz errichtet worden. Das war nicht als Attrappe geplant.

»Ganz proper«, urteilte Bengt anerkennend.

»Aber der Klump hier geiht et gar nicht.«

Da hatte unser Patron nicht unrecht. Der »Klump«, auf den er deutete, bestand aus einer aufgerissenen Palette mit Haushaltswaren aller Art, die zwei Gemeinsamkeiten aufwiesen: Sie waren verdammt hässlich. Und, Punkt zwei: Auf jedem Handtuch, auf jeder Teetasse, ja selbst auf einer kleinen Waage prangte aufdringlich das GluckenGlück-Logo von Melzigs Geflügelhof. Der Hühnerbaron hatte seine Drohung wahr gemacht. Einer seiner Fahrer hatte das Werbezeug wortlos vor meinen Unterstand gekippt und sich beim Abschied knapp mit einem Finger an die Stirn getippt. Sollte wohl so was wie »viel Glück« bedeuten. Konnte ich brauchen. Melzig hatte mir noch am selben Tag eine Mail gesendet. Wie üblich klang er so gestelzt wie ein Pastor am Totensonntag.

»Binden Sie meine Produktwelten organisch in die ländliche Szenerie ein, wenn ich bitten dürfte.« Das war allerdings ein Ding der Unmöglichkeit. Wer das schaffte, konnte auch Ramstein organisch in die »Hitparade der Volksmusik« einbinden. Das fiel selbst Bengt auf, der ansonsten wenig Expertise in Einrichtungsfragen für sich reklamiert. Ich fragte mich ohnehin, ob man jetzt auch bei den öffentlich-rechtlichen Sendern den Kampf gegen die Schleichwerbung aufgegeben hatte.

»Muss leider bleiben, das haben die vom Fernsehen bestimmt«, antwortete ich Bengt. »Wegen Melzig. Der ist ja Sponsor.«

Bengt schüttelte mit dem Kopf.

»Gefällt mir nicht.«

»Wem gefällt schon so ein dumm grinsendes Huhn?«

»Nein. Dass Melzig da mit drin blastert, *das* gefällt mir nicht. Wo der mit rumgrient, ist am Ende der Ranzen faulig.«

Was immer das heißen mochte – hier war jedenfalls *noch* einer, der Haasenbüttels größtem Steuerzahler nicht für zehn Cent über den Weg traute.

Ich hatte inzwischen längst recherchiert, was es mit Melzigs selbst eingestandenen »Fehlern der Vergangenheit« auf sich hatte. Es war nicht allzu schwer, eine Menge darüber im Internet zu finden. In der Lokalzeitung und in der überregionalen Wirtschaftspresse war die »Affäre Melzig« online lückenlos dokumentiert. Die Artikel trugen Überschriften wie »Hühnerskandal in Haasenbüttel« oder »Tierquälerei in Holstein«. Melzig hatte sich dabei erwischen lassen, wie er viel zu viele Hühner auf viel zu engem Raum zusammengepfercht hatte, über Jahre. Bis zu 40 000 Hühner monatlich waren in seiner Betonhalle am Rand Haasenbüttels verarbeitet worden, obwohl die Halle nur für höchstens 10 000 Tiere zugelassen worden war – und selbst diese Zahl sei schon skandalös, behauptete eine Tierschutzorganisation namens *Any-Care*. Sie hatten den Fall »GluckenGlück« mit einem Video über die Zustände auf Melzigs Hof ins Rollen gebracht. Auf einem YouTube-Video, das damals heimlich in Melzigs Betrieb gemacht worden war, konnte man heute noch sehen, wie die Hühner in ihrem eigenen Kot versanken und huckepack aufeinanderhockten, umgeben von toten und schwer verletzten Artgenossen. Kein schöner Anblick. Wer so etwas zu verantworten hatte, gehörte hinter Gitter. Meine Meinung. Melzig kam damals mit einer Geldstrafe davon, musste aber seinen Betrieb vorerst schließen. Nach »umfangreichen Umbaumaßnahmen« konnte er allerdings seine Geschäfte schon nach zwei Monaten wieder aufnehmen.

Vor einem Jahr dann die Überraschung: Melzig machte seinen Hof noch einmal dicht. Diesmal freiwillig, für mehr als drei Monate. Auch darüber existierten Artikel im Internet, diesmal aber meistens laute Lobhudeleien in den Käseblättern der Region, wo Melzig fleißig Anzeigen schaltete. Er hatte seine alte Produktionshalle abgerissen und auf dem Gelände gegen zwei kleinere und sehr viel schickere Hallen mit Holzfassaden und riesigen Fensterflächen eingetauscht. Die hatte ich ja bereits besichtigen dürfen. Außerdem baute er noch eine moderne Mehrzweckhalle mit einer gekälkten Kantine für seine Mitarbeiter, die es in jedes Design-Brevier geschafft hätte. In diesem Trakt würde am Samstag das *Scheunenfest* stattfinden, die traditionelle Eröffnungsfolge der neuen Staffel der *Scheunenherzen*. Keine schlechte PR für den Hof.

Seit dem großen Umbau sprach Hanno Melzig in seinen Interviews gern von seiner radikalen Läuterung. Er werde sein unternehmerisches Schaffen und Streben in Zukunft dem harmonischen Gleichklang von Natur, Tier und Mensch widmen. Klang wie ein Spruch, den ein mittelmäßig begabter Werber erdacht hatte. Ich kaufte ihm diese Pharisäer-Prosa jedenfalls nicht ab. Niemand wurde über Nacht zum Tierfreund. Und dieser Kretin interessierte sich doch nur so lange für Tierschutz und glückliche Hühner, wie das seinen Bilanzen gut bekam. Andererseits musste ich zugeben, dass an Melzigs neuem Hof nichts zu beanstanden war. Jedenfalls nicht auf den ersten Blick. Er wirkte wie ein lebensfrohes Wimmelbild mit fröhlichen Hühnern und schick herausgeputzten Arbeitern. Ich brachte das nicht zusammen. Was hatte Melzig davon? Oder sollte das tatsächlich die falsche Frage sein?

»Glaubst du, Melzig ist koscher?«, wandte ich mich wieder an Bengt.

»Was steckt hinter seinem neuen Hühnerparadies?«

»Öko-Zertifikat«, antwortete Bengt knapp, »der Hundsfott tut nu bald so einen Sticker von einem grünen Verband auf seine Broiler flanschen.«

»Verstehe. Und die kann er natürlich teurer verkaufen.«

»Drei- bis viermal so teuer.«

»Na dann – gut für Melzig, gut für die Hühner.«

Bengt schüttelte den Kopf.

»Ich trau dem nicht. Wo der *rumgrient*, ist am Ende der Ranzen faulig.«

»Das hast du schon mal gesagt.«

»Kann man nicht oft genug sagen.«

»Was ist denn falsch dran, wenn er seine Meinung zur Hühnerhaltung überdenkt?«

Bengt zog den Kopf ein wie eine Schildkröte.

»Falsch nix. Aber weest was, Alvy: Mit den paar lütten Hühnern macht er kein Füürwark«, sagte Bengt, »das rechnet sich nech. Nicht mal als bannig teures Bio-Huhn. Melzig ist da ganz annere Knipptaschen gewohnt.«

»Sicher?«

Ich zweifelte daran, dass Bengt den Business-Plan von Melzig kannte. Bengt legte die Stirn in Falten.

»Da steckt was anners hinter, ich kanns *schnoizen*. Ich weiß nu leider noch nich, was.«

»Du bist zu misstrauisch, Bengt. Manchmal machen Menschen das Richtige, ohne an ihren Vorteil zu denken!« Ob Melzig allerdings zu diesen Menschen gehörte? Sehr wahrscheinlich klang das nicht. Bengt schaute mich dann auch an, als ob ich den Verstand verloren hätte.

»Melzig? Freg doch ma Grütze, was der so von ihm *luntert*.«

Bengt und Grütze waren eng befreundet. Ihre Art, einen Bauernhof zu führen, könnte zwar nicht unterschiedlicher sein, aber das schien ihrer Zuneigung keinen Abbruch zu tun. Dogmatiker waren in Haasenbüttel einsam.

»Was hat denn Grütze mit Melzig zu tun?«, erkundigte ich mich neugierig. »Er spendiert Melzig doch sogar sein Wunderhuhn Cosima für eine Werbekampagne?«

Bengt winkte ab. »Muss er ja, sonst gibt's wieder Ärger wegen Elmar und der Diele.«

Elmar war Grützes Bruder, er betrieb in einem Kaff namens

»Duhnsche Wildnis« einen Gasthof von zweifelhaftem Ruf, die »Deichdiele«. Was das mit Melzig zu tun hatte, war mir allerdings nicht klar. Bevor ich danach fragen konnte, tauchte aber schon der nächste Besucher im Klöterkamp auf. Kliemann. Bengt verdrehte die Augen und trollte sich grußlos. Ich machte mir eine mentale Notiz: *Grütze nach Elmar und Melzig fragen*. Dann widmete ich mich meinem nächsten Gast.

Kliemann war in Haasenbüttel so beliebt wie ein Haufen Sackwanzen. Seine zwei Meter plus x stiegen ächzend von einem klapprigen Minirad. Wie immer baumelte eine alte Spiegelreflex vor seiner Brust. Analog. Benno Kliemann war der örtliche »Journalist«. Das hieß, dass er in Haasenbüttel Fotos von Laubenbränden oder neu errichteten Bushäuschen abknipste, wenn sich tatsächlich einmal Sensationen dieser Größenordnung in unserer Region ereigneten. Kliemann war ein mürrischer Mensch, der seinen Job mit dem gleichen Enthusiasmus abwickelte, wie andere Leute Toiletten säuberten. Musste ja. Früher war er als Taxifahrer im Umland unterwegs gewesen, bis ihm der Führerschein abhandenkam. Bei den Vereinsfesten in Haasenbüttel wurde der Vertreter der örtlichen Presse traditionell mit Freibier verköstigt. Wer jetzt einen Zusammenhang zwischen diesem Umstand und Kliemanns beruflicher Neuorientierung erkennen konnte, lag richtig. Das Beste war, man bot ihm Getränke mit einer Menge Umdrehungen an. Das bewahrte einen davor, während der Gesprächspausen von einem schwitzenden, nach Luft japsenden Kliemann fixiert zu werden, der immerzu nur *Durst! Durst! Durst!* zu denken schien. Ich wählte Steinhäger. Mit einem Schnapsglas in der Hand und einer vollen Flasche auf dem Tisch würde es wohl so gerade gehen. Kliemanns Interviewtechnik verbesserte das allerdings kaum.

»Du bist doch jetzt beim Fernsehen?«

Schon der Zweite heute, der da was in den falschen Hals bekommen hatte.

»Nicht direkt. Ich bin nur der Kandidat in einer Sendung, in der ...«

Schon nach den ersten Worten wandte sich Kliemann uninteressiert ab, griff nach dem Steinhäger und trank zu. Dann schüttete er nach, wobei er zusätzlich noch kräftig Schmodder in seine Stirnhöhlen schnaubte. Auch das nahm Zeit in Anspruch. Er unterbrach mich erst, als ich bereits irritiert in meinem dritten Nebensatz herumirrte.

»Seit wann bist du denn *Bauer?*«

Gute Frage. Ich erläuterte ihm mein neues Geschäftsmodell. Kleintierhaltung, Salat, Gemüse, im nächsten Sommer Bienen und Gänse obendrauf. So eine Art Selbstversorger-Konzept. Diese Erklärung war die »offizielle Version«, Langkamp hatte sie mir diktiert. »Briefing« nannte er das. Sie war gleichlautend auch an die nationale Fernsehpresse weitergegeben worden – damit die Schmierfinken etwas Basismaterial hatten, um über mich herzuziehen, nahm ich an. Langkamps ermutigende Worte dazu lauteten: »Wir können denen ja nicht erzählen, dass du bloß im Garten sitzt und dich am Sack kratzt!«

Kliemann wurde jetzt investigativ.

»Du hast doch 'ne Frau?«

»Ja. Im Prinzip schon.«

Ich dachte an Anna, die nach dem Vorfall mit Doroda nicht wieder aufgetaucht war. Das musste ich noch klären, bevor meine drei *Scheunenherzen*-Grazien endgültig zu mir zogen. Nach dem Streit ist vor dem Streit.

»Wir haben uns . . . äh . . . getrennt. Kürzlich ...«

Kliemann schluckte das kommentarlos wie den Steinhäger.

»Fremdgegangen?«

Nicht dass ihn das sonderlich zu interessieren schien, affektlos glotzte er mich mit leerem Blick an.

»Das geht dich überhaupt nichts an, Benno!«

Kliemann stierte ungerührt weiter.

»Wir haben uns einvernehmlich getrennt, das kannst du so schreiben: *Wir werden Freunde bleiben!*«

Klang lächerlich. Kliemann bediente sich noch mal am Steinhäger und kippte sich den Schnaps in einer fließenden Bewegung beinahe *mit* dem Glas in den Kopf. Dann fragte er tonlos: »Foto?«

Offenbar war das Interview für den *Elmshorner Kreisboten* vorbei, Kliemann hatte keine weiteren Fragen.

»Klar. Suchen wir uns einen schönen Platz?«

Er zuckte mit den Achseln.

»Kannst sitzen bleiben.«

Er nahm die Kamera nicht mal vom Hals. Zweimal drückte er aus nächster Nähe ab, das war's. Eher so der effektive Typ, unser Kliemann. Offenbar hatte er ein Weitwinkel-Objektiv auf eine alte Minolta geschraubt. Sparte das lästige Fokussieren. Und erklärte, warum seine Fotos in der Zeitung immer so aussahen, als seien sie von Google Maps aus dem Weltall aufgenommen worden. Spötter im Dorf behaupteten, dass Kliemann nur deshalb noch analog fotografierte, um sein dunkles Kellerlabor nicht aufgeben zu müssen.

»Die Brühe kann er zur Not ja auch saufen!« Das war hoffentlich nur Flachs. Ich beobachtete, wie Kliemann noch einen letzten Steinhäger nahm, so als ob er nach Wochen in der Sahara aus einem Brunnen schlürfen würde. Dann stieg er grußlos und wackelig auf sein Rad und fuhr in langsamen Achterschleifen davon, dem nächsten Termin entgegen. Wie er es schaffte, am Ende des Tages Worte zusammenzustellen, die einen Sinn ergaben, war uns allen im Dorf schleierhaft. Es klappte ja auch immer seltener in letzter Zeit.

Punkt 12 Uhr rollte ein Lieferwagen in die Einfahrt. Besucher Nummer drei. Schau einer an, Hühnerbaron Melzig höchstpersönlich. Die Uhrzeit weiß ich deshalb noch so genau, weil im gleichen Moment der Wecker für Marvin klingelte. Marvin war inzwischen auf drei Ladungen *Heidkämper Brikett* am Tag eingestellt. Um sieben, zwölf und siebzehn Uhr rupfte ich das Pressfleisch von Dorodas geschickter Konstruktion und steckte ihm gleich eine neue Ladung zum Anschmachten auf die Zacken der Mistgabel. Dank dieser Dosis verhielt sich das Hängebauchschwein unauffällig.

»Moin moin«, grüßte Melzig jovial.

Ich nickte vorsichtig zurück.

»Na, am Samstag ist unser großer Tag. Schon aufgeregt?«

»Naja, geht so«, log ich.

»Ich wollte mich mal vor Ort vom Stand der Dinge überzeugen«, sprach Melzig mit der Attitüde eines Großgrundbesitzers früherer Tage, »ob alles seine Ordnung hat.«

»Welche Ordnung?«

Ich tat so, als verstand ich nicht, worauf Melzig hinauswollte. Dabei war das gar nicht so schwer zu verstehen. Melzig kontrollierte, ob die Fernsehfritzen *seinen* Set so hergerichtet hatten, wie er das für richtig hielt. Und mir wollte er so nebenbei noch schnell klarmachen, wer hier für die nächsten Wochen das Sagen hatte. *Mein* Hof hin oder her – er zahlte, also schaffte er auch an.

»Na, junger Mann«, antwortete Melzig denn auch umgehend kühler, »Sie wissen doch sicher, wie das läuft! Keine Leistung ohne Gegenleistung!«

Ich grinste mau, sollte ich unserem Provinzfürsten etwa widersprechen? Würde ohnehin keinen Sinn machen.

Zum Glück schien ihn seine oberflächliche Inspektion fürs Erste zufriedenzustellen.

»Kommen Sie bitte kurz mit zum Wagen, ich habe Ihnen was mitgebracht!«

Hoffentlich nicht noch mehr von seinen Werbeknüllern.

Ich folgte ihm zu seinem Lieferwagen, einem weißen, blitzsauberen Mercedes-Sprinter. Zugelassen mit Itzehoer Kennzeichen, aber nirgendwo ein Werbebanner von Melzigs glücklichen Hühnern. Merkwürdig. Ich hatte angenommen, Melzig würde sich sein albernes Emblem auch noch auf die Stirn tätowieren lassen, wenn seine Verkaufszahlen davon profitierten. Er riegelte die Schiebetür auf und wies auf einen gläsernen, rund zwei Meter hohen Vitrinen-Kühlschrank, der waagerecht auf dem Boden des Lieferwagens lag.

»Der kann in die gute Stube«, wies er mich an.

»Ich habe schon einen Kühlschrank, vielen Dank!«, antwortete ich abwehrend, aber ohne Effekt.

»Dann kriegen Sie jetzt noch einen dazu. Leihweise natürlich, bis dieser Fernsehkram vorbei ist.«

»Warum brauch ich den?«

»Packen Sie mit an, dann zeige ich Ihnen, was da reinkommt!«

Was sollte ich tun? Schön war dieses Trumm nicht, aber zum Glück auch nicht schwer. Melzig schob in unserer Küche ein kleines Regal zur Seite.

»Das kann erst mal weg.«

Dann wuchteten wir den mannshohen Kühlschrank an die frei gewordene Stelle an der Wand. Seine Vorderfront war aus Glas, wie bei einer Vitrine – oder bei einem Verkaufsmöbel aus dem gehobenen Lebensmitteleinzelhandel.

»Mitkommen!«, befahl Melzig mich wieder zurück zum Sprinter, wo er zwei sarggroße Styroporkisten öffnete und mit dem Finger auf den Inhalt zeigte.

»Die müssen wir jetzt nur noch ausladen.« Triumphierend schaute er mich an. Ich warf einen Blick in die mit Packeis ausgelegten, nebeldampfenden Kisten, auch wenn ich mir schon denken konnte, was sich darin befand. Tiefkühlhühner! In jeder Kiste 50 Stück, eingepackt in harte Kunststofffolie. Melzigs

GluckenGlück-Hühner, wie ich sie aus dem Supermarkt kannte. Mit einem Unterschied: Quer über den gefrorenen Leib der Eishühner war eine Art Schärpe auf die Folie gedruckt worden. BIO HOF HAASENBÜTTEL prangte in goldenen Versalien auf grünem Grund auf der Banderole. Offenbar hatte er für uns ein paar glückliche Hühner für den TV-Verzehr abgezwackt.

»Was soll ich denn mit den ganzen Viechern?«

Melzig lächelte.

»Seien Sie doch froh! In den nächsten Wochen brauchen Sie sich nicht mehr um die Einkäufe zu kümmern. Es gibt Hühnchen. Aber Vorsicht: Weiterverkauf verboten!« Er lachte keckernd wie ein Gollum über seinen Witz, seine ansonsten streng am Kopf angepappten Härchen spreizten sich dabei wie elektrisierte Zahnseide.

»Wer soll das denn alles essen?«

»Ach, Mann, jetzt seien Sie doch nicht so schwer von Begriff«, zischte Melzig. »Sie müssen es ja nicht *essen*. Hauptsache, die Viecher sind im Glasschrank gut zu erkennen – vor allem das Bio-Siegel! Und die Hühner bitte ordentlich in Fünferreihen stapeln!«

Der Mann wurde mir langsam unheimlich. Der plante hier einen PR-Coup vom Allerfeinsten. *Wiesenhof* konnte sich schon mal warm anziehen.

»Noch Fragen?«

Ich schüttelte mit dem Kopf. Melzig lächelte zufrieden.

»Dann sehen wir uns am Samstag, junger Mann! Ich kann's kaum erwarten, dass es endlich losgeht!« Ich hingegen wünschte mir, dass es so schnell wie möglich vorbei sein würde.

11

»Mein Name ist Britta Broich«, rief die Blondine mit der falschen Munterkeit einer Rummelansagerin in die Kameras, »und ich würde mich sehr freuen, wenn Sie auch nächste Woche einschalten, wenn es wieder heißt: *Scheunenherzen* sind Trumpf! Einen wunderschönen Abend wünsche ich Ihnen, bleiben Sie lustig!«

Ihre letzten Worte wurden von klebriger Musik überlagert. Die Zuschauer, die während der Sendung auf zwei hoch aufsteigenden Tribünen der »Siggi-Melzig-Halle« geparkt worden waren, fluteten jetzt den Innenraum wie ein brummender Mückenschwarm. Sie umkreisten die eingefroren lächelnde Moderatorin mit Handys oder aufgeklappten iPads, was ja immer leicht bekloppt aussieht, so als hielte man am Flughafen auf einem Schild den Namen eines unbekannten Gastes in die Höhe. Die Unsitte, von wirklich jedem »Event« des eigenen Lebens eine fotografische Referenz zu produzieren, ließ sich an diesem Abend auch in Haasenbüttel beobachten. Wer schaute das hinterher bloß alles an, was da in digitalen Archiven gesammelt wurde – und war das Leben nicht ein wenig zu spannend, um es ständig nur wiederzukäuen? Solche Gedanken aber wären beim Publikum in Melzigs Festhalle nicht gut angekommen. Es war fest entschlossen, einen sichtbaren Beweis seines tollen Fernsehabends mit nach Hause zu nehmen.

Ich blieb erst mal lässig an unserem Tisch sitzen und grinste Brigitte, Waltraud und Doroda an. War doch gar nicht so schlecht gelaufen? Fernsehen hatte ich mir immer aufregender vorgestellt. Die Damen lächelten verkniffen zurück. Immer noch Lampenfieber? Aber auch Langkamp wirkte nicht entspannt. Dabei war er doch hier der Profi. Er unterhielt sich mit dem Regisseur der

Sendung, einem Zopfträger namens Truck, und gestikulierte aufgeregt. Truck zuckte alle drei Sekunden entschuldigend mit den Schultern und musterte mich. Moment mal. *Wieso* guckte der denn so blöd? Und warum schaute auch Langkamp dauernd zu mir rüber? War was? Hatte ich was falsch gemacht? Möglicherweise meine Tarnung aufgegeben? Ich versuchte mich zu erinnern. Nö. Nicht, dass ich wüsste. Im Gegenteil. Ich fand mich als lustiger Landwirt ziemlich gut. Ein Witzchen hier, eine charmante Einlage dort. Als Benno Kliemann an unseren Tisch trottete und mir beinahe mitfühlend auf die Schulter klopfte, begann ich mir allerdings Sorgen zu machen. Was zum Teufel war in den letzten zwei Stunden bloß schiefgelaufen?

Ein paar Runden Karussellfahren und drei Aspirin später schob ich die DVD in den Player, die mir Langkamp gestern Abend noch in die Hände gedrückt hatte, bevor er mich nach Hause schickte.

»Schau dir das morgen mal in Ruhe an, dann reden wir«, waren seine Worte gewesen. Meine neuen Mitbewohnerinnen würden erst am folgenden Tag mit großem Getöse »On Camera« im Kköterkamp einziehen. Heute war mein letzter Tag in Freiheit. Ich wünschte, ich hätte ihn genießen können. Leider war ich dazu aber wieder viel zu nüchtern. Kaum zu glauben, wenn man die Fernsehbilder vom Vorabend betrachtete.

In den letzten Wochen hatte ich zu viel getrunken. Das machte mich noch nicht zu einem Problem. Säufer, das waren Jungs wie Kliemann oder Langkamp, die Schnaps zu *atmen* schienen und ohne einen gewissen Pegel nicht mal mehr unfallfrei in ihre Socken steigen konnten. Bislang hatte ich peinliche Szenen in der Öffentlichkeit vermeiden können. Bis gestern.

Schuld war Langkamp! (Das schien mein neues Mantra zu werden. Alles, was in meinem Leben schieflief, war neuerdings auf

Langkamps Mist gewachsen ...) Er hatte mich vor der Sendung in der Maske aufgestöbert und mir ein Getränk in die Hände gedrückt. Im Pappbecher.

»Macht munter und hilft gegen die Nervosität.«

»Ich bin nicht nervös!«, hatte ich geantwortet, aber dabei geklungen wie ein schlecht geöltes Scharnier.

»Ich merk's grad!«, hatte Langkamp geantwortet und war davongeeilt, um gleich darauf mit der ganzen Flasche zurückzukehren: Prosecco, das Weihwasser aller Hair-Stylisten. Offenbar überschätzte Langkamp meine Nehmerqualitäten – er hielt wohl seinen eigenen Konsum für guten Durchschnitt. Ich trank zwei volle Becher von dem Zeug, weil es erfrischend kalt war. Nachdem Mandy aus der Maske mich mit einer orangefarbenen Paste abgepudert hatte, nahm ich schnell noch einen dritten Becher, weil ich jetzt aussah wie ein Brandopfer. Bevor ich zurück in meine Garderobe gebracht wurde, schüttete ich mir auch den Rest der Flasche noch hinter die Binde. Wenn schon, wollte ich wenigstens ein gut gelauntes Brandopfer sein. Immerhin das funktionierte an diesem Abend prima.

Die ersten Minuten liefen noch ganz ordentlich. Unsere Moderatorin Britta Broich zog mit fünf anderen Landwirten und mir zu den Klängen von *When the saints go marchin in* im Gänsemarsch in den Saal ein, das Volk tobte, wir klatschten beim Einmarsch verlegen, aber fröhlich im Takt. So weit keine Auffälligkeiten. Der Stimmungssänger Walter Weidemann sang zu den Klängen einer Live-Kapelle zwei Lieder zur Begrüßung: »Schöne Maid, hast du heut für mich Zeit« und »Mit dem Traktor nach Paris«.

Wir Single-Bauern trugen lustige Gewänder. Es handelte sich um ein Motto-Kostüm irgendwo zwischen Kupferschmid und Seeräuber, vermutlich aus dem Fundus eines Opernhauses. Immerhin mussten wir keine Gummistiefel tragen. Meine Kollegen waren in der ganzen Republik eingesammelt worden. Ingo zum Beispiel, der »witzige Winzer«, kam aus Briedel an der Mosel, sein

Vollbart verdeckte das Schlimmste. Kevin, den sanften Schweinezüchter aus Reutlingen, veralberte Doroda später an unserem Tisch hinter vorgehaltener Hand als den »Schwabbel aus der Schwabenland«. (Was ich auch deshalb bemerkenswert fand, weil Doroda offenbar nicht mit Personalpronomen umgehen konnte, aber wusste, in welchem Teil Deutschlands Reutlingen lag ...) Außer Ingo und Kevin waren noch Albert aus Bückeburg und ein Lopez aus Fischbachau angetreten, um im Fernsehen eine Frau für Hof und Kemenate zu finden, sprich, sich in aller Öffentlichkeit zum Narren zu machen. Offenbar liebten unsere Redakteure alberne Alliterationen, oder sie glaubten, dass der Fernsehzuschauer das generell lustig finden würde. Aus eigener Erfahrung als TV-Konsument kann ich sagen: ein Irrtum. Der Bückeburger Albert wurde uncharmant als »grantiger Gemüsebauer« eingeführt, während Lopez als »schöner Schafhirt« deutlich besser wegkam. Auch mir hatte man eine neue Identität auf den Leib geschrieben: Alvy, der »solide Selbstversorger«. Hätte schlimmer laufen können. Das Saalpublikum klatschte anerkennend. Ich war hier der Lokalpatriot. Mit einem »soliden Selbstversorger« konnten die Haasenbütteler wunderbar arbeiten. Dabei sollte es nicht bleiben.

Der erste Zwischenfall ereignete sich bei meiner offiziellen Vorstellung. Bevor ich live zu Wort kam, wurde ein kurzer Film gezeigt, den man am Tag zuvor im Klöterkamp gedreht hatte. In 45 von schmissiger Countrymusik unterlegten Sekunden war zu sehen, wie ich mit Marvin, dem Hängebauchschwein, schmuste und so tat, als kontrollierte ich das Wachstum meines Gemüsebeetes. Man erfuhr ein wenig über mein Vorleben, aber es war nicht viel darunter, das mir bekannt vorkam. Zum Abschluss durfte ich ein paar Sätze in die Kamera sprechen. Den Text hatte mir meine zuständige Redakteurin Katta in Großbuchstaben auf einen Zettel diktiert.

Das lernte ich schnell von den professionellen Fernsehmenschen am Set: Es war gar nicht gut, in die Kamera zu plappern, was einem gerade so einfiel. Es könnte ja möglicherweise nicht zur »Entwicklung der Figur« passen. Ich hatte Katta widersprochen: »Aber es passt ja möglicherweise zu *mir?*« Sie hatte mich bloß verständnislos angeblickt.

»Alvy, wir machen hier Fernsehen, das ist kein Selbstverwirklichungsseminar!« Ach, und ich dachte, es ging darum, eine Frau für mich zu finden? Jedenfalls offiziell. »Wenn das nicht an Selbstverwirklichung grenzte, was denn dann?« Jetzt bekam Kattas Blick neben aller Verständnislosigkeit auch noch einen finsteren Einschlag. Als Privatmann hatte ich hier nichts zu melden. Ich war jetzt eine *Figur.* Eine Figur, deren Schicksal überwiegend in Kattas Hand lag.

Hatte Langkamp sie eingestellt? *Really?* Katta war maximal 25 und trug denselben akkurat ausrasierten Scheitel wie David Beckham zu seinen Real-Madrid-Zeiten. Gute Laune lehnte sie offenbar aus Prinzip ab. Außerdem hatte sie ganz sicher was Ungesundes mit ihrem Smartphone laufen. Sie ließ ihren blinkenden Fetisch nicht eine Sekunde aus den Augen. Nicht mal dann, wenn sie mit mir redete. (Was aber ohnehin nicht so häufig geschah.) Sie mailte, textete, twitterte und postete ständig irgendetwas Bemerkenswertes in die Welt hinaus. Dabei schien ihr das nicht mal großen Spaß zu machen. Sie wirkte so verbissen wie diese Irren in »Lost«, die alle 108 Minuten auf eine Taste ihres Computers drückten, weil sie fürchteten, ansonsten würde etwas ganz Schreckliches passieren. Es war absurd. Gehörte das etwa zu Kattas Job? War sie nebenbei auch noch die *Social-Media*-Beauftragte der gesamten Produktion? Oder war das einfach ihr Lifestyle? »Tough Cookie« nannte man Mädchen wie sie früher mal, ich bin nicht sicher, was heutzutage passen würde. *Digital Bitch?*

Ihre Texte klangen dementsprechend. Wie von einem Stahlträger, der tippen kann.

»Mein Name ist Alvy. Ich habe eine schmerzhafte Trennung hinter mir und suche nun eine Frau, die meine Träume und meine Begeisterung für die Landwirtschaft teilt. Ich bin tierlieb und naturverbunden. Hobbies habe ich natürlich auch. Aber die möchte ich noch nicht verraten.«

Das war wohl Kattas Vorstellung von einem launigen Cliffhanger. Ich hatte diese wenigen Sätze vierzehn Mal in die Kamera sprechen müssen, bevor sie zufrieden war. Sie hätte am liebsten gleich einen Sprecherzieher für mich engagiert.

»Tief ein- und ausatmen, locker bleiben!«, lautete ihr Ratschlag. *Look who's talkin* ... Wenn das jetzt immer so lange dauerte, bis sie meine Texte im Kasten hatte, standen uns noch einige Nachtschichten bevor.

Der kurze Einspieler, um mich und meinen »Hof« vorzustellen, endete mit meinem »Hobby«-Zitat. Das Publikum applaudierte artig. Moderatorin Britta nahm die Vorlage auf: »Na, Alvy, möchten Sie es uns und Ihren Verehrerinnen nicht doch verraten: Was sind denn nun Ihre Hobbies?« Die verbindliche Textempfehlung Kattas lautete: »Ich wandere gern mit meinem Hund und erfreue mich an der Weite der schleswig-holsteinischen Natur! Außerdem liebe ich es, mit einem Schmöker und einem guten Wein vor dem Kamin zu relaxen!« Mir war das gleich ein wenig steif erschienen, aber ich hatte Katta kein zweites Mal widersprochen. Hätte eh nichts gebracht. Live vor der Kamera aber hielt *ich* jetzt die Trümpfe in der Hand. Inspiriert vom prickelnden Prosecco lockerte ich meine Antwort ein wenig auf: »Ich stromer' täglich mit meiner Uschi durch die frostige Wallachei«, ließ ich das deutsche Fernsehpublikum wissen, »und wenn mir nach ein paar Stunden die Eiswürfel aus der Poperze klackern, schmeiß ich meinen Kamin an und machs mir mit *Shades of Grey* und einem Eimerchen Sangria auf dem Sofa muckelig!« Das Publikum feixte und klatschte begeistert, wo kam denn plötzlich Atze Schröder her? Auch Britta Broich lachte noch fröhlich.

»Na, da haben wir ja einen bösen Bauer an Bord!«, schleimte sie in jovialem Fernsehsprech. »Da können sich Ihre zukünftigen Mitbewohner ja schon mal ... äh ... auf heiße Nächte freuen.« Angestachelt von der enthusiastischen Reaktion des Publikums legte ich gleich nach. Wann hat man schon mal die Gelegenheit, eine blonde TV-Moderatorin live vor der Kamera zu charmieren.

»Aber Mäuschen, nicht traurig sein – wenn du nichts Besseres vorhast, kannst du dich auch gern nackig machen und zu meinen drei Stiefmütterchen dazustoßen.«

Ich schaute mir diese Szene am nächsten Tag gleich dreimal an. Ich wirkte so debil, als wäre ich gerade aus einem längeren Koma erwacht. In Zeitlupe kam auch der entsetzte Gesichtsausdruck von Britta Broich gut rüber ... Komisch, *diesen* Blick hatte ich am Abend vorher gar nicht wahrgenommen. Und der tosende Lärm, den ich während der Sendung fälschlicherweise für zustimmenden Beifall gehalten hatte, stellte sich nun beim zweiten Hören als schockierter Aufschrei heraus, gespeist von ungläubigem Entsetzen und tiefer Fremdscham. Das mit den Haasenbütteler Vorschusslorbeeren für den »soliden Selbstversorger« hatte sich also schon nach meiner ersten Wortmeldung erledigt.

Der zweite Zwischenfall war mir schon am Abend selbst ein wenig peinlich gewesen, wenn auch nicht in dem Ausmaß, das er verdiente. Für die Präsentationen unserer Heiratskandidatinnen hatte sich der Sender etwas ganz Besonderes ausgedacht. Die Damen wurden »verlost«. Das sollte die Spannung erhöhen. Das war zwar Käse, denn es stand ja längst vorher fest, wer von den 18 Kandidatinnen zu welchem Bauern gesteckt wurde. Aber Langkamp und seinen Kollegen war jedes Mittel recht, um ihr Publikum zu vergnügen. Auf dem Display einer klobigen Apparatur, die Britta Broich den *Matchmaker* nannte und die entfernt an einen Flipper aus den siebziger Jahren erinnerte, ploppten kurz hintereinander zwei Fotos auf, angeblich von einem Zufallsgenerator ermittelt. Schon klar ... 1 Bauer + 1 Kandidatin = 1 Match. So weit kein Problem. Erschien das Foto eines von uns sechs Bauern nun auf dem *Matchmaker*, sprangen wir fröhlich vom Stuhl auf, gingen nach vorn und nahmen die Dame in Empfang, die uns »zugelost« worden war. Nach ein paar von Britta Broich moderierten Scherzen vor der Kamera führten wir sie dann mit einem verlegenen Grinsen an unseren Tisch. Dort konnte man sich im Laufe der Sendung ja schon mal näherkommen. Das war im Groben der Plan.

Jedes Mal, wenn einer meiner Kollegen eine Frau in Empfang genommen und umarmt hatte, johlte das Publikum wie aufgedreht, angespornt von einem TV-Assi, der hinter den Kameras stand und wild gestikulierte. Ich kam als fünfter Bauer zu meiner ersten Beute. Waltraud aus Herten wartete an der Seite von Britta Broich auf mich. Die Fotos hatten nicht zu viel versprochen. Das Erste, was einem zu Waltraud einfiel, war: Torte, gefolgt von Lastenaufzug. Sie trug ein rot-weißes Walle-Walle-Kleid, unter dem locker noch ein Melkschemel Platz gefunden hätte. Das Publikum johlte schadenfroh. Ich schritt mit ausgebreiteten Armen auf die beiden Damen zu und umarmte Waltraud zur Begrüßung. Es fühlte sich an, als würde ich versuchen, Neufundland in den Arm zu nehmen. (Genauso sah es auch aus, wie ich am nächsten Tag feststellte.) Das Johlen im Saal steigerte sich zum Orkan. Dieses schadenfrohe Pack! Aber mit Waltraud lief so weit noch alles glatt. Ich führte sie an der Hand an meinen Tisch, der in einer Art »Bauernstube meets Oktoberfestzelt« etwa 25 Meter entfernt vom Moderatoren-Pult aufgebaut war. Kaum hatte ich Waltraud dort abgeliefert und den ersten Versuch unternommen, charmanten Smalltalk in Gang zu bringen, rief der *Matchmaker* mich schon wieder nach vorne. Diesmal wartete Doroda auf mich. Ich musste meine freudige Überraschung nicht mal spielen: Sie sah hinreißend aus. Stellen Sie sich eine blonde Stripperin mit aufdringlichen Brüsten und langen Beinen vor, die man aus Versehen in ein züchtiges, knielanges Dirndl gesteckt hatte.

»Hallo, Ralfi!«, begrüßte sie mich routiniert, selbst Britta Broich zuckte nicht gleich wieder ängstlich zurück, als ich mich näherte. Sie schien sich langsam von meiner Attacke zu erholen, stellte mir aber zur Sicherheit keine weiteren Fragen. Bei mir hatte der Prosecco in der Zwischenzeit seine volle Wirkung entfacht. Ich umarmte Doroda zur Begrüßung, als wolle sie meinem Kind eine Niere spenden, und verabreichte ihr auch gleich noch einen formvollendeten Handkuss. Der Haasenbütteler Festsaal kochte. Ich hätte gern noch ein wenig länger vor der Kamera geplaudert, aber Doroda war das zu viel Zinnober. Abzug! Sie griff nach meiner Hand und zog mich hinter sich her wie einen störrischen Sechsjährigen. Die Kapelle intonierte einen kurzen, schmissigen Gassenhauer (»Mendocino« von Michael Holm), was das Publikum reflexartig in den gewünschten Schunkelmodus versetzte. Beste deutsche Fernsehunterhaltung. Waltraud erwartete uns bereits. Sie wirkte ein wenig verloren allein am Tisch, mit hektischen roten Flecken im Gesicht und diesem Kleid, für das mehr Stoffbahnen verarbeitet worden waren als für den Samtvorhang in meinem Lieblingskino.

»Bin ich Doroda«, begrüßte die attraktive Polin ihre Nebenbuhlerin gleich mal, »machst du, was ich sage, und wir kommen super sauber!« Das klang vermutlich freundlicher, als es gemeint war.

»Super sauber?«, entgegnete Waltraud mit dünnem Stimmchen.

»Sie meint *klar*«, übersetzte ich hilfsbereit, doch Doroda widersprach.

»Mein' ich, was ich sage, musst du nicht vielbessern, Ralfi, kann ich selbst sagen, was ich heiße? Klar?«

»Alles sauber!«, antwortete ich und ärgerte mich erneut darüber, dass ich mir für diesen prima Witz nur selber auf die Schulter klopfen konnte.

Eine geschlagene Stunde verging. Der *Matchmaker* tat, was ein *Matchmaker* tun musste, aber er tat es langsam. Die Stimmung im Saal trübte sich spürbar ein: 18-mal das gleiche Ritual konnte schon ermüden. Als mein Konterfei endlich zum dritten Mal auf dem Display des *Matchmakers* auftauchte, waren nur noch zwei Frauen übrig. Wieso war ich gar nicht überrascht, als »Brigitte aus Oberkassel« neben meinem Bild erschien? Der Saal klatschte verhalten pflichtbewusst. Ich machte mich zum dritten Mal auf den Weg und dachte mit schwingender Hüfte und leise hicksend nach: Wie konnte ich dieser müden Veranstaltung wieder auf die Sprünge helfen?

Ich umarmte die leicht verknitterte Brigitte und fragte gleich mal nach, ob ich sie auch Biggi nennen dürfe, doch da verstand sie keinen Spaß: »Ich würde es bevorzugen, wenn Sie immer meinen vollständigen Namen benutzen!« SIE? Na, da hatte aber jemand ein Stöckchen im Popo!

Britta Broich witterte ihre Chance und grätschte gleich hinein in unseren freundlichen Flirt: »Na, das kann ja noch spannend werden in Haasenbüttel mit dem soliden Selbstversorger Alvy und der bärbeißigen Brigitte!« Der TV-Assi hinter der Kamera winkte hektisch, als wolle er ein Kreuzfahrtschiff navigieren. Tatsächlich ließ sich das Publikum für einen Moment aus seiner Lethargie aufwecken und johlte nach Kräften.

Diese Vorlage wollte ich nutzen: Ich nahm Brigitte an die Hand, machte ein, zwei Schritte in den Saal hinein und schleuderte sie zu den einsetzenden Klängen von »Rivers of Babylon« zu mir heran, bereit, zur Belustigung des Publikums ein paar fesche Tanzschritte aufs Parkett zu legen. Leider spielte Brigitte da nicht mit. Statt sich vertrauensvoll in meinen Arm sinken und rhythmisch ein paar Takte wiegen zu lassen, spreizte sie erschrocken ein Bein zur Seite und stellte sich abwehrend auf die Zehenspitzen. Einen Fleischerhaken zu umarmen hätte sich nicht unangenehmer anfühlen können. Ihr Defensivmanöver verwandelte meinen Tanzschritt in eine Attacke, die man so nur aus dem Judosport kennt. Ich erzielte eine große Wertung, einen Udo. Wir fielen – unfreiwillig ineinander verdreht – so heftig zu Boden, dass unser Aufprall Babylons Flüsse locker übertönte. *Rummmms!* Mit einem jazzigen Freestyle-Misston erstarb die Musik, plötzlich war es totenstill im Saal. Brigitte hielt die Augen geschlossen, vermutlich scannte sie sich mental nach Knochenbrüchen und inneren Verletzungen ab. Dann schlug sie die Augen auf, fixierte mich und sagte nur ein Wort: »Vollidiot!«

12

Vor nicht mal sechs Wochen saß ich noch beim Grünen Veltliner im Garten und träumte den Luftschiffen der »Glückslotterie« hinterher. Und nun galt ich im ganzen Land als lallender Bauerntölpel aus dem Fernsehen, der motorisch und intellektuell ein paar Evolutionsstufen ausgelassen hatte. Wie schaffen es bloß *alle* anderen, sich nicht ständig auf die Nase zu legen? Ich wünschte, ich könnte das so sehen wie dieser deutsche Schriftsteller, der behauptet hat, dass bloß Unsouveränität und permanente Überforderung die angemessene Position des Geistes sei. Nun. In dieser Hinsicht hatte ich beim Scheunenfest ganze Arbeit geleistet. Leider fühlte sich das am Tag danach überhaupt nicht gut oder sogar angemessen an. Ich würde neben meiner inneren Mitte auch an meiner Balance arbeiten müssen.

In der Not erkennt man seine Freunde. Marvin grunzte zufrieden. Seine Lage wenigstens hatte sich deutlich verbessert: Heidkämper Briketts hatte er in seinem früheren Leben nicht gekannt. Und dass sich ausgewachsene Männer zu ihm in den Käfig hockten, um sich selbst zu bemitleiden, gefiel ihm anscheinend auch nicht schlecht. Marvin hatte einen Teil seines massigen Körpers in lässiger Hundetradition über meine Beine ausgebreitet. Das fühlte sich an, als ob ein Kanaldeckel auf mir ruhte, doch ich beklagte mich nicht: Ich wünschte, ich hätte noch ewig bei Marvin sitzen und die Welt da draußen an mir vorüberziehen lassen können wie einen kalten, trostlosen Winter, in der Hoffnung, dass schon irgendwann wieder wärmere Tage kommen würden. Doch so funktionierte das nicht. Morgen früh würden Doroda, Waltraud und Brigitte bei mir *einziehen.* Sie erwarteten, dass ich ihnen den Hof machte – stets beobachtet von Kameras und Fernsehfritzen mit Klemmbrettern. Big Brother auf dem Bauernhof, das war jetzt mein Leben – aber nicht mal mein größtes Problem. Anna hatte mir eine Nachricht geschickt. WhatsApp.

Hast du nachher eine Stunde Zeit? Wir müssen uns unterhalten.

Kein Gruß, nichts. So stand es also gerade um uns. Zeit hatte ich im Übermaß. Wo sollte ich auch hin? Langkamp hatte mich drauf hingewiesen, dass ich vertraglich verpflichtet sei, möglichst in der Nähe des Klöterkamps zu bleiben. Die Jungs mit den Kameras mussten jederzeit Zugriff haben, wie er das nannte.

Sicher. Komm vorbei. Ich mach uns ein paar Eier und wir misten gemeinsam den Stall aus: –))))

Ich hoffte, sie würde die Doppelbödigkeit meiner Bemerkung erkennen. Auf eine Antwort wartete ich vergeblich. Möglicherweise hatte sich Annas Sinn für Humor in den letzten Wochen ein wenig eingetrübt. Auch meine Premiere als Fernsehbauer dürfte ihr nicht gefallen haben, vorausgesetzt, sie hatte sich das Spektakel am Vorabend überhaupt angesehen. Ich hatte gehofft, dass wenigstens die Quoten von *Scheunenherzen* katastrophal sein würden, aber das konnte ich vergessen. Ich hörte die Jubelmeldungen im Radio. Beinahe sieben Millionen Zuschauer hatten sich über die schrägen Landwirte, die auch mal zum Schuss kommen wollten, wie Bolle amüsiert. Bengt gehörte sicher nicht dazu. Wenn ich ihm glauben durfte, war *keiner* unserer Haasenbütteler Mitbürger so richtig auf seine Kosten gekommen. Bengt war schon früh im Klöterkamp aufgetaucht und hatte mir alle verfügbaren Sonntagszeitungen auf den Tisch geworfen wie einen Fang stinkender

Dorsche. Ich hatte nur kurz durchgeblättert, doch das reichte schon. Das Beste wäre es, wenn ich auf der Stelle das Land verlassen würde. Die Stolper-Fotos von mir und Brigitte fehlten in keinem Käseblatt. In der *Bild am Sonntag* galt ich bereits als der Klapskalli der Staffel. »Alky-Alvy auf Abwegen« hatte ein inspirierter Texter unter mein Konterfei geschrieben. Doroda hingegen wurde wie erwartet als Kurvenstar der Serie gefeiert. Neben einem Foto aus der Show, auf dem sie das züchtige Dirndl trug, war auch ein Foto von ihr abgedruckt, das Doroda mit einer Sense zeigte und sonst sehr, sehr wenig. Wann war das entstanden? Der Text darunter machte mir Angst: »So hol ich mir den Bauern!«

»Alvy, du musst mit deinen Leuten reden!« Bengt schaltete sich wieder ein. Das kannte ich ja jetzt schon. Meine Entgegnung blieb die gleiche.

»Es sind nicht *meine* Leute, Bengt!«

Er antwortete nicht. Natürlich antwortete er nicht. Er schaute mich nur an, offenbar fassungslos über so viel Unverständnis.

»Sind sie schon wieder mit dem 40-Tonner durch Haasenbüttel gekreuzt?«

Bengt schüttelte den Kopf.

»Die machen sich *toffig* über uns, Alvy, du musst das verhindern. Wir sind keine Waldmuffen. Sag denen das.«

Ich wusste, was Bengt meinte. In der Sendung gestern waren auch ein paar Einspieler gezeigt worden, kleine Filmchen, die Haasenbüttel und einige seiner Bewohner dem Rest der Republik vorstellen sollten. Die hielten Schleswig-Holstein ja sonst für Dänemark. Vermutlich hatte das ein Redakteur übernommen, der früher mal als Praktikant bei *TV Total* gelernt hatte und alles, was Stefan Raab so trieb, saukomisch fand. Haasenbüttel jedenfalls wurde von ihm als kulturelle Diaspora präsentiert, in dem das Kuh-Bingo beim Erntedankfest als gesellschaftlicher Höhepunkt des Jahres durchging. Die Spottbilder von Schweineställen, dampfenden Misthaufen und maroden Scheunen, in denen sich ausrangierte Traktorreifen stapelten, wurden mit Country-&-Western-Klängen unterlegt. Stolze fünf Mal hatte ein Kameramann eingefangen, wie ein einheimisches Rind herzhaft auf die Wiese schiss. Jedes Mal wurde dieser in Zeitlupe zelebrierte Vorgang von einem scheppernden Hupton begleitet, fehlte bloß noch, dass man künstliches *Sitcom*-Gelächter druntergemischt hätte.

Die Interviews mit ausgesuchten Haasenbüttelern liefen nicht viel besser. Grütze wurde zwar als genialer Spaßbauer angekündigt, der auf seinem »lustigen Lindenhof« tanzende Hühner und zahme Lamas trainierte, dabei allerdings aus der Vogelperspektive abgefilmt, sodass er in den deutschen Wohnzimmern wie eine kuriose Mischung aus Hobbit und Golfsack wirkte. Immerhin brachte es Grütze in seinem kurzen Interview fertig, dreimal auf Cosima, das intelligenteste Huhn Deutschlands, hinzuweisen.

Selbstverständlich wurde auch Melzig, der inoffizielle Gastgeber und Mäzen des Abends, interviewt. Mit öliger Stimme und seiner verlässlich albernen Frisur dozierte er über seine Wandlung zum sanften Geflügelbauer und bedankte sich überschwänglich bei einem ökologischen Bio-Verband, der ihn offenbar in Ehren aufgenommen und seinen Produkten das begehrte *grüne Zertifikat* verliehen hatte. Die Kamera schwenkte auf drei Männer in schlechten Anzügen, die so aussahen, wie ich mir Sparkassendirektoren aus Cottbus immer vorgestellt hatte. Da lag ich aber falsch: Bei diesem blassen Hochwasser-Trio handelte es sich um die Vorstände eben jenes Verbandes, dem Melzig da gerade bundesweit beachtet in den Allerwertesten kroch. Das Ausmaß der Dreistigkeit, mit dem er seine Privatgeschäfte im Fernsehen platzierte, war selbst Langkamp ein wenig peinlich. Wo war der Fernsehrat, wenn man ihn brauchte? Aber was sollte Langkamp machen? Wer zahlt, schafft an, daran hatte Melzig keinen Zweifel gelassen. Im Saal und vermutlich auch vor den Fernsehern des Landes atmete man allerdings auf, als Melzig endlich seinen Sermon beendet hatte.

Der komödiantische Höhepunkt der Sendung sollte allerdings noch folgen. Es war der (vergebliche) Versuch, unsere Kuchenkönigin Käthe Obgenoth vor der Kamera in ein Gespräch zu verwickeln. Keine Ahnung, welcher Witzbold den Fernsehleuten den Tipp gegeben hatte, ausgerechnet Käthe in ihrem Abrisshaus an der Kuchentheke zu besuchen und ein kleines Filmchen zu produzieren. Auf die ersten beiden Fragen (Was gefällt Ihnen an Haasenbüttel besonders? Wie lange leben Sie schon hier?) antwortete sie überhaupt nicht. Sie starrte bloß so verständnislos wie übellaunig in die Kamera, erst auf Frage drei: »Können Sie uns dann aus Ihrem Angebot etwas empfehlen?«, bellte sie barsch in die Kamera: »Den Lappen!«

Käthes muffige und zugegeben recht kuriose Antwort motivierte den Regisseur der *Scheunenherzen*, ihren Ausruf mit einem Hall zu unterlegen und als Echo gleich viermal hintereinander einzuspielen: *Lappen . . . Lappen . . . Lappen . . . Lappen . . .* tönte es blechern und langgezogen wie ein Funkspruch aus dem Raumschiff Enterprise. Dazu noch Käthes grimmiges, in Zeitlupe verzerrtes Domestos-Gesicht und ihr wippender Dutt . . . Hammer. Sie hatte es echt drauf. Ein Naturtalent. So wurden TV-Ikonen geboren.

»Hast du gestern Käthe gesehen?«, begrüßte ich Anna betont beiläufig, so als käme sie bloß wie jeden Tag von der Arbeit nach Hause. In Wahrheit war sie seit der unfreiwilligen Begegnung mit Doroda nicht mehr bei mir gewesen. Sie hatte den Hund dabei, allerdings war der auch nicht in der Stimmung, um unser Wiedersehen zu feiern. Stattdessen strich er mit eingekniffenem Schwanz durch sein ehemaliges Revier. Man konnte die Denkblasen über seinem Kopf sehen: Was war denn *hier* passiert? Vor Marvins Käfig blieb er maximal verblüfft stehen und kippte angesichts dieses Furcht einflößenden Tieres vorsichtshalber schon mal vornüber in die Sägespäne. Was war DAS denn?

Wir schauten unserem Hund amüsiert zu.

»Seine Welt gerät gerade aus den Fugen ...«, sagte Anna.

»Das sehe ich«, antwortete ich mit gespielter Verzweiflung, »ich beantrage das Sorgerecht an ungeraden Tagen!«

Anna lächelte bitter.

»Darüber sprechen wir später. Wo ist denn dein polnisches Pornomodell?«, fragte sie unvermittelt und schaute sich um. »Macht sie sich die Nägel?«

»Eifersüchtig?«

Anna verzog das Gesicht.

»Träum weiter.«

»Sie kommt erst morgen früh. Zusammen mit den beiden anderen ... *ähm* ... Personen.«

»Scheinen ja wirklich ganz nette Frauen zu sein ...«, antwortete Anna mit trockenem Spott in der Stimme, »wenn sie nicht so scharf drauf wären, *meinem* Mann zu gefallen, würde ich sie sicher gern kennen lernen. Wir könnten vielleicht gemeinsam auf dem Feuerwehrball in Haasenbüttel tanzen üben.«

Offenbar hatte sie gestern abend doch mal ins Programm reingezappt.

»Du findest die Damen also nett? Die Dicke ... sorry ... *Waltraud* ist so schüchtern, dass sie vermutlich nicht mal Marvin anspricht, ohne rot zu werden, und diese Brigitte hasst mich nach der kleinen Kampfsport-Einlage von gestern jetzt schon. Was Doroda angeht ... du hast sie ja selbst schon getroffen ...«

»Allerdings. Eine ganze Menge Doroda würde ich sagen.«

»Was soll ich denn machen? Langkamp hat sie angeschleppt, ich habe mir die nicht ausgesucht. Außerdem ... ich meine ... es ist doch absurd zu glauben, ich würde ernsthaft mit diesen Frauen ... flirten?«

Anna lachte kurz auf.

»Ach, Alvy. Du flirtest auch mit einer Schrankwand, wenn sie sich einen Push-up umhängt ...« Sie ließ ihrem Witz ein wenig

Luft zur Entfaltung, sodass ich nach einer kurzen Schampause ins Gelächter einsteigen konnte.

»Du, ich hab dir was mitgebracht«, sagte sie dann unvermittelt und zog einen Umschlag aus ihrer Handtasche, »ich weiß, es ist albern, aber ich dachte ... weil du ja immer ... du weißt schon ...«

Anna blickte verlegen zur Seite. Ich nahm den Umschlag entgegen und öffnete ihn. Das war ... ein Los der Glücksspirale! *Ein Los der Glücksspirale?*

Das kam jetzt überraschend.

»Darüber hast du dich doch immer lustig gemacht?«

Anna lächelte.

»Mein Fehler, sorry. Ich habs eingesehen. Die Chance, bei der Glückslotterie den Hauptgewinn zu ziehen, liegt ja schon bei lächerlichen 1: 5 000 000. Ein Kinderspiel, würde ich sagen.«

»Und das Los schenkst du mir trotzdem?«

»Halbe-halbe, wenn du gewinnst.«

»Das ist fair.«

»Nicht wahr? Außerdem gibt's da die Sofortrente, jeden Monat 7500 Euro.«

»Und bei Rente denkst du gleich an mich?«

Anna lachte.

»Mit Riester hast du's ja nicht so ...«

Oh Gott, nicht dieses Thema schon wieder. Ich würde mich mit 67 in ein Samurai-Schwert stürzen müssen, das war mir klar. Aber bis dahin hatte ich ja noch ein paar Jahre.

»Anna, ich weiß die Geste zu schätzen ...« Lächelnd nahm ich meine Frau in den Arm.

»Ich wünsch dir alles Glück der Erde!«, sagte Anna und drückte sich fest an mich. Eine kurze Zeitspanne lang war ich tatsächlich glücklich. 10 Sekunden ungefähr, in denen ich sie im Arm hielt und ihren Duft inhalierte wie jemand, der nach Monaten im Kerker zum ersten Mal wieder an die frische Luft geführt wird. Dann hallte ihr letzter Satz nach: *Ich wünsch dir alles Glück der Erde?* Was sollte das denn heißen? Und weinte sie etwa?

»Willst du mir was sagen?«

Anna blickte mich stumm an.

»Ich meine, noch was anderes?«

»Was *ganz* anderes ...«, flüsterte sie und schlug die Augen nieder. Oh oh ... Augenblicklich rumorte der Eisblock wieder in meinen Eingeweiden.

»Was ist los?«

»Alvy, ich hab nachgedacht.«

Wieder einer dieser Sätze, denen noch nie etwas Gutes gefolgt war. Warum sagte nie jemand, du, ich habe nachgedacht, ich finde dich ganz prima und will dir mein Vermögen vermachen oder, auch gut: Ich finde, du musst dich kein Stück verändern, du bist perfekt, so wie du bist. War noch nie passiert, soviel ich wusste. Stattdessen ...

»Du, ich habe mit Gisbert gesprochen. Also mit Dr. Fleissner, meinem ...«

»Ich *weiß*, wer Dr. Fleissner ist. Gisbert ...!« Ich ahnte auch schon, worauf das hier hinauslief.

»Er hat einen kleinen Job für mich, eine Projektaufgabe, befristet natürlich ...«

»Ja, klar, befristet ... Wo ist er denn, der Job?«

»Das ist wirklich eine sehr interessante Sache, Marketing für das neue Projekt von Gisbert, so eine Art *Soft Opening* von einem Luxus-Resort.«

»Verstehe. Wo?«

»Ich muss das machen, das wird auch richtig gut bezahlt ...«

»WO???«

»Ach das, naja, es ist in ... *ähm* ... 'tralien ...« Bei den letzten Worten hatte sie ihre Stimme auf Trauerfeier-Niveau heruntergedimmt. Kaum noch zu verstehen.

»Okay ...«, wiederholte ich ungläubig, »du wirst nach ... Entschuldigung, ich hab AUSTRALIEN verstanden, kannst du das noch mal wiederholen?«

Anna holte tief Luft und sagte ihre Antwort noch einmal auf, ein paar Dezibel lauter diesmal.

»Australien, Sydney, West-Bondi.«

So fühlte sich das also an, wenn man im Winter ins arktische Meer tauchte. Bevor ich endgültig erfror, wollte ich aber unbedingt noch ein paar Fragen loswerden.

»Willst du das wirklich? Ich meine, hätten wir das nicht zusammen bereden müssen? Und wie lange bleibst du, kommst du überhaupt zurück? Und ist dieser Gisbert auch in *AUSTRALIEN*?«

»Stop, stop, stop!«, rief Anna, schloss die Augen und breitete die Arme aus wie ein Fernsehpfarrer. »Warte: Ja!«

Pause.

»Kann schon sein, aber du hast das ja mit der Fernseh-Sache auch allein entschieden.«

Pause.

»Sechs Monate ... erst mal.«

Längere Pause.

»Klar ... na ja ... ich weiß nicht genau, ich nehme es an, so ist es jedenfalls ... geplant ...«

Pause.

»Ja. Es ist ja sein Projekt, sicher ist Gisbert auch da.«

Sie schlug die Augen nieder.

»Alvy, Gisbert ist nicht der Punkt. Wenn es um Gisbert gehen würde, hätte Haasenbüttel mich nie kennen gelernt. Ich brauch die Zeit da unten für mich, um rauszufinden, was ich noch von meinem Leben will.«

Ich seufzte.

»Und ob das, was du von deinem Leben noch willst, in Haasenbüttel auch mit mir zu haben ist?«

Anna nickte.

»Kann sein.«

»Es ist wegen dieser Kindersache, nicht wahr?«

»Nein. Alvy, es ist nicht wegen *dieser Kindersache*. Es ist wegen allem, worüber wir in den letzten Wochen gesprochen und noch mehr, worüber wir in den letzten Wochen alles NICHT gesprochen haben.«

Dagegen war nichts zu sagen, musste ich zugeben. Das Einzige, was ich jetzt tun konnte, war Haltung zu bewahren. Nicht so ganz einfach, wenn man sich am ganzen Körper fühlte, als würde man von einer Parmesanreibe gestreichelt.

»Ich nehme an, das ist alles schon entschieden und du hast dein Ticket auch schon gebucht.«

Sie nickte.

»*Wann* wirst du fliegen?«

Pause.

Anna drehte sich weg und rief den Hund. Nur widerwillig trennte sich das Paulchen vom faszinierenden Anblick Marvins und ließ sich in der neutralen Zone zwischen uns nieder, allerdings mit einem Blick, der besagte, dass er das nicht unbedingt als seine endgültige Parkposition betrachtete. Anna kniete sich zu ihm hinunter und kraulte ihn 20, 30 Sekunden hinter den Ohren. Dann flüsterte sie die Antwort dem Hund zu.

»Morgen Abend.«

Ich nickte und starrte auf das Los der Glücksspirale in meiner Hand. Das hier war nicht bloß so ein kleiner, unbedeutender Gimmick. Das hier war Annas Abschiedsgeschenk.

13

Langkamp winkte Doroda zur Verabschiedung so ausdauernd zu, als würde sie noch heute Abend mit einem Dampfer nach New York ablegen. Hatte er sich etwa in unsere Kandidatin verliebt? So viel Enthusiasmus war doch sonst nicht seine Art. Er war mit meiner Performance in der Sendung nicht glücklich gewesen und hatte für die nächsten Wochen etwas mehr Disziplin in der Ausgestaltung meiner Rolle eingefordert (»Mach die Moderatorin nicht an, Stift, das mag der Zuschauer überhaupt nicht!«) Doch er war auch Profi genug, um die Kollateral-Triumphe meiner alkoholischen *On-Air*-Eskapaden anzuerkennen. Die prima Einschaltquoten der ersten Sendung hatte Langkamp zum Vorwand genommen, um schon zum Frühstück mit zwei Flaschen *Pommery Maxi Pop* im Klöterkamp aufzutauchen. Obwohl er eine der teuren Flaschen ganz allein erledigte, war es mit seiner guten Laune schlagartig vorbei, als Melzig anrief.

»Stift, hast du eine Idee, was der Hühner-Kretin will?«, fragte Langkamp mich, nachdem er das Gespräch beendet hatte. »Ich soll heute noch bei ihm vorsprechen.«

»Vorsprechen?«

»Hat er mir zugebellt. Wörtlich. Pünktlich um acht soll ich auf seinem Hof erscheinen. Irgendwie klang er ziemlich pampig.« Als Langkamp Doroda noch einen letzten traurigen Blick schenkte, bevor er in seinen BMW stieg, tat er mir sogar ein wenig leid. Musste das Stockholm-Syndrom sein. Als hätte ich nicht genug eigene Probleme.

»Trautes Heim, Glück allein«, witzelte ich hilflos, als Langkamps Wagen aus unserem Sichtfeld verschwand. Keine meiner drei Grazien hielt es für nötig, darauf auch nur mit einem höflichen Grinsen zu antworten. Ein langer Tag ging zu Ende. Die ersten Bilder aus dem *Scheunenherzen*-Camp waren im Kasten. Hätte schlimmer laufen können. Langkamp hatte eine Blaskapelle für den Einzug der »Girls« organisiert, wie er sie nannte. »So ein Humba-Humba-Getöse kommt beim Zuschauer an«, behauptete er. Vermutlich stimmte das. Er wollte eigentlich den Spielmannszug der Wackener Feuerwehr aus der Nachbarschaft Haasenbüttels verpflichten. Schließlich war der schon berühmt: Jedes Jahr im Sommer bliesen sich die musizierenden Brandbekämpfer beim Wackener Hardrockfestival vor 70 000 Headbangern die Lunge aus dem Hals, sogar in einem Kinofilm waren sie schon dabei gewesen. Doch so kurzfristig war da nichts zu machen. Langkamp konnte auf die Schnelle bloß noch ein paar Waldhorn-Artisten aus Holm engagieren. Für fünf Kästen Bier und ein klein wenig Fernsehruhm tauchten acht Männer in grünen Joppen im Klöterkamp auf und bliesen zum Einmarsch der Bauern-Fängerinnen. Mehr Folklore in Haasenbüttel ging nicht. Peinlich berührt schlichen meine neuen Mitbewohnerinnen zu den schrägen Klängen der Holmer Waldhornbläser in ihre Unterkünfte. Waltraud mit einer beachtlichen Anzahl von Plastik- und Sporttaschen, Brigitte mit einer absurd großen MCM-Taschenausstattung in goldbraun (die sie sich allerdings von einem Produktionsassistenten hinterhertragen ließ) und Doroda schließlich mit einem gelb lackierten Rollköfferchen, das man in Paris *petit* genannt hätte. Entweder sie plante keinen langen Aufenthalt auf dem Hof oder sie wechselte ihre Garderobe nicht so häufig. (Auf die Möglichkeit, dass Doroda einfach nicht so viel Garderobe *benötigte*, kam ich gar nicht erst.)

»Stift, stell du dich ans Gartentor und mach den Mistgabel-Casanova«, hatte Langkamp bestimmt, »und schau halt so in die Kamera, als ob du es kaum erwarten könntest, mit den *Girls* unter eine Decke zu kriechen.« Keine leichte Aufgabe. Ich grimassierte wie ein Karnevalsprinz, aber ich fürchte, dass ich damit niemanden täuschen konnte. Unter den gegenwärtigen Umständen wäre auch ein Oscarpreisträger daran gescheitert, einen fröhlichen Landwirt auf die Bühne zu bringen. Meine Gedanken kreisten um Anna. Seit Stunden saß sie nun bereits in einem Flieger nach Sydney. Höchste Zeit, mir mal wieder zu meinem Leben zu gratulieren. Einen prima Tausch hatte ich da gemacht.

»Stift, geht's auch fröhlicher?«, tönte Langkamp schon bald. »Du glotzt in die Kamera wie Mario Barth beim Versuch, sein Abi zu machen.« Bis zum Mittag wurden abwechselnd Waltraud, Brigitte und Doroda dabei gefilmt, wie sie ihre Habseligkeiten im Stadel verteilten und sich mit den Tieren des Hofes bekannt machten. Es folgte eine kurze Lagebesprechung vor der Kamera, in der ich den Damen ganz offiziell ihre Pflichten erklärte. Meine Redakteurin Katta – wie immer überwiegend mit dem Laptop und ihren Smartphones (Plural!) beschäftigt – hatte mir nebenbei ein paar Details auf Karteikarten notiert: Zu welcher Stunde Schafe und Pferde gefüttert, wann die Beete gewässert, der Zaun ausgebessert und die Stube gefeudelt wurden – all das und ein wenig mehr durfte ich als Farmer Alvy mit gönnerhafter Geste an meine drei potentiellen Gespielinnen delegieren. Diesmal brauchte ich nur sechs Anläufe, bis Katta müde abwinkte: »Den letzten Take nehmen wir.«

Die Reaktion der Damen auf meine offiziellen »Anweisungen« fiel unterschiedlich aus. Waltraud nickte begeistert; sie sah aus, als ob sie auf der Stelle loslegen wollte. Brigitte hingegen machte ein Gesicht, als sei sie gerade für einen Fronteinsatz in Afghanistan einberufen worden. Empörung, Ekel und tiefe Verachtung spiegelten sich düster auf ihrem Gesicht. Nur Doroda blieb äußerlich völlig unbewegt, so als ob sie das alles gar nichts anginge. Sie hörte anscheinend nicht einmal zu, sondern nestelte emsig am störrischen Reißverschluss ihres schwarzen Catsuits. (Noch zwei Zentimeter weiter südlich, und unser Kameramann wäre kollabiert.) Die Erklärung für ihren stoischen Gleichmut war einfach, wie sich schnell herausstellen sollte: Das alles ging Doroda tatsächlich nichts an.

»Hab ich *umowa*, weißt du schon, Kontrakt mit Langekamp, wo drin steht, ich nix arbeiten mit Stinketiere. Ich überhaupt nix Arbeit. Ich bloß Showtime!«

»Showtime? Was genau soll das heißen, Doroda?«, erkundigte ich mich interessiert.

»Na Showtime, Baby«, gurrte sie lasziv und grinste so dreckig wie ein verregnetes Open-Air-Festival, »ist sich genau beschrieben in Kontrakt: Jede Sendung einmal Showtime, nicht langge, 30 Sekunden nur.«

Ich hätte da gern genauer nachgefragt, aber offenbar wünschte Langkamp keine längere Debatte. Er zog mich am Arm verschwörerisch zur Seite.

»Musste ich so *handeln*, Stift, sonst wäre mir die polnische Superbraut doch von der Fahne gegangen.«

»Und wer macht jetzt ihre Arbeit in der Küche und im Stall?«, fragte ich. »Du hast versprochen, dass ich mit der zusätzlichen Arbeit auf meinem Grundstück nicht auch noch belastet werde.«

»Das könnt ihr euch doch untereinander aufteilen, Stift«, antwortete Langkamp verlegen ausweichend, »so viel wird das schon nicht sein.«

»Und die Tiere versorgen sich selbst, oder wie? Und das Essen bringt ein Fernsehkoch, Tim Mälzer vielleicht?«

Langkamp winkte ab.

»Das regelt sich schon ... irgendwie.«

Von den Begleitumständen guter, alter Landwirtschaft hatte er keine Ahnung. Hätte ich natürlich auch von allein drauf kommen können.

»Ich dachte, die Damen sollen vor der Kamera beweisen, was sie in Sachen Ackerbau und Viehzucht auf dem Schläger haben?«, legte ich nach.

Langkamp lachte nur.

»Das *faken* wir dann schön, Stift. Wir packen Doroda ein paar Gummistiefel über ihre Strapse, was meinste, was dann bei Müllers, Meiers und Schulzes im Fernsehsessel los ist!«

Das wollte ich mir nicht vorstellen.

Langkamp und sein subtiler Humor, da war er wieder. Zum Glück blies es für heute das einzige Mal, dass Langkamp sein Tinnitus-Gelächter bis zum Anschlag aufdrehte. Das bevorstehende Date bei Melzig schien ihn wirklich zu beunruhigen. Sein Problem. Ich war auf einer anderen Baustelle gefragt. Ich wollte so schnell wie möglich mit den drei Damen ein wenig persönlicher werden. Schließlich musste ich wissen, was sie sich von ihrer Teilnahme in der albersten Fernsehserie seit dem »Dschungelcamp« versprachen. Auf der Suche nach einem Gatten, der hauptberuflich im Mist scharrte, konnten sie ja wohl kaum sein. Oder war mir da was entgangen?

Seit einer halben Stunde saßen wir gemeinsam bei einer Flasche Veltliner um den Küchentisch, aßen etwas Käse, das vom Catering der Fernsehleute übrig geblieben war, und redeten hauptsächlich über das Wetter in Schleswig-Holstein und die Frisur unserer Moderatorin Britta Broich. (Beides ausbaufähig.) Brigitte hatte sich schon *empfohlen*. Entweder war sie eher der ungesellige Typ oder sie fremdelte einfach noch ein wenig. Für meine Tanzeinlage mit kombiniertem Judo-Griff hatte ich mich bei ihr entschuldigt, was sie ohne große Regung zur Kenntnis genommen hatte. Mir fielen vor Müdigkeit schon beinahe die Augen zu. Ich wollte mich bald in unser ... ich korrigiere: in *mein* Schlafzimmer zurückziehen, um Annas Flug nach Sydney auf dem *Flight Tracker* zu begleiten. Vielleicht würde das helfen, mich nicht ganz so verlassen zu fühlen, wenn ich wüsste, über welchem Ozean sie gerade unterwegs war. Doch wie immer, wenn ich Pläne machte, kam mir das Leben in die Quere.

»Wir machen jetzt kurze Gang um Gelände!«, sagte Doroda. »Wollen wir kennen lernen neue Heimat.«

»Viel Spaß!«, antwortete ich automatisch.

»Nein, du gehen Führer vorne«, widersprach Doroda, »wir kennen uns nix aus hier in dieser Kaff.«

Ich winkte ab.

»Heute noch? Hier muss man sich nicht auskennen, verirren ist praktisch gar nicht möglich in Haasenbüttel.«

»Ich würde mich auch freuen, wenn du uns begleitest«, schaltete sich jetzt Waltraud ein. Sieh mal einer an, drei Gläser Wein, und schon sprach sie ihren ersten ganzen Satz.

»Okay, gehen wir. Aber nur ein *kurzer* Spaziergang!«

»Gutt, kurzer Stroppnick in Wallachei«, bestätigte Doroda.

»Wollen wir Brigitte fragen, ob sie mitkommt?« Waltrauds zweite Wortmeldung in einer Minute. Die wurde hier noch zum Plappermaul. Doroda ächzte wie ein zusammenfallender Staubsaugerbeutel. So wichtig war es ihr wohl nicht, dass die verkniffene Kollegin aus dem Rheinland den ersten Ausflug in die Umgebung mitmachte.

»Wir können sie wenigstens mal fragen«, stimmte ich Waltraud zu. Schaden konnte das ja nicht.

Ich versprach mir zwar auch nicht allzu viel davon, aber am ersten Tag wollte man ja nicht gleich unhöflich sein.

Das Hämmern war schon von weitem zu hören. Wir schauten uns überrascht an. Was trieb denn Brigitte um diese Zeit noch in ihrem Verschlag? Als wir den Wohnbereich der Damen erreichten, hockte sie auf den Knien vor ihrem Bett und hantierte mit einer Kunststoffplane.

»Darf ich fragen, was du da treibst?« Ich ignorierte Brigittes Wunsch, gesiezt zu werden, und hoffte, dass sie schon bald lockerer werden würde.

»Ich schlafe hier drin auf keinen Fall ohne Schutz vor dem Ungeziefer«, antwortete sie und wies mit spitzen Fingern auf die Strohballen unter ihrem Bett, die auf rustikale Art den Lattenrost ersetzten. Ich sah da nichts ...

»Haben *Sie* eine Idee, was sich darin alles tummelt?«, fauchte sie mich an.

»Naja, ich bin hier der … *ähm* … Landwirt. Ich *sollte* eine Idee davon haben.« Hoffentlich fragte sie nicht nach Details.

»Können Sie mir dann kurz zur Hand gehen?«

Es klang nicht wie eine Bitte. Eine halbe Stunde dauerte es, um die Plane unter der Matratze durchzuschieben und an beiden Seiten zu befestigen. Schön war's nicht, aber es erfüllte wahrscheinlich seinen Zweck: Käfer, Wanzen und selbst Mäuse würden ein paar Probleme bekommen, wenn sie die durchsichtige Wand aus Plastik überlisten wollten. Ob die Plastikplane allerdings unter Feng-Shui-Aspekten zu einer Verbesserung der Schlafqualität beitragen würde, bezweifelte ich stark. Vermutlich schwitzte sich Brigitte in den nächsten Wochen auf dieser luftundurchlässigen Plane durch die Nächte. Ihr Problem. Ich fürchtete mich schon vor dem Moment, an dem sie den Donnerbalken im Garten zum ersten Mal benutzen musste.

»Wir wollten mal fragen, ob du einen kleinen Spaziergang mit uns unternimmst? Doroda und Waltraud würden gern die Gegend erkunden …«

Brigitte schaute uns zweifelnd an.

»Was soll's«, sagte sie schließlich, »auf diese Katastrophe hier werde ich mich noch früh genug legen müssen.«

Als wir fünf Minuten später das Haus unserer Nachbarn Fiete und Andrea passierten, bewegte sich der Vorhang hinter ihrem Küchenfenster. Ich fragte mich, ob Andrea die Gelegenheit ergreifen würde, um uns vor der Türe abzupassen und sich mit den Damen bekannt zu machen. Er musste ja schon sterben vor Neugier. Neuigkeiten einzusammeln und schnell weiterzuverbreiten gehörte zu seinen Hobbys, so wie andere Menschen Schach spielten oder Jagd auf Rebhühner machten. Twitter brauchte in Haasenbüttel wirklich niemand, solange Andrea in der Nähe war und die heißesten Neuigkeiten aus seiner Heimat ausschmückte.

Solange er noch nicht wusste, was genau es mit meinen neuen Mitbewohnerinnen auf sich hatte, lutschte er vermutlich vor Missbehagen an seinem Nudelholz. Aber nichts geschah. Offenbar wollten Fiete und Andrea mir zu verstehen geben, auf wessen Seite sie standen. Ich hatte Anna vergrault, um dieses merkwürdige Trio unter mein Dach einzuladen? Bitte schön, damit wollten sie nichts zu tun haben. Noch machte ich mir allerdings keine großen Sorgen. Ich gab ihnen eine Woche, bis die Neugier sie zu uns ins Haus treiben würde.

14

Hells Bells von AC/DC. Mein Handy-Klingelton für Leute, bei denen ich schon am helllichten Tag zweimal drüber nachdachte, ob ich das Gespräch annehmen sollte. Jetzt war es 3:43 Uhr in der Nacht. Langkamp. Ich drückte ihn weg. 15 Sekunden später läuteten die Glocken der Hölle mich erneut aus dem Schlaf. Ich drückte Langkamp zum zweiten Mal weg und stellte das Handy aus. 30 Sekunden später klingelte es auf dem Festnetz. Das Rockford-*Ring Ring*, ein Klassiker. Ich ließ es fünfmal läuten, dann sprang der AB an. Langkamp.

»Stift, geh ran, is' wischtich.«

Er klang besoffen. Nicht angeschickert, nicht amtlich betrunken, nein: total besoffen. Ich dachte nicht dran, mit ihm zu reden. Erneutes Klingeln. Ich sprang auf und riss die Telefonbuchse aus der Wand. Schluss damit. Als ich wieder im Bett lag, war ich hellwach und verfluchte den Tag, an dem Langkamp geboren war. Zur Strafe klopfte jemand an die Haustür. Ich schloss neuerdings nachts immer ab, seitdem Geerd mich mit den Skudden überrascht hatte. Die Botschaft kam aber offenbar nicht bei allen Besuchern an. Das Klopfen wurde lauter. »Mach auf Siff«, brüllte Langkamp, voll wie ein Amtmann, »ich weiß, dassu da bis!«

Lamgkamp warf sich mit dem Gesicht nach vorn auf mein Sofa wie in einen Whirl Pool. Er musste sich an den Seitenpolstern festklammern, um nicht auf den Boden zu rutschen.

»Siff«, sagt er, offenbar nicht mehr ganz t-tauglich, »dieser Melssisch iss doch ein Arschloch.«

»So weit kann ich dir folgen«, antwortete ich, »aber darüber hätten wir auch später sprechen können.«

»Siff«, wiederholte Langkamp undeutlich, »der issso ein RIESEN-Arsssloch …«

Ich schwieg. Vielleicht kam er ja noch auf den Punkt.

Stattdessen fiel ihm das Kinn auf die Brust.

»Langkamp?«

Er schreckte hoch.

»Was iss?«

»Das wüsste *ich* auch mal gern. Was willst du hier? Wie bist du überhaupt hergekommen?«

Ich fürchtete, die Antwort zu kennen. Und richtig, Langkamp schaute mich erstaunt an.

»Mit dem Wagen, Stiff, glaubssu, ich komm hier mi'm Busss?«

»Schlüssel!«

»Wass?«

»Zeig mir deine Autoschlüssel!«

Langkamp hatte zwar so seine Schwierigkeiten, die Finger unverletzt aus der eigenen Tasche zu navigieren, aber schließlich schaffte er sie tatsächlich zusammen mit dem Autoschlüssel aus der Hose. Ich nahm sie ihm ab, was er mit einem verständnislosen Blick quittierte.

»Weissu, Siff, dieser Melssich, der …«

»Ja, ich hab's verstanden. Ein *Arschloch*. Aber warum? Willst du mir was sagen? Konzentrier dich, los, antworte!«

Den zweiten Teil des Satzes schnarrte ich wie ein Bundeswehroffizier. Das schien für den Moment zu wirken.

»Der will uns Doroda wegnehmen, dieser Drecksack«, schimpfte Langkamp, »der will Doroda für sich allein haben!«

Ich verstand kein Wort.

»Was will der denn mit unserer Kandidatin, Langkamp? Der hat doch seine Mutti zu Hause, die wird nicht begeistert sein, wenn plötzlich eine Magd aus dem Pommernland bei ihm einzieht.«

»Neiiin, Siff«, heulte Langkamp auf, »der will die weg haben aussm Fernsehn. Der will die weg haben.«

»Okay. Und wieso? Was passt ihm an Doroda nicht?«

»Er sagt, sie iss ne billige Nutte. Und das sssie seine Hühner alle macht.«

»Was?«

»Sseine Scheiß-Hühner, Siff. Doroda wirft ein schlechtes Bild auf seine Glücksgluckenkaban ... ähm ... karam ...«

»Seine Gluckenglück-Kampagne?«

»Ja genau, so hat er das gesagt, dieser Melssisch, der Arsssch.«

»Ach, wen kümmert das, was so ein Geflügelbauer sagt. So viel kann der euch doch gar nicht bezahlt haben, dass ihr nach seiner Pfeife tanzen müsst.«

Langkamp blies in die Luft.

»Das sachs du, Siff, das sachs du ...«

»Langkamp?«

»Naja, Stiff, der is schon irgendwie der Boss, weissu. Ohne Melssichs Kohle hätten wir die neue Sseunenherzen-Ssaffel nicht finans ... finansss ... du weiss schon ... *bezahlen* können.«

Konnte das sein? Melzig hatte die Fernsehfritzen tatsächlich in der Zange? Und ich dachte immer, so was sei nur im Privatfernsehen zu befürchten. Ich hätte Langkamp gern noch etwas zu dem Thema ausgequetscht, aber das war momentan sinnlos. Noch drei, vier Stunden, dann würde man vielleicht wieder ein vernünftiges Gespräch mit ihm führen können. Also, für seine Verhältnisse. Er war schon wieder eingenickt.

»Willst du dich nicht mal ein paar Stunden aufs Sofa legen?«, fragte ich und zog an seinem Arm. Er schreckte wieder auf.

»Nein, bin hell ... *ähm* ... hellwach, Stiff.«

»Alles klar.« Ich seufzte. Wie konnte ich Langkamp bloß wieder loswerden und noch ein paar Stunden Schlaf bekommen, bevor die Jungs mit den Kameras wieder im Klöterkamp auftauchten?

»Stiff, weissu, ich lieb die Alte, ehrlich jetz«, lallte Langkamp plötzlich, »die iss echt voll okay, die Alte.«

»Du bist ja ein richtiger Romantiker, Langkamp«, antwortete ich, »hast du's *der Alten* denn schon gestanden?«

Das hatte ich in den letzten Tagen wohl richtig beobachtet. Langkamp war verliebt. Ausgerechnet in Polens Antwort auf Jessica Rabbit.

Er schien nachzudenken.

»Nein«, antwortete er schließlich, »das muss doch wachsen, so was, Stiff, das muss doch wachsen. Ich will die ja nicht bloß ma' strammziehen, Stiff, weissu.« Dazu wippte er mit den Armen und seinem Unterleib vor und zurück, eine Geste, die auf der ganzen Welt verstanden wurde. Ich beschloss, unser Gespräch wieder auf eine sachliche Ebene zu lenken. Wer weiß, womit Langkamp in seinem Zustand noch so um die Ecke kam.

»Wo hast du sie überhaupt kennen gelernt?«

Langkamp grinste schmierig und bleckte die Zähne.

»Deichdiele«, antwortete er schließlich, »der einssige geile Laden hier auffem platten Land.«

»Deichdiele? Du hast Doroda in Elmars Kneipe kennen gelernt?«

»Elmar?

»Das ist Grützes Bruder.«

»Elmar? Grütze? Häh???«

Langkamp glotzte blöd wie ein Kürbis an Halloween, nur ohne Licht von innen. Offenbar hatte sich seine Haasenbüttel-Recherche im Vorfeld der Sendung lediglich auf mich und meine Besitztümer beschränkt.

»Grütze ist der Spaßbauer, der mit dem lustigen Huhn, der wurde doch in der Sendung vorgestellt!«

Bei Langkamp klingelte mal gar nichts.

»Egal, jedenfalls ist er Annas Boss, sie macht für den die Reklame.«

Okay, falsch. *Hatte* die Reklame gemacht. Jetzt war sie ja wieder international unterwegs. Aber ich wollte Langkamp nicht mit überflüssigen Feinheiten verwirren.

»Un' Elmar iss sein Bruder?«

»Richtig, Langkamp, und außerdem der Wirt der Deichdiele!«

»Nee, der heiss' Eumel.«

»Eumel? Quatsch nicht, Langkamp, der heißt Elmar.«

»Stiff, ich kenn den Laden doch. Eumel iss der Chef, son dicker Kleiner, kann grad ma' übern Tisch gucken.«

Wenn Kleinwuchs in Grützes Familie vererbt wurde, dann konnte es tatsächlich sein Bruder sein. Und dass aus einem Elmar im richtigen Umfeld schnell mal ein Eumel wurde, war jetzt auch nicht sooo unwahrscheinlich.

»Wie auch immer, Eumel oder Elmar, das ist ja jetzt egal. Jedenfalls soll der Laden ein ziemlicher Bums sein, Langkamp.«

»Ich find den juut«, kölschte Langkamp unfreiwillig, »da jeht die Luzie ab!«

Davon hatte ich auch schon gehört. Wenn es in der Umgebung von Haasenbüttel ein fragwürdiges Etablissement gab, dann war es Elmar Giebels Landhof. Mir fiel Bengts Bemerkung wieder ein. Der einzige Grund, warum Grütze mit Melzig Geschäfte machte, sei Elmar. Und das wiederum hinge mit der Deichdiele zusammen. Ich verstand den Zusammenhang noch nicht, aber das ließ sich ändern. Morgen würde ich mal bei Grütze vorbeischauen und ihn ausquetschen.

»Was ist denn eigentlich so böse an der Deichdiele, Langkamp? Gibt's da Komasaufen für Melker? Oder spielt ihr hinter dem Rücken vom Dorfschupo *Texas hold em* für Geld?«

Doch Langkamp hörte nicht mehr zu. Er war schon wieder eingenickt. Ich seufzte. Das Leben in der Nähe von Langkamp war immer schon und blieb weiterhin: anstrengend. Ein *pain in the ass*, dieser Kerl.

»Hey, Langkamp. Langkaaaamp?«

Ich schüttelte ihn kurz. Immer noch keine Reaktion. Der Mann war offenbar so bald nicht wieder ansprechbar. Na super. Ich zog ihm die Stiefel aus und wuchtete seinen ganzen Körper aufs Sofa. Für alle Fälle stellte ich ihm noch einen Plastikeimer vor den Tisch. Die Eingangstür ließ ich offen. Falls ihn am Morgen einer seiner Fernsehjungs finden würde, hatten die wenigstens was zu erzählen.

15

Grütze setzte die graue Tasse mit den Ingwerresten entschlossen auf dem Holztisch ab. Es fiel ihm schwer, aber irgendeiner musste ja den Anfang machen. Und ich quälte mich schon wieder mit einem ersten Satz herum.

»Seech uut, Alvy. Wat willssu nun?«

Seit einer halben Stunde frühstückten wir schweigend auf der Terrasse vor Grützes Haus in der Sonne. Vor unseren Augen schlenderten die beiden Alpakas Finch und Hilde vorbei, was Grütze aber nicht sonderlich zu alarmieren schien. Das Alpaka-Pärchen hatte schon vor einiger Zeit gelernt, wie man die Tür des Geheges von innen öffnete, und nutzte dieses Spezialistenwissen für regelmäßige Ausflüge auf dem Gelände. In der Regel büchsten sie aber nie weiter aus als bis zum weiß lackierten Jägerzaun, der den Lindenhof begrenzte, außerdem hielten sie die Essenszeiten ein – also ließ Grütze sie einfach gewähren. Offenbar waren Finch und Hilde gerade mal wieder vor Wilhelm auf der Flucht, der dänischen Dogge des Hofes, die sich in Ermangelung eines eigenen Rudels ständig bei den beiden anwanzte. Wilhelm trottete in gebührendem Abstand hinter ihnen her, mit diesem tranigen Gesichtsausdruck, den nur Doggen so perfekt draufhaben: *Das Leben ist ein Jammertal.*

»Wollte nur mal sehen, wie's dir ohne deine Perle für die Reklame geht.«

»Brauchst du einen Job?«, erkundigte sich Grütze, statt mir zu antworten. Möglich, dass er das ernst meinte.

»Danke, ich bin bedient.«

»Das seh ich.«

Er deutete mit dem Finger auf die Lokalzeitung, die er vor sich ausgebreitet hatte. Ein Foto von mir und meinen drei *Scheunenherzen*-Schönheiten nahm eine halbe Seite ein, die fette Überschrift lautete: »Unser Hahn im Korb«. Ich wollte gar nicht wissen, was Kliemann in die Textkästen geschrieben hatte.

»Du wirst berühmt!«, kommentierte Grütze lakonisch.

»Ja sicher, berühmt für meine Dummheit.«

»Da mecht ich nicht gegenschnacken, Alvy«, sagte Grütze knurrig, und nur wer ihn gut kannte, nahm das amüsierte Zucken seiner Mundwinkel wahr. Grütze war schon okay. Von Anna wusste ich ein paar verblüffende Dinge über Malte-Klaas Giebel, die mich immer wieder daran erinnerten, dass man ihn bei all seinem rustikalen Charme nicht unterschätzen sollte.

Er hatte nach der Schule und einer großen Reise, die fast vier Jahre dauerte, den Hof des Vaters übernommen. Das war nicht unbedingt zu erwarten gewesen; alle Welt hatte angenommen, dass Einser-Abiturient Grütze (der Erste aus der ganzen Familie, der überhaupt ein Gymnasium besucht hatte) nie wieder nach Haasenbüttel zurückkehren würde. Er *liebte* Tiere, aber die Arbeit auf Feldern und im Stall langweilte ihn schon als Schüler. Wirklich überrascht war in Haasenbüttel also niemand, als Grütze im Sommer nach seinem Abi über Nacht verschwand, um sich mal überall umzusehen, wie er es nannte. Als er schließlich Jahre später wieder auftauchte, rief er seine Sippe zusammen und erklärte, den Hof zu übernehmen. Nicht irgendwann, sondern möglichst bald. Am besten sofort. Er bot seinem Vater 100 000 Mark und versprach ihm, bis zu seinem Tod für sein Auskommen zu sorgen. Wie er die Raiffeisenbank unserer Kreisstadt davon überzeugen konnte, ihm einen solchen Kredit ohne Sicherheiten einzuräumen, blieb bis heute sein Geheimnis. Die Bank hatte ihr Vertrauen in Grützes Einfallsreichtum nie bereuen müssen. Von Luxus hielt Grütze, obschon nach Haasenbütteler Maßstäben inzwischen ziemlich wohlhabend, nicht viel. Sein Fuhrpark bestand aus einem 82er Benz Diesel Kombi in Cremefarben, Urlaub machte er nur einmal im Jahr für zwei Wochen. Das war allerdings speziell: Grütze flog nach Bulgarien! Nach Burgas, um genau zu sein – immer im Oktober. Das war die einzige Extravaganz, die sich der Spaßbauer erlaubte – und die war nicht mal besonders kostspielig.

»Was hältst du eigentlich von Melzig?«, fragte ich unvermittelt, um unser Gespräch ein wenig in Fahrt zu bringen. »Bengt sagte, du hast ein paar Probleme mit ihm.«

»Melzig?«, wiederholte Grütze argwöhnisch. »Wat soll ich für Probleme mit dem heven? Siggi is ein Schurke, der hat sein Herz an den Belzebub verschachert. Aber Probleme? Nee, min Jong. Ich halt mich fern von dem, dat is alles.«

»Anna sagte, dass du ihm Cosima vermietet hast.«

Grütze blickte mich erstaunt an.

»Das' korrekt. Sie ist grad bei Melzig auffem Hof und wird geknipst, das Huhn ...«, sagte er spöttisch.

»So sieht das aus, wenn du dich von Siggi Melzig fernhältst?«

»Das is was ganz anneres, Alvy, dat is beruflich.«

»Du machst Geschäfte mit ihm, obwohl du ihn für einen Schurken hältst? Bist doch sonst nicht hinter jedem Cent her.«

Grütze zuckte mit den Schultern.

»Muss ja leben.«

»Verstehe ...«

»Nix verstehst du«, fuhr Grütze plötzlich wütend auf, »gar nix. Sonst hättst du auch deine Perle nicht abhauen lassen. *Australien.* Viel zu heiß da unten ...«

Das war mal eine klassische Schauplatzverlagerung. Aber ich gab noch nicht auf.

»Bengt sagt, das hätte was mit Elmar zu tun!«

»Was? Dass deine Perle dir wechrennt?«

»Ach, Grütze, hör schon auf, du weißt, was ich meine. Elmar kriegt Druck von Melzig. *Darum* machst du Geschäfte mit ihm.«

»Das sagt Bengt?«

Grütze legte die Stirn in Falten wie ein Kinovorhang.

»Naja, er hat's angedeutet. Was hat Elmar denn für ein Problem mit Melzig?«

Er wischte ein Loch in die Luft.

»Da hast du was falsch verstanden, Alvy. Ich muss dann auch langsam mal wieder.«

Grütze rührte in seinem längst erkalteten Ingwergebräu und blickte auf seinen Hof, machte allerdings noch keine Anstalten aufzustehen. Finch trottete erneut an uns vorbei, diesmal allein. Wo war Hilde? 30 Sekunden später schlenderten Hilde und Wilhelm einträchtig durchs Bild. Grinste die dänische Dogge etwa? Ich rief mich innerlich zur Ordnung. So ein Blödsinn.

»Ich fänd's auch besser, ich könnte Melzig bloß ignorieren«, sagte Grütze plötzlich leise, »aber das ist denn doch alles nicht so einfach mit dem Kerl ...«

Hatte ich auch schon festgestellt.

»Und du«, tippte mir Grütze unvermittelt auf die Brust, »mechst dir besser mal Gedanken drum, wie du deine Deern wieder retour auf den Hof holst.«

So heftig hatte ich Grütze selten erlebt.

»Schon gut, ist ja auch in meinem Interesse, Grütze. Ich wüsst' halt nur gern wie. Ist eben *auch* nicht so einfach. Wir haben ein paar Schwierigkeiten gerade.«

»Ach, dumm Tüüch«, antwortete Grütze wegwerfend, »einfacher könnt's nech sein, nech.«

Langsam begann ich, mich über den wunderlichen Spaßzausel zu ärgern. Was wusste er schon? Auf seinem Hof war noch nie eine Bäuerin gesehen worden, nicht mal eine Aspirantin. Wenn das Thema mal scherzhaft auf den Tisch kam, antwortete Grütze immer gleich: »Man kann bloß mit den Deerns tanzen, die auf der Kirmes sind.« Was wohl übersetzt so viel hieß, dass ihm auf dem Haasenbütteler Heiratsmarkt keine Kandidatin passte. Ich hatte schon mit dem Gedanken gespielt, Freya auf ihn anzusetzen. Sie hatte mir damals mein Haus verkauft, aber nicht nur das. Nachdem wir uns angefreundet hatten, stellte sie mir wöchentlich eine neue Dame aus der Umgebung vor, die Anschluss suchte. Erst als Anna aus der Stadt auftauchte, beendete sie ihre Kuppelversuche. Freya kannte offenbar jede bindungswillige Frau zwischen Seppensen und Glücksstadt, keine Ahnung, wo solch hochsensible Informationen gehandelt wurden. Doch ich verwarf den Gedanken schnell wieder. Es versprach einfach wenig Erfolg. Wer Grütze eine passende Frau besorgte, konnte in Deutschland auch einen Trainerjob für Lothar Matthäus finden. Und dieser Kerl wollte mir Ratschläge erteilen?

»Was schlägst du denn vor, Grütze, hast du schon eine Idee, wie wir Anna wieder herholen?«

»Wir?«, antwortete Grütze abfällig. »WIR können da nech bei. Aber DU, Alvy, du schon.«

Rätselhaftes Haasenbüttel. Ich zuckte mit den Schultern. Hier kam ich an keiner Front weiter. Ich würde mir in den nächsten Tagen die Deichdiele mal etwas genauer ansehen müssen, vielleicht konnte ich sogar ein paar Sätze mit Elmar – oder Eumel? – wechseln und rausfinden, was hinter der Geschichte mit Melzig steckte. Später.

»Bin dann mal wech«, verabschiedete ich mich und tippte an meinen nicht vorhandenen Hut. Grütze nickte. Als ich mich schon ein paar Meter vom Tisch entfernt hatte, hörte ich, wie er hinter mir her meckerte: »Andere Männer sin' ja nun auch schon Vadder worden, ohne dran zu ersticken, nech.«

Zum Glück sagte er das gerade noch leise genug, dass ich tun konnte, als hätte ich nichts gehört.

Ich machte, dass ich so schnell wie möglich von Grützes Hof runterkam. Ich war eh schon zu spät dran. Jetzt standen wieder Dreharbeiten mit Waltraud, Brigitte und Doroda auf dem Programm, heute sollte ich den Damen vor der Kamera die Kunst des Traktorfahrens näherbringen. Ohne Treckerkünste war man als Landfrau auf dem Bauernhof aufgeschmissen. Deshalb hatte Katta unseren »Tierbeauftragten« Geerd gebeten, in der Nachbarschaft einen schmucken Oldtimer zu besorgen, auf dem ich die Damen lässig einen Nachmittag unterrichten konnte und der im Fernsehen gut rüberkam. Jetzt war Geerd also auch noch Technik-Chef. Bei Handlögtes, drei Höfe weiter, stand ein maroder *Fahr D17* in der Scheune, Baujahr 1951 – so eine Art Lou van Burg unter den Schleppern, gut abgehangen und harmlos. Offiziell sei die Pflege dieses Oldtimers nicht bloß mein kleines Hobby, sondern auch meine Geschäftsgrundlage als Landwirt. Was natürlich gequirlter Quatsch war. Mit so einem unpraktischen Methusalem schmückten seriöse Höfe bloß noch ihre Kaninchenausstellungen. Das schien die Fernsehfritzen aber kein Stück zu interessieren. Hauptsache die alte Kiste sah irgendwie retro aus.

Auf dem Weg nach Hause sah ich im Vorbeifahren, wie sich vor Käthe Obgenoths Ruinen-Villa eine lange Schlange gebildet hatte. Was sollte das? War morgen ein Feiertag, von dem ich nichts wusste und für den meine Mitbürger schon eifrig Lebensmittel bunkerten? Rätselhaft. Als ich in die Stichstraße einbog, die zu meinem Haus am Klöterkamp führte, musste ich vor einer rot-weißen Schranke bremsen. Die war heute Morgen doch noch nicht da gewesen? Ich kurbelte das Fenster herunter und fragte den Typen, der es sich neben der Schranke auf zwei meiner Strohballen bequem gemacht hatte, nach dem Sinn dieser Vorrichtung.

»Für die Fans!«, sprach der etwa 20-jährige Mützchenträger, der auch in Jeffs Setdesigner-Truppe gut hineingepasst hätte.

»Was für Fans?«, fragte ich verblüfft. »Hier ist doch kein Mensch?«

»Die kommen schon«, antwortete Mütze, »das dauert nicht lange, auf sicher.«

Dann hockte er sich wieder aufs Stroh.

»Darf ICH denn rein?«, erkundigte ich mich freundlich.

»Ah ja, sorry ...«, murmelte Mütze, »klar.«

»Danke ...«

Er bugsierte die Schranke nach oben, sodass ich passieren konnte. Als ich in den Rückspiegel blickte, saß Mütze schon wieder auf dem Stroh und glotzte müde in die Landschaft. Superjob, vermutlich hatte er gerade Uni-Ferien und prahlte im nächsten Semester mit seinem aufregenden Praktikum beim Film.

Als ich vor dem Gartenzaun einparkte, sah ich Doroda nackt im Garten an einem Tischkicker stehen und mit einer Kamera flirten. Da drängten sich Fragen auf. Zwei davon: Woher kam denn dieser geile Kicker? Und was *machte* Doroda da? Ich musste mich allerdings korrigieren. Sie war nicht *ganz* nackt – was man allerdings erst auf den zweiten Blick erkennen konnte: Doroda trug einen gelben String-Tanga und zwei flusige Pantöffelchen, ihre frei gelegten Brüste wippten vorwitzig über den Kickerstangen. *Musste* das sein? Ich drückte mich, starr geradeausblickend, an der Szene vorbei und rief schon im Hauseingang laut nach Langkamp.

»*Hier* bin ich, Stift, und mach den Kopf zu, mein Schädel platzt gleich.« Konnte ich mir vorstellen, nach der Vorstellung heute Nacht. Er hing in meinem Badezimmer vornübergebeugt am Waschbecken und presste einen kalten Wickel gegen seine Stirn. Immerhin war er schon auf den Beinen.

»Sag mal, hab ich was verpasst? Was macht denn die polnische Torte da draußen ohne Garderobe, wird hier nebenbei neuer Content für YouPorn produziert?«

»Leiser«, bettelte Langkamp und presste das Frotté-Handtuch noch etwas fester an seinen Kopf, »und mach dich locker, wir tun hier nur ein bisschen für die Quote.«

»Ah, *Showtime* ...« Jetzt verstand ich, warum Doroda vom Küchendienst befreit war. Langkamp versuchte zu grinsen, aber das schien ihm Schmerzen zu bereiten. Sollte mir recht sein. Solange ich mich weit genug von ihr fernhielt, sollte Doroda ihren vertraglichen Verpflichtungen ruhig nachkommen, das war nicht mein Problem.

»Stift, gut, dass du Zeit für uns hast, wir haben dich hier schon gesucht.«

»Was liegt an?«

»Kannst du dich mal zu Doroda an den Kicker stellen, wir brauchen dich für ein paar Gegenschüsse.«

Stimmt ja, ich hatte es ganz kurz vergessen: ALLES war jetzt mein Problem.

16

»Würdest du den Rechner für einen Moment aus dem Fenster halten?«, bat ich Anna. »Ich will mal das Meer sehen.« Ein paar Sekunden später blickte ich über die Dächer von Bronte auf einen der schönsten Strände Sydneys und den blauen Himmel darüber. Ich hörte sogar ein paar Möwen schreien. War Skype nicht eine feine Sache?

»Reicht schon«, rief ich in die bläulich schimmernde Dunkelheit meines Zimmers, »wenn ich das lange anschauen muss, stürze ich mich noch in eine Mistgabel vor Verzweiflung.« Ich hoffte, das klang lässiger, als es gemeint war.

»Alles in Ordnung, Alvy?«, erkundigte Anna sich aus ihrem australischen Exil. Sie war bereits von einem leichten Bronzeton überzogen, trug ein knappes blau-weißes Ringel-T-Shirt und eine Ray Ban im Haar. Ihre Umrisse auf dem Monitor meines Computers erschienen mir so unwirklich, als hätte ein boshafter Gott mir Giselle Bündchen aus Malibu zugeschaltet: wunderschön und unerreichbar, zu gleichen Teilen. Ich seufzte in meiner Gruft. Mitternacht im Klöterkamp, das passte vermutlich perfekt zu *meinem* Aussehen.

»Alvy, was ist los?«

Anna klang besorgt. Sie brauchte nie mehr als einen Blick, um mich zu durchschauen. Daran änderten 10 Stunden Zeitunterschied und 17 000 Kilometer Entfernung zwischen uns wenig.

»Läuft«, antwortete ich knapp, »bis auf die Katastrophen, die zu erwarten waren.«

Das war eine ziemliche Untertreibung. Wir schrieben erst den neunten Tag meiner Belagerung im Klöterkamp, und ich war schon mit den Nerven am Ende. Das lag nur zum Teil an meinen weiblichen Gästen. Waltraud war buchstäblich schwer in Ordnung. Schüchtern, sicher nicht die hellste Kerze auf der Torte, aber eine Seele von Mensch. Und auf eine anrührende Weise in ständiger Alarmbereitschaft. Man merkte ihr an, dass sie in ihrem Leben bislang immer nur versucht hatte, sich möglichst unsichtbar zu machen. Was ein bisschen schwierig war, wenn man sich mit dem Umfang einer Gewichtheberin abplagte. So wie ich das sah, brauchte Waltraud eine Aufgabe und jemanden, der sie täglich in den Arm nahm. (Darin unterschied sie sich nicht sehr von den meisten Menschen, die ich kannte – und auch von mir ...) Sie hatte freiwillig *alle* Aufgaben im Haushalt und im Stall übernommen, während Doroda sich auf ihre gelegentliche Showtime konzentrierte und Brigitte sich hauptsächlich auf ihrer Plastikplane selbst bemitleidete. Ich fragte mich, was sie hier wollte. Sie passte auf einen Bauernhof wie Robbie Williams in ein katholisches Schweigekloster. Wollte sie sich mit ihrer *Scheunenherzen*-Kandidatur bestrafen? Und wenn ja, für was? Ich verstand es nicht. Vor der Kamera spielte sie unwillig mit, aber selbst die arglosesten TV-Zuschauer mussten merken, dass sie sich kein Bein ausriss, um die zukünftige Nummer eins auf einem Selbstversorger-Hof zu werden. Die Events, die Katta sich für die Sendung ausgedacht hatte, ließ sie über sich ergehen wie einen Hausbesuch der Zeugen Jehovas: Schön war's nicht, aber man hatte ja keine Wahl. Spaziergänge mit den Heidschnucken, das Ausmisten des Stalls, der gemeinsame DVD-Abend, an dem wir »Mamma Mia« mit Meryl Streep ansehen mussten: Brigitte schnitt immer nur Gesichter. Das Einzige, was ihr zu gefallen schien, war das Kochen. Jeden Abend rupfte sie zwei von Melzigs Hühnern aus der Kühltruhe und bereitete raffinierte Mahlzeiten zu: scharfes Curry-Huhn, geschnetzeltes Hühnchen, Brathuhn, Hühnerfrikassee, Salat mit

Hühnerstreifen ... Ich wusste gar nicht, was man mit Hühnern in der Küche alles anfangen konnte. Dass Brigitte sich von ihren Mahlzeiten nur einen kleinen Teller abzwackte und damit in ihrem Holzverschlag verschwand, machte ihr Verhalten noch mysteriöser. Für Doroda war die Sache klar.

»Hat Alte kleine Mattscheibe«, erklärte sie, »viel Essen machen, weil immer hungrig, aber nix essen, weil nicht fett werden will.« Waltraud schlug zu solchen Bemerkungen nur verlegen die Augen nieder.

»Von welchen Katastrophen sprichst du, Alvy?«, fragte Anna nach. »Ist irgendwas mit dem Paulchen?«

Anna hätte den Hund am liebsten mit nach Australien genommen. Allerdings verlangen Australier von eingeführten Vierbeinern eine vierwöchige Quarantäne. Bei Ein- *und* Ausfuhr.

»Wie willst du dem Hund denn seine Isolationshaft verkaufen?«, hatte ich Anna vor ihrer Abreise gefragt. Ich glaube, das gab den Ausschlag. Und vielleicht noch der Umstand, dass sie wirklich nicht allzu lange da unten bleiben wollte. Das hoffte ich zumindest in optimistischen Momenten.

»Nein, dem Hund geht's gut. Der hat sich mit Marvin angefreundet, die beiden stromern jetzt gemeinsam übers Gelände.«

»Lasst ihr Marvin denn wieder raus?«

»Naja, er hat das selbst entschieden. Dorodas Trick mit den Heidkämper Briketts hat ihn auf Dauer nicht bändigen können.«

»Gut so!«, lachte Anna. »Dieses Hängebauchschwein gefällt mir. Und wie läuft's so mit Doroda?«

»Naja, da wären wir bei einer der Katastrophen ...«

»Was ist los mit ihr? Will sie schon mit ins Doppelbett?«

So eine Bemerkung passte gar nicht zu Anna. Die Begegnung mit der drallen Doroda hatte sie offenbar nicht so lässig weggesteckt, wie sie behauptete. Ein gutes Zeichen?

»Keine Sorge, sie steht bloß auf die Präsentation ihrer Auslage, liefern will sie gar nicht.« Anna grinste spöttisch. »Und was heißt das genau?«

»Es ist ihr Image, das hier langsam zum Problem wird.«

»Versteh ich nicht.«

»Kriegst du da unten deutsche Zeitungen?«

»Gelegentlich. Die sind dann ungefähr eine Woche alt.«

»Dann schau mal ins Netz und google nach ›Dorodas heißes Dollhouse‹ oder ›Bauernbraut Doro‹, dann weißt du, wovon ich spreche.«

»Ich schau mal rein. Was erwartet mich denn da?«

»Naja, Doroda total. Und zwar im Klöterkamp zu Haasenbüttel. Die Frau zieht zweimal am Tag blank, das steht sogar in ihrem Vertrag mit Langkamp. Und in den deutschen Boulevardblättern erscheinen auf diese Weise ständig aktuelle Nacktfotos von ihr.«

»Okay ...«, antwortete Anna, »und was genau ist jetzt das Problem?«

»Meistens ist ein Foto von mir daneben klein eingeklinkt, die Überschriften lauten dann in etwa ›Wann wird Bauer Alvy schwach!‹ Oder auch: ›Wird Alvy vom Selbstversorger zum Doroda-Besorger?‹ In deiner Abwesenheit werde ich zur Witzfigur im ganzen Land!«

Anna lachte auf.

»Sehr geschmackvoll!«

»Sag ich ja. Aber das Schlimmste sind nicht Dorodas Brüste oder die Zeitungsschmierer, die sich solchen Käse einfallen lassen. Das Schlimmste sind die Zuschauer. Die belagern uns hier. Jeden Tag kommen mehr. Die machen Ausflüge nach Haasenbüttel und stellen sich bei uns an den Zaun, nur um mal einen Blick auf Doroda zu werfen. Das wird langsam zum Volksfest. Die Tiere werden schon ganz rappelig von dem Lärm. Und Bengt sorgt sich um den guten Ruf seiner Heimat. Der hat Angst, dass hier in den nächsten Wochen so eine Art norddeutscher Ballermann entsteht mit Eimersaufen und Ringelpiez.«

»Echt? Bei uns vor der Türe?«

Ich nickte. Anna lachte vergnügt. Das hätte sie wohl gern mit eigenen Augen gesehen. Ich dachte an ihr neues Apartment in Pazifiknähe. Wir könnten jederzeit tauschen.

»Gestern hat Langkamp schon eine Lizenz für eine mobile Würstchenbude am Grundstück vergeben.«

Auch die Mütze hatte inzwischen an seiner Schranke gut zu tun. Er hatte recht behalten, der Film-Praktikant.

»Hat er dir ein paar Prozente abgegeben?«

»Wer?«

»Na Langkamp. Der kann nicht einfach Lizenzen für Würstchenbuden vergeben, wenn die auf unserem Grundstück stehen!?«

Meine Frau, stets auf Zack.

»Daran habe ich gar nicht gedacht.«

Ihr Mann, stets mit einem Fuß auf der Leitung.

»Alvy, hol das nach. Langkamp muss dir was abgeben. Verlang 75 Prozent und lass dich auf 50/50 runterhandeln. Nicht weniger, hörst du?«

»Okay, das könnte funktionieren. Langkamp hat gerade andere Sorgen, vielleicht winkt er es ja einfach durch.«

»Was für Sorgen?«

»Er hat sich in Doroda verguckt.«

»Was? Du spinnst.«

»Ernsthaft. Der macht ihr hier den Liebeskasper vom Allerfeinsten. Kommt schon morgens mit einem Latte vom Coffeeshop vorbei und weicht ihr den Tag über nicht von der Seite.«

Anna schnaubte beim Lachen. Ich hoffte, dass da auch etwas Erleichterung im Spiel war.

»Und Doroda?«

»Gute Frage ... Ich weiß es nicht genau. Sie lässt ihn Männchen machen, und ich glaube, bevor sie herkam, lief da schon was.

Aber nachts jagt sie ihn vom Hof. Soviel ich weiß, hat er sie noch nicht auf der Strohmatratze besuchen dürfen.«

»Sie hält ihn an der langen Leine, was?«, lachte Anna.

»Kann schon sein. Ich glaube jedenfalls nicht, dass sie heiß entflammt ist ...«

Jetzt lachten wir beide. Schöner Moment. Auch wenn ich mich schämte, weil das auf Langkamps Rücken passierte.

»Er tut mir ein wenig leid«, sagte ich zu Anna, »seitdem er um Doroda herumscharwenzelt, ist er spürbar angenehmer zu handeln ...«

»Vielleicht verwandelt er sich ja noch in einen netten Kollegen, wer weiß«, antwortete Anna, was nur daran liegen konnte, dass sie Langkamp noch nicht so lange kannte wie ich.

»Das wäre ein bisschen zu viel Optimismus«, antwortete ich, »außerdem hat Langkamp *noch* ein Problem. Melzig will Doroda weghaben. Er wollte sie am liebsten schon nach dem Scheunenfest rauswerfen.«

»Melzig? Warum denn das?«

»Offiziell sagt er, Doroda sei eine Schande für die ganze Sendung und *Scheunenherzen* würde durch ihren zweifelhaften Auftritt zu einem Trash-Spektakel.«

»Als ob es dazu Doroda bräuchte«, sagte Anna verächtlich.

»In Wahrheit hat er Angst, dass seine GluckenGlück-Kampagne im Umfeld von Dorodas Möpsen Schaden nimmt.«

»Wieso sollte sie?«, antwortete Anna. »Tiefkühlhühner sind ja wohl kaum exklusive Premium-Produkte, alles was zählt, ist Aufmerksamkeit. Melzig ist doch angeblich Profi – je mehr Publicity *Scheunenherzen* bekommt, um so mehr profitieren auch seine Glücksglucken davon.«

»Bist du sicher?«

»Alvy, ich mach Marketing. Erinnerst du dich?«

Da war was dran.

»Vielleicht ist dieser *Profi* ja ein noch größerer Spießer?«

Anna zuckte mit den Schultern.

»Wäre eine Möglichkeit. So schätz ich den allerdings nicht ein. Hat er denn eine Chance, Doroda aus der Sendung zu kicken?«

»Nicht vor dem Bergfest.«

»Welches Bergfest?«

»Nach der Hälfte der Staffel gibt's eine Sondersendung, wieder live, da muss ich mich von einer der drei Kandidatinnen verabschieden. Melzig möchte unbedingt, dass ich mich für Doroda entscheide.«

»Und du?«

»Weiß ich noch nicht. Vermutlich würde es bei mir auch auf Doroda hinauslaufen. Brigitte ist zwar auch die Pest in Tüten, aber erstens lässt sie sich sowieso nie sehen und außerdem kocht sie prima. Und Dorodas Fanclub am Gartentor kann einem schon auf den Wecker gehen.«

»Was wollen denn deine Fernsehleute?«

»Auf keinen Fall Doroda gehen lassen. Erstens bringt sie Quote und zweitens macht sie Langkamp ein enges Höschen. Aber am Ende des Tages hat er sicher wenig zu melden. Melzig finanziert einen großen Teil der Produktionskosten. Das heißt, dass er am längeren Hebel sitzt.«

»Das ehrpusselige erste deutsche Fernsehen lässt sich von so einem Geflügelhorst gängeln?«

»Die ARD vielleicht nicht. Aber da ist ja diese Produktionsfirma zwischengeschaltet, diese Telepop-Leute. Die wären ohne Melzigs Kohle klamm.«

»Was willst du denn jetzt tun?«

»Weiß ich noch nicht. Melzig hat mich auf seinen Geflügelhof bestellt. Vermutlich weiß ich danach aber sehr genau, was ich tun *soll.*« Anna lachte.

»Ja, Melzig ist da sehr direkt, kann ich mir vorstellen. War er in den Verhandlungen um Cosima auch.«

»Was ist das eigentlich zwischen ihm und Grütze, Bengt hat da so eine Andeutung gemacht, dass die beiden ein Problem miteinander haben.«

»Was meinst du?«

»Irgendwas mit Elmar und der Deichdiele. Ich hab Grütze selbst gefragt, aber er wollte mir nichts sagen.«

»Elmar ist sein wunder Punkt, wohl so etwas wie das schwarze Schaf in der Familie«, sagte Anna. »Soviel ich weiß, gehört Grütze die Deichdiele, Elmar tritt nur offiziell als Pächter und Geschäftsführer des Ladens auf.«

»Und wo ist da die Verbindung zu Melzig?«

»Keine Ahnung, darüber weiß ich nichts.«

»Übrigens, rate mal, wo Langkamp Doroda kennen gelernt hat?«

»Auf St. Pauli in einer Stripbar?«

»Nah dran. In der Deichdiele.«

»Nicht dein Ernst!«

»Doch. Er weigert sich, mit den Details um die Ecke zu kommen, doch ich hatte ihn neulich mal im Delirium bei mir auf dem Sofa, da hat er ein wenig geplaudert.« Bevor Anna darauf antworten konnte, klopfte es an ihrer Tür.

Ein blonder Hüne im T-Shirt trat ein, ohne auf eine förmliche Einladung zu warten. Dr. Fleissner, ihr Chef. *Gisbert!*

»Ich muss mal Schluss machen«, sagte Anna hastig, »ich hab hier ja auch noch einen Job, erinnerst du dich?«

»Wie läuft's denn eigentlich bei dir?«, rief ich ihr noch schnell zu und meinte eigentlich: WAS WILL DIESER VERDAMMTE SEEWOLF IN DEINEM ZIMMER? Doch Anna winkte mir nur noch einmal verlegen zu, bevor es auf dem Bildschirm dunkel wurde. In meinem Schlafzimmer brannte nur noch eine kleine Kerze, in der Scheune bei meinen Mädels war überhaupt kein Licht mehr zu sehen.

»Gute Nacht, John Boy«, rief ich hinaus in den Garten. War nur so ein Impuls. Niemand antwortete. Ich blies die Kerze aus. Ganz schön dunkel.

17

Die *Duhnsche Wildnis* trug ihren Namen zu Recht. Das Kaff zwischen Kollmar und Siethwende bestand nur aus fünf, sechs unspektakulären Häusern, die nah an einer engen, kurvigen Landstraße klebten. Vermutlich wohnten hier Leute, die Autoverkehr als exklusiven Soundtrack ihres Lebens schätzten – und kein Problem damit hatten, dass sie einen endlosen Panoramablick auf Windräder und ein paar verloren grasende Weiderinder genossen. Kurz hinter dem Ortsausgangsschild führte ein schmaler Kiesweg hinein in ein kleines Pappel- und Birkenwäldchen, das sich im Verlauf der nächsten, *sehr* einsamen Kilometer in eine traurige Steppen- und Moorlandschaft verwandeln sollte. Nur ein verwittertes Holzschild am Straßenrand wies darauf hin, dass es irgendwo da draußen noch Spurenelemente von Zivilisation geben musste. Nicht alle der einst in grüner Farbe aufgemalten Buchstaben waren auf dem Hinweisschild noch zu entziffern, sodass es seine ursprüngliche Funktion längst aufgegeben hatte. Den Ortsunkundigen wollte ich kennen lernen, der mit *»De..hdie... 4.i.ome..r«* viel anfangen konnte. Bengt hatte mir den Weg zur Deichdiele nur widerwillig erklärt, verbunden mit einer Bemerkung, die ich als Warnung verstanden hatte: »Das ist kein Ausflugslokal, Alvy, da drin sind ne Menge Schieter unterwegs.«

Bengts Vorliebe für Begriffe, die nur er kannte oder sogar erfunden hatte – wer wusste das schon? –, erforderte detektivischen Spürsinn. Je tiefer ich in das traurige Ödland der Duhnschen Wildnis vordrang, umso blumiger wurde meine Vorstellung davon, was ein »Schieter« sein könnte. Straßenbeleuchtung gab's keine, was durchaus Sinn machte, denn eine Straße war das hier schon lange nicht mehr. So holperte ich mich mit aufgeblendeten Lichtern durch das norddeutsche Mordor, bis nach einer endlosen Viertelstunde die Deichdiele in Sicht kam. Es musste sie sein, auch wenn nirgendwo ein Name zu erkennen war. Auf dem flackernden orangenen Neonschild am Fenster wurde bloß eine Zigarettensorte beworben, von der die Welt schon lange nichts mehr gehört hatte: Reval. Aus dem Inneren des Hauses schimmerten rotstichige Funzeln trübe durch winzige Fenster. Das zweistöckige Backsteingebäude wirkte in der Dunkelheit eines Mittwochabends kaum einladender als ein verlassener U-Bahnschacht. In verregneten Edgar-Wallace-Streifen schlüpfte Klaus Kinski immer aus Häusern wie diesen.

Ich fragte mich, ob ich nicht an einem anderen Tag wiederkommen sollte. Bei Tageslicht. In Begleitung. Andererseits war meines Wissens noch nie jemand nach einem Besuch in der Deichdiele verschwunden oder auch nur schwer verletzt zurückgekehrt. Überhaupt kursierten nur sehr dürftige Informationen über Elmars Gastwirtschaft. Einigkeit herrschte nur darüber, dass es eine ziemliche Spelunke sein musste. Allerdings bestritt jeder, den ich bislang gefragt hatte, auch nur einmal drin gewesen zu sein. Für einen Laden, den also in Wahrheit niemand kannte, genoss die Deichdiele unter den Landmännern einen verblüffend miesen Ruf. Ein Mysterium.

Beim Eintreten fiel mein Blick zuerst auf unseren beliebten Lokalreporter. Klar. Ich hätte auch gleich auf die Idee kommen können, Kliemann zu fragen. Von allen mir bekannten Männern in Haasenbüttel passte er am besten in eine solche Höhle. Ich nickte ihm unsicher zu. Die wenigen verwahrlosten Gestalten, die sich mit ihm im Schankraum der Deichdiele an ihre Bierflaschen klammerten, wirkten teilnahmslos und müde. Sie spielten nicht Karten, warfen keine Pfeile auf Dartscheiben, sie redeten nicht. Sie saßen nur da auf wurmstichigen Holzhockern, an einer Theke aus glanzlosem braunen Hartholz, gerade weit genug auseinander, um sich ignorieren zu können. Hier drin zählte offenbar nur eines: Vergessen. Es reichte ein Blick, um zu erkennen, dass es sich bei ihnen um das soziale Strandgut der gesamten Umgebung handelte. Ohne die Deichdiele hätten diese Männer vermutlich auf einer Parkbank an einem einsamen Ortsrand oder in einem Bushäuschen gehockt und so lange gepichelt, bis es ihnen egal war, in ihre traurigen Bleiben heimzukehren. Da wo im besten Fall eine dürre Katze auf sie wartete und nicht mal mehr RTL 2 über das Schlimmste hinweghalf. In der Jukebox hatte jemand »Let's talk about sex« von Salt-n-Pepa gewählt. So musste sich Beckett das *Warten auf Godot* vorgestellt haben.

»Hast du dich im Tag geirrt?«, fragte Kliemann statt einer Begrüßung, »Polen-poppen is nur am Wochenende.«

Ich verstand kein Wort.

»Was meinst du?«

»Unter der Woche ist hier bloß Totentanz«, antwortete er, »und du kommst doch nicht her, um dich abzuschießen? Ich hab dich jedenfalls noch nie hier gesehen.«

»Naja, ich komm nicht so häufig vom Acker runter, so als Selbstversorger habe ich gut zu tun, wie du weißt.«

Haasenbüttels Zeitungsmann ignorierte meinen munteren Ton. Er war nicht so der Typ für Small Talk, jedenfalls solange er sich nicht in dem schmalen Zeitkorridor zwischen *total stramm* und *völlig weggetreten* bewegte. So weit war er heute noch nicht.

»Dann büchst du bloß vor deinen neuen Elsen aus?«, fragte er bedingt interessiert. »Machen diese ganzen neuen Freunde vom Fernsehen dich schon kirre?«

»Könnt man so sagen«, antwortete ich, was ja irgendwie auch stimmte. Ich blickte mich neugierig um. Kellner gab's hier drin offenbar keinen.

»Gibt's auch was zu trinken?«

Kliemann wies beiläufig auf einen Zwerg, der mit dem Rücken zu uns auf einem Barhocker thronte und zwei blinkende Daddelkisten mit Münzen fütterte.

»Eumel, Kundschaft!«

Ein paar Sekunden passierte gar nichts, dann stieg der Daddelfritze mühsam von seinem Hocker ab und schlurfte hinter die Theke. Die Ähnlichkeit mit Grütze war nicht zu übersehen. Eumel *war* Elmar, daran bestand kein Zweifel. Dieses Exemplar aber hatte nichts vom verschmitzten Charme seines Bruders. Mit der Glatze, den schwarzen Ringen unter den Augen, seiner weißen teigigen Haut und dem schmuddeligen Rollkragenpulli glich er einem Morphinisten aus der Stummfilmzeit. Vermutlich mied dieser Kerl das Tageslicht. Eumel streckte wortlos das Kinn nach vorn und schaute mich herausfordernd an. In der Duhnschen Wildnis reichte das wohl. So viel zu meinem Plan, mal ein paar freundliche Worte mit Grützes Bruder zu sprechen.

»Ein Pils?«

»Nur Flaschbier im Angebot. Holsten oder Astra?«, antwortete Eumel affektlos.

»Astra.« Das kleinere Übel.

Wortlos stellte er mir die Flasche auf die Theke.

»Zwei Euro.«

»Können wir das hinterher ...«

»Deckel is nicht.«

Geht doch nichts über freundliche Zeitgenossen. Hier drin wurde der Freiherr von Knigge jedenfalls nicht vermisst.

»Ist der immer so?«

Kliemann schaute mich fragend an.

»Wie isser denn?«

»Na, so ein bisschen sperrig. Um nicht zu sagen unfreundlich.« Kliemann krächzte. Sollte wohl ein Lachen andeuten.

»Ob der freundlich ist oder nicht, das interessiert hier drin keine Sau. Schau dich doch mal um. Solange er diese Typen *überhaupt* bedient, ist Eumel der netteste Wirt der Welt.«

Offenbar schien Kliemann sich selbst nicht unbedingt für einen *dieser Typen* zu halten. Hätte ich persönlich jetzt nicht unterschrieben. Die blutig unterlaufenen Augen, der Anzug, der aus der vorletzten Rotkreuz-Sammlung stammte, die Fahne. Vermutlich aber war Kliemann der Einzige hier drin, der wenigstens noch so eine Art Job hatte. Die Kamera baumelte wie immer vor seiner Brust. Vermutlich musste er sich hin und wieder daran erinnern, was er beruflich so machte.

Ich nippte an meinem lauwarmen Astra und dachte nach. Was war das Geschäftsmodell dieser Kaschemme? Von den sieben Säufern pro Abend konnte der Laden sich ja wohl kaum tragen. Das war nicht meine einzige offene Frage. Wie hatte sich Langkamp bloß hierher verirrt und was suchte Doroda unter all diesen verhärmten Schluckspechten? Schließlich: Was hatte Melzig mit diesem Vorhof der Hölle zu tun?

Ich beschloss, mal ein wenig investigativer vorzugehen.

»Kliemann, kann ich dich mal was fragen?«

Er nickte leer. War ihm egal.

»Kommen eigentlich schon mal Damen in dieses exklusive Etablissement?«

Kurz leuchteten Kliemanns Augen auf, ein einsames Positionslicht neurologischer Aktivität.

»Dachte ich mir doch ... Du kommst wegen der Weiber?«, antwortete er schließlich.

»Ich weiß nicht, wovon du redest.«

Was stimmte. Ich ließ Kliemann ein wenig Zeit, um seinen Gedanken einen Richtungswechsel zu gestatten.

»Nee, *Damen* hat man hier noch nicht gesehen«, antwortete er schließlich, »aber ein paar polnische Nutten. Aber nur am Wochenende. Jeden Freitag und Samstag.«

Jetzt war ich für einen kurzen Moment baff.

»Nutten? Hierher? Das glaub ich nicht.«

Ich blickte auf die Zombies in der Gaststube. Mit Frauen hatten die schon lange keinen Vertrag mehr, ich wette, die spielten nicht mal mehr an sich rum. Kliemann registrierte meinen Blick.

»Vergiss die Jungs hier drin. Im Keller ist eine Bar«, sagte er, »was Feineres, nicht so ein Bums wie das hier. Am Wochenende ist die knallvoll. Da kommt der gute Eumel richtig in die Rotage.«

Ich fasste es immer noch nicht.

»Und er bestellt wirklich Nutten hierher?«

»Eumel? Der doch nicht, der stellt da unten mit seinen Leuten bloß die Getränke auf den Tisch. Das schafft er so gerade noch«, sagte Kliemann und blickte nach unten, »die Sause am Wochenende, das ist eine ganz andere Liga.«

»Und was geht da so ab?«

Kliemann genoss sein Herrschaftswissen, das war ihm spürbar anzumerken.

»Da kommen Typen mit Asche her«, brummte er, »kantige Schädel aus Polen und eine Menge Gestopfte aus der Gegend, alles nur auf Einladung, versteht sich. Die Herren bleiben gern unter sich.«

Hörte sich mehr nach Mafia als nach Schleswig-Holstein an. Ging mit Kliemann die Phantasie durch? Andererseits: Kliemann und Phantasie?

»Wer organisiert denn diesen Ringelpiez, das ist doch nicht ganz unaufwändig?«

»Du meinst die polnischen Hühner?«

»Die auch. Das alles hier.«

Kliemann nahm einen amtlichen Schluck aus der Steinhägerpulle. »Eumel jedenfalls nicht. Sagen wir mal, es handelt sich um einen Profi ...«

Jetzt grinste Kliemann so boshaft wie Jack Nicholson in seinen besten Filmen. »Einen Profi mit einem Gespür dafür, wie man sich die Taschen vollmachen kann ...«

»Mach's nicht so spannend, Kliemann, spuck's schon aus. Wer steckt hinter diesen geselligen Abenden für geile Kuhhirten?«

Kliemann schaute mich spöttisch an, dann griff er nach einer der schmierigen braunen Speisekarten auf der Theke und reichte sie mir wortlos. Hier drin gabs Essen? Wo war das Ordnungsamt, wenn man es einmal brauchte? Ich schob ihm die Karte gleich wieder zurück.

»Kein Appetit.«

Kliemann seufzte, drehte die Speisekarte auf den Rücken und schob sie erneut an meinen Platz.

Ich erkannte das blöde grinsende Hühnchen sofort, und damit auch kein Zweifel aufkam, hatte Melzig den Schriftzug der Aufschrift auf 48 Punkt vergrößern lassen: »GluckenGlück« war jetzt auch für Menschen ohne Lesebrille prima zu entziffern.

18

»Erstens«, sagte Melzig mit Nachdruck und wiederholte diesen Einstieg dann so laut, als verkündete er die 10 Gebote, »ERSTENS: Frau Nowak packt nach dem Bergfest ihr Beauty-Köfferchen und zieht sich wieder in das Loch zurück, aus dem sie gekrochen ist!« Er hatte offenbar den Eindruck, er müsse seine Direktiven an uns noch einmal prägnant zusammenfassen. Er genoss jedes einzelne Wort seiner Rede. Oh, wie es Melzig liebte, der Boss zu sein. Je besser ich diesen Provinzkapitän kennen lernte, umso mehr ging mir seine verschlagene Arroganz auf den Sender. Melzig war ein Typ, der sich selbst so richtig super fand – der ging vermutlich sogar nur deshalb später ins Bett, damit er länger was von sich hatte. Ich vermutete, mit dem Loch, in das Doroda zurückkehren sollte, meinte Melzig die Deichdiele. Aber ich brachte das besser nicht zur Sprache. Der Mann brauchte nicht zu wissen, dass ich dank Kliemann über sein halbseidenes Zweitgeschäft Bescheid wusste. Konnte ich vielleicht später noch einmal gebrauchen. Auch Langkamp nickte und nörgelte nur noch halbherzig.

»Wenn wir Doroda gehen lassen, müssten wir uns allerdings auch von unserem Quotenbringer verabschieden …«

Melzig winkte genervt ab.

»Jaja …« War ihm offenbar wurscht. Langkamp hatte seine Argumente in der letzten halben Stunde mehrfach vorgetragen. Mit Inbrunst. Melzig hatte uns in seinem blitzsauberen Büro auf der Geflügelfarm empfangen, ein stilles Wasser angeboten – Langkamp! – und uns dann sehr deutlich klargemacht, dass er in Sachen *Scheunenherzen* noch erheblichen Optimierungsbedarf sah. Auf seiner Prioritätenliste stand Dorodas Rauswurf auf Platz eins. Langkamp tobte. Ich wusste natürlich, dass Langkamp sich nicht ernsthaft um die Quote sorgte. Ohne Doroda verlöre die Sendung zwar eine schräge Attraktion, aber unter dem Strich wäre das wohl verschmerzbar gewesen. Langkamp hatte ein ganz persönliches Interesse daran, dass Doroda nicht vom Bildschirm verschwand. Solange sie sich in seiner Nähe aufhielt, hatte er sie schließlich in seiner Nähe und, na ja ... *unter Kontrolle.* (Soweit sich Doroda kontrollieren *ließ*...)

Doch Langkamp konnte lamentieren, so viel er wollte. Die vermeintlichen Nöte der Fernsehmacher und ihrer Konsumenten ließen Melzig kalt. Er wollte Doroda so schnell wie möglich aus den Schlagzeilen der Boulevardblätter raus bekommen. War sowieso ein Wunder, dass die Zeitungsleute noch nichts über Dorodas Wochenend-Engagements in der Deichdiele herausgefunden hatten. Noch ritten sie auf ihrer vermeintlichen Buhlschaft mit dem »soliden Selbstversorger« (also mir!) herum, aber in den letzten Tagen waren schon vereinzelt Gerüchte über Dorodas glanzvolle berufliche Zukunft aufgeploppt. Ihre Pin-up-Fotos aus dem Klöterkamp hatten auf jeden Fall für Rummel gesorgt. Wenn das so weiterginge, würde man Doroda bald in einem Atemzug mit Micaela Schäfer oder dem »Teppichluder« nennen und im *Dschungelcamp* oder *Big-Brother*-Camp wiedersehen. In einem solchen Fall wäre es nur eine Frage der Zeit, bis ihr Vorleben durchleuchtet und in der Revolverpresse ausgebreitet worden wäre. Melzig war nicht dumm. Das wollte er wohl auf gar keinen Fall riskieren.

»Irgendein Problem damit?«, wandte er sich an mich.

»Njet, Meister, alles klar«, antwortete ich, »Sie haben sich da ja sehr eindeutig positioniert.« Es fiel mir leichter, die Kränkungen Melzigs zu ertragen, wenn ich sie übertrieben beflissen parodierte. Dann machte Melzig allerdings einen Fehler.

»Es freut mich, dass Sie sich in Ihrer Lage noch an das Stilmittel der Ironie erinnern«, entgegnete er, »das ist gut für Ihre Selbstwahrnehmung. So schmerzt die Bedeutungslosigkeit Ihrer eigenen Existenz nicht so sehr.«

Das Perfide an Melzig war, dass er seine beleidigenden Botschaften immer so freundlich verpackte wie ein Pfaffe auf der Kanzel. Man musste schon genau hinhören, um das ganze Ausmaß seiner Bosheit zu erfassen. Ich brauchte auch diesmal wieder ein paar Sekunden, bis Melzigs aktuelle Unverschämtheit mein Kleinhirn erreichte, doch als das geschafft war, wurde ich trotzig.

»Nur mal angenommen, Majestät«, sagte ich zu Melzig, »so in die Tüte gesprochen: Wenn ich beim Bergfest einen Blackout hätte und würde, sagen wir, *versehentlich* die gute Brigitte nach Hause schicken? Oder die brave Waltraud. *Live* vor der Kamera. Könnte ja sein, ich will das nicht gänzlich ausschließen. Rein theoretisch ständen Sie dann aber ganz schön blöd da, oder?«

Melzig und Langkamp starrten mich mit offenen Mündern an. Aus unterschiedlichen Motiven, nahm ich an. Langkamp fasste sich zuerst.

»Lass ma', Alvy, damit macht man keine Scherze und überhaupt ...« Hilflos brach er den Satz ab und wandte sich an Melzig.

»Er meint das nicht so ...!« Gleich würde Langkamp sich in die Hose machen. Was hatte er denn, der Fliegenschiss? Ich erhöhte den Einsatz.

»Ich hab nämlich manchmal so merkwürdige Ausfälle, da litt ich immer schon drunter, wenn man mich unter Druck setzen wollte. Ich sag's besser jetzt gleich, bevor Sie das am Sonntag unvorbereitet trifft und Ihnen einer Ihrer glücklichen Broiler im Hals steckenbleibt ...«

Einen Moment lang fühlte ich mich ganz schön verwegen und mutig. So ein Moment ist allerdings nicht von langer Dauer, sonst hieße er ja auch irgendwie anders. Melzig hatte mich unterdessen nur verächtlich gemustert, wie mir schlagartig klar wurde. Nun übernahm der Meister wieder selbst die Moderation unseres Gesprächs – und so entwickelte es sich dann auch ...

»Lieber Alvy, mir ist durchaus bekannt, dass Ihre kognitiven Fähigkeiten begrenzt sind.« Hier machte er eine Pause, damit sich seine aktuelle Unverschämtheit im Raum verteilen konnte wie ein stiller Furz.

»Ich hatte allerdings keine Kenntnis davon, dass Sie nicht einmal *lesen* können.«

Ich schaute zu Langkamp, der meinen Blick zwar erwiderte, aber offenbar genauso wenig wie ich wusste, worauf Melzig hinauswollte. Er zuckte mit den Schultern und schwieg.

»Haben Sie denn in Ihrer knapp bemessenen Freizeit schon mal einen Blick in Ihren Vertrag geworfen?«, legte er nach. »Oder haben Sie es bloß mal hastig bis zu Punkt 5, *Vergütung*, geschafft?«

Ich schwieg. Stimmte ja.

»Tja, mein Lieber, bis Punkt 7 hätten Sie vielleicht noch dranbleiben sollen«, legte er nach, »denn dort steht unmissverständlich, dass die Festlegung der dramaturgischen *Key Points* der Sendung eindeutig im Ermessen der Produktionsfirma und nicht beim Kandidaten liegen.« Melzig machte eine kurze Pause, um die Wirkung seiner Worte zu steigern. Ein richtiger kleiner Demagoge, unser Hühnerarsch.

»Verstehen Sie, was das heißt, Alvy?«

Naja. Verstand ich das? Irgendwie schon ein bisschen.

»Sicher!«

»Das freut mich zu hören. Daraus folgert nämlich eindeutig, dass Sie keineswegs frei entscheiden können, wer bei Ihnen auf dem Hof verbleibt und Ihnen fortan die Wärmflasche einlässt. Sondern? Langkamp?«

Mein Produzent schreckte auf. »Sie?«

»Falsch, Langkamp. Obwohl, nicht *ganz* falsch. Stellen Sie Ihr Licht mal nicht so sehr unter den Scheffel. Oder ist das schon eine Folge Ihrer schnapsigen Dusseligkeit?«

Langkamp zuckte defensiv mit den Schultern. Was sollte er auch dazu sagen? Melzig fuhr fort.

»Nein, Langkamp, Sie entscheiden das, Sie sind schließlich als ausführender Produzent der *Scheunenherzen* für die Abnahme der Sendung verantwortlich.«

»Okay ... kann sein«, faselte Langkamp, immer noch ahnungslos, worauf Melzig eigentlich hinauswollte.

»Die Sache hat nur einen kleinen Pferdefuß«, dozierte Melzig weiter, »denn wer finanziert Ihre Sendung am Ende des Tages?«

Jetzt war Langkamp wieder im Bilde.

»Der Werbekunde?«

»Und ...«

»Der Sponsor?«

»Richtig, Langkamp, das kriegen Sie also tatsächlich noch zusammen. Der Werbekunde und der Sponsor. Wir reden also über ... Langkamp?«

Er seufzte. Das hier war demütigender als Algebra an der Tafel.

»Sie!«

»Korrekt, bitte!«

Langkamp glotzte blöd. Ich half ihm kurz aus.

»Die Marke GluckenGlück?«

»Das ist richtig, Alvy. Meine Marke *Bio*-GluckenGlück mit der grünen Banderole, um präzise zu sein. Und ich brauche Ihnen beiden ja nicht zu sagen, wie so eine Befehlskette funktioniert.« Brauchte er nicht, tat er aber trotzdem.

»*Ich* als Generalbevollmächtigter der Firma GluckenGlück *empfehle* Herrn Langkamp also, diese prollige Person, diese Doroda Nowak aus der Sendung zu werfen. Trotz gewisser professioneller Bedenken wird Ihnen *Herr Langkamp* dann seinerseits *empfehlen*, genauso zu verfahren, immer vorausgesetzt, dass er seinen Restverstand benutzt. Und Sie tun dann besser, was Ihnen der Herr Langkamp empfiehlt. So weit verstanden?«

Langkamp und ich nickten.

»Andernfalls nämlich machen Sie sich *beide* des Vertragsbruchs schuldig«, fuhr er fort. »Und Sie wissen ja sicher, was das heißt?«

Diesmal nickten wir nur so ein wenig, woraus Melzig gleich die richtigen Schlüsse zog.

»Dann möchte ich Sie kurz belehren«, sagte er. Ich konnte es nicht lassen.

»Ihre Königsdisziplin, nehme ich an?«

Melzig lupfte die Augenbraue, ging aber nicht auf meine Bemerkung ein.

»In einem solchen Fall wäre ich berechtigt, die fixierten Sponsorengelder einzubehalten, da die ausgehandelte Leistung Ihrerseits nicht oder nicht in vollem Umfang erbracht worden wäre. In diesem Fall also bliebe das Unternehmen Telepop, das Sie, Herr Langkamp, bekanntlich hier am Tisch repräsentieren, auf einem großen Teil der Produktionskosten sitzen. Und Sie ...«, jetzt fuchtelte Melzig mir drohend mit dem Zeigefinger vor dem Gesicht herum, »verlieren zudem den Anspruch auf Ihr Honorar.«

»Mein Honorar«, echote ich stumpf.

»Ihr *gesamtes* Honorar!«, wiederholte Melzig süffisant.

Melzig grinste triumphierend. Diese blöde, selbstzufriedene Fresse. Ich spürte, wie sich mein Kopf langsam mit Brennnesseln füllte. Es würde nicht mehr lange dauern, bis ich ihm einfach eine kacheln würde. Honorar hin oder her. Es gab Grenzen. Langkamp fasste mich leicht am Ellbogen. Er musste gespürt haben, dass ich kurz davor war, den Hauptsponsor seiner Sendung niederzuschlagen. Ich atmete ein paarmal ein und aus, das half ja manchmal. Und tatsächlich: Kurz darauf gelang es mir tatsächlich, Melzig ein verblüfftes Gesicht anzudrehen wie einen schlecht sitzenden Anzug, *ohne* ihm dabei das Nasenbein zu zertrümmern. Eine lässige Frage reichte: »Und zweitens?«

19

Britta Broich hielt Abstand. Die blondeste aller Fernseh-Moderatorinnen schien meinen unglücklichen Premieren-Auftritt beim Scheunenfest in lebhafter Erinnerung behalten zu haben. Für mich war das okay, ich hatte es aufgegeben, mich mit ihr anfreunden zu wollen. Ich traf sie ohnehin nicht so häufig, und wenn doch, ignorierte sie mich nach Kräften. Langkamp meinte, dass ich das nicht persönlich nehmen solle, die Frau müsse ja schließlich auch noch all die anderen Bauernhöfe abgrasen, auf denen gerade die *Scheunenherzen* buhlten, die habe keine Zeit, sich mit jedem Bauern zu verbrüdern.

Die einzelnen Folgen wurden von Langkamp und seinen Leuten in Berlin bei Telepop zusammengeschnitten, nur drei Sendungen der gesamten Staffel wurden live gesendet: Das Scheunenfest zur Premiere, das große Finale am Ende und mittendrin das so genannte Bergfest – heute Abend! Die Zeitungen kündigten das Bergfest als ersten dramaturgischen Höhepunkt der neuen Staffel an: Auf allen Höfen musste eine Kandidatin verabschiedet werden. Im Klartext – sie wurde vor die Tür gesetzt. Das ging in deutschen Fernsehshows selten ohne Tränen und böse Worte über die Runden, die Boulevardpresse hatte schon ihre Messer gewetzt. Dank Melzigs üppigen Sponsorengeldern wurde auch dieses Spektakel wieder aus Haasenbüttel ausgestrahlt. Diesmal allerdings nicht in Melzigs Halle, sondern in meinem bäuerlich kariert hergerichteten Wohn-Schuppen im Klöterkamp. Die Kandidaten aus dem Rest der Republik wurden abwechselnd auf einem großen Monitor zugeschaltet. Meine drei Grazien und ich hockten uns auf Strohballen im Hintergrund des improvisierten »Scheunenherzen«-Studios, während sich Britta Broich vor uns durch die Sendung schwätzte. Es hatte was von Folklore-CNN. Wir waren die bewegliche Hintergrund-Kulisse, sogar Marvin und das Paulchen durften mit im Bild sitzen. Britta Broich wirkte angespannt, das war mir gleich aufgefallen. Distanzierter noch als sonst, geradezu feindselig. Was war denn ihr Problem?

Ich hatte allerdings keine Zeit, mir darüber allzu viele Gedanken zu machen. Mein eigener Auftritt gegen Ende der Sendung rückte näher, und ich musste zugeben: Leicht würde mir der nicht fallen. Ich musste Doroda nach Hause schicken. Melzig und Langkamp hatten mir in dieser Hinsicht keine Optionen eingeräumt. Es ging wohl nicht anders. Es war zwar falsch und fühlte sich nicht besonders gut an, von Melzig am Nasenring durch die Manege geführt zu werden, trotzdem würde ich damit leben müssen. Ich hatte mir vorgenommen, den Zuschauern wenigstens eine überzeugende Performance zu liefern. Schließlich war eine stolz vorgetragene Niederlage ja auch irgendwie ein Sieg. Insofern hätte es ein lässiger Fernseh-Abend werden können in Haasenbüttel. Hätte, hätte, Fahrradkette ...

Inklusive Scheunenfest waren nun bereits sechs Sendungen der *Scheunenherzen* ausgestrahlt worden, ohne dass ich mich beim Fernsehvolk besonders beliebt gemacht hätte. Die Stars in Haasenbüttel waren andere. Doroda natürlich, die mit nackten Tatsachen für Quoten gesorgt hatte. Aber auch Käthe Obgenoth, deren kurioser Verkaufsraum in ihrem Shabby-Chic-Abrisshaus längst zu einem Wallfahrtsort des typischen »TV Total«-Zuschauers geworden war. Auf *YouTube* wurde ein kurzer Film von ihr eingestellt, man konnte darin sehen, wie sie zornig nach ihren Fans schnappte. Siebenhunderttausend Klicks! Offenbar hatten es ein paar Branding-&-Tattoo-Kids gewagt, sie hinter ihrer eigenen Theke zu bedrängen, weil sie ein Selfie mit Käthe machen wollten.

Kein Zweifel, unsere mürrische Kuchenkönigin war innerhalb von ein paar Wochen zur Kultfigur geworden.

Sogar Stefan Raab hatte an seinem Regiepult einen roten Button installiert, auf den er pro Sendung mindestens fünfmal hämmerte, egal ob es gerade passte oder nicht. »Döör Laappen!«, blökte Käthe dann wütend los, es hörte sich an wie der Kampfruf eines Büffels. Die Leute waren begeistert, Käthe allerdings weniger: Angeblich hatte sie ihren Lappen-Laden nun schon seit zwei Tagen hintereinander zugesperrt, um Ruhe vor ihren lästigen Belagerern zu finden.

Neben Käthes Ruhm als unfreiwilliger Komikerin und Dorodas zutraulichen Möpsen blieb kein Platz mehr für einen dritten Fernsehhelden aus Haasenbüttel. Mir war das recht. Ich wurde als überwiegend dröger Kleinbauer vorgeführt, mit einer einzigen, immer wieder neu aufgelegten Story: Alvy, der brünstige Selbstversorger! Angeblich wartete ich bloß auf eine günstige Gelegenheit, um der »scharfen Doroda« an die Wäsche zu gehen – so musste das jedenfalls für die Leute da draußen aussehen. Das war zwar eine recht überschaubare Zusammenfassung meiner TV-Persönlichkeit, doch wenn ich Langkamp und Katta glauben durfte, dann liebten Zuschauer schlicht gestrickte Charaktere, deren Sein und Wollen sich in wenigen Sätzen und Bildern zusammenfassen ließ. Ich war nicht gerade glücklich mit dem Image, das in der Öffentlichkeit von mir gezeichnet wurde, doch für alle anderen schien es mein Leben durchaus authentisch abzubilden. Selbst Anna hatte bei unseren vereinzelten Skype-Unterhaltungen in den letzten Tagen einmal gefragt, ob mir Doroda *möglicherweise* schon das Hirn vernebelt hatte. Konnte es sein, dass sie tatsächlich ein kleines bisschen eifersüchtig war?

Dabei war überhaupt nichts passiert. Doroda und ich waren uns in den letzten Wochen nicht wesentlich näher gekommen als Süd- und Nordkorea. (Wenn man von dieser kleinen Sache absah, für die ich nun wirklich nicht verantwortlich gemacht werden konnte.

Dumme Geschichte. Später.) Das glaubte mir allerdings niemand, solange Doroda mit zweideutigen Statements vor der Kamera für Spekulationen sorgte. Spekulationen übrigens, die ungeprüft den Weg in die Schmierblätter der Republik fanden. (Und offenbar auch in die Online-Kanäle meiner Frau, die sie in Sydney nutzte.) Ich hatte erst Langkamp und, als das nicht fruchtete, auch Doroda selbst gebeten, mit diesem Unsinn aufzuhören. Ohne Erfolg.

»Ach, issich bloß Klumpatsch, Alvy, machen bisschen Aufregelung vor Kamera, Leute lieben dich für geiler Lurchi«, quakte Doroda, »wollen kucken jede Sonntag, ob du einmarschieren darfst in polnische Muschiland! Aufregelung!«

Das war mal eine fruchtige Zusammenfassung. Langsam wurde es kurios: Bei Bet & Win lief inzwischen schon eine Wette. Falls sich Doroda erweichen ließ, meinem vermeintlichen Drängen nachzugeben, konnten risikofreudige Zocker ordentlich abräumen. Wer schlanke 10 Euro auf mich setzte, erhielt momentan schon 120 Euro zurück – *falls* sich Doroda, was aber den meisten Menschen offenbar undenkbar erschien, mit mir auf eine Affäre einließ. Tendenz steigend. So viel zu meinem Image als Draufgänger und Sympathieträger in den *Scheunenherzen*.

In der Regel war es mir egal, was Frauen wie Britta Broich oder TV-Zuschauer in Cottbus, Kleve oder Winsen an der Luhe über mich dachten. Ich machte mir da keine Illusionen. Im Laufe der letzten Wochen hatte ich Waltraud beim gemeinsamen *Malen nach Zahlen* unterstützt, mit Brigitte Gänseblumen auf einer Waldlichtung gepflückt und mit Doroda Aquarelle gemalt. (Sie war zur Abwechslung dabei vollständig bekleidet.) Wir sangen alle gemeinsam am Lagerfeuer »House of the Rising Sun« und veranstalteten nachts spontane Puddingparties am Kühlschrank in der Küche. Keine noch so absurde Idee war unserer Redakteurin Katta zu kitischig, verwegen oder schlechterdings zu blöd, um sie nicht vor der Kamera auszuprobieren. Ich konnte also davon ausgehen, dass ein paar Millionen Deutsche bei meinem Anblick gleich Bescheid wussten. Sollten sie. Ich musste keine Wahlen gewinnen oder Volksmusik verkaufen, mein Image konnte mir im Prinzip egal sein.

Persönlich angefeindet zu werden war allerdings noch mal eine ganz andere Geschichte. *Das* musste man erst mal wegatmen können. Wie hielten das bloß Leute wie der Wendler, Berti Vogts oder alle Politiker der FDP aus? Ich war noch nicht so weit. Die unverhohlene Feindseligkeit unserer Moderatorin nahm ich persönlich. Britta Broich hatte an diesem Abend nun schon den dritten Einspieler der Sendung mit einer unfreundlichen Bemerkung abmoderiert. Das konnte doch kein Zufall mehr sein? Ein Film über die angebliche Eigenart der Haasenbütteler Landwirte, ihre Tiere für das jährliche Kuh-Bingo regelrecht zu trainieren, brachte das Fass zum Überlaufen. Britta Broich hatte den Beitrag mit den Worten »So geht es zu in Haasenbüttel, dort, wo unser schlichter Selbstversorger Alvy und seine große Familie zu Hause sind ...« abmoderiert. Ich kochte. Es war *ausschließlich* Grütze, der seine Viecher für das Kuh-Bingo an Pfingsten trainierte. Und Inzest war in Haasenbüttel noch nie ein Thema gewesen, falls Fräulein Broich mit ihrer affigen Bemerkung darauf angespielt haben sollte. Außerdem war ich ein Zugereister! Das schien sie aber nicht weiter zu interessieren. Für einen müden Lacher hätte sie vermutlich sogar behauptet, dass ich es mit unseren Heidschnucken im Stroh trieb. Langsam reichte es mir. Es war kein guter Zeitpunkt, so mitten in einer überwiegend live gefahrenen Sendung in die Garderobe der Moderatorin zu stürmen, aber manchmal muss ein Mann eben tun, was ein Mann tun muss.

»Was sollen diese dämlichen Bemerkungen denn, gehts vielleicht auch ein *wenig* freundlicher, Gnädigste? Ich verstehe ja, dass Sie Ihre TV-Armee aus Schwachköpfen und Rabattmarkensammlern mit infantilem Klatsch und übler Nachrede füttern müssen, aber es gibt Grenzen. Selbst in einer Prekariats-Oper wie den *Scheunenherzen*. So langsam verlieren Sie die Kontrolle!« Vermutlich rauchte ich aus den Ohren.

Britta Broich trug Lockenwickler in den Haarspitzen und – wie ich nach einem zweiten Blick irritiert feststellte – bloß einen rosa Büstenhalter über ihrer Hose. Ich tippte auf 80 B. Ihre Make-up-Artistin bügelte derweil die Bluse auf – beziehungsweise hatte in dem Moment, in dem ich in den Raum stürmte, damit aufgehört. Stattdessen war sie vollkommen damit ausgelastet, ihren Mund vor Empörung und Schrecken sehr weit aufzureißen. Britta Broich wirkte nicht so angefasst.

»Haben Sie was auf den Ohren?«

»Nein, wieso?«

»Könnte ja sein, dass Sie HEREIN verstanden haben!«, sagte sie ruhig.

»Wär möglich«, antwortete ich ebenso ruhig, »das hätte aber vorausgesetzt, dass ich angeklopft hätte.«

Wenn sie es leise und gemein haben wollte, würde sie es leise und gemein bekommen.

»Raus hier, verschwinde!«, herrschte mich Britta Broich nun deutlich heftiger an, ein bisschen Flugspucke im Mundwinkel. *Leise* war wieder raus.

»Ach, wir sind jetzt beim Du?«, antwortete ich. »Auf welcher Dorfkirmes haben *wir* uns denn schon in den Armen gelegen?« Ich grinste zufrieden und starrte dazu extra forsch auf ihre Brüste. Möglicherweise war ihr das ja unangenehm. Endlich fielen mir auch mal die richtigen Worte in dem Moment ein, in denen sie gebraucht wurden. Ich legte gleich nach, wo ich jetzt schon einmal einen Lauf hatte.

»Außerdem möchte ich SIE darauf hinweisen, dass SIE sich momentan in meinem Haus befinden und SIE sich also lieber zurückhalten sollten, wenn SIE sich hier noch ein paar Minuten in Ruhe IHRE zotteligen Strähnen aufhübschen lassen wollen.«

Für triumphale zehn Sekunden wankte Britta Broich, aber sie fiel nicht. Langkamp war schuld, dass sich das Blatt wendete. Er stampfte – ebenso ohne anzuklopfen – in die »Garderobe«, klatschte in die Hände, rief: »Brittchen, fertig werden, in fünf Minuten wird wieder Seifenoper gemacht«, schaute hoch, nahm überrascht zur Kenntnis, dass ich mich auch im Raum befand, sagte: »Was machst du denn hier?«, und klatschte, ohne eine Antwort abzuwarten, gleich noch einmal in die Hände: »Raus hier, an die Arbeit, aber hoppela!« Britta Broich hatte inzwischen wieder Luft geholt und nutzte die Gelegenheit, sich mit ihrem Produzenten zu verbünden.

»Genau, raus hier, das hab ich der Witzfigur auch schon zu verstehen gegeben«, fiel sie dankbar ein, dann wandte sie sich zu mir.

»Und nimm doch die Zeitung am besten gleich mit, da drin gibt's eine schöne Geschichte über Primaten!« Mit diesen Worten schmiss sie mir die aktuelle Ausgabe der *BamS* vor die Füße. Langkamp seufzte hörbar und warf Britta Broich einen gequälten Blick zu, den ich nicht gleich verstand. Erst als ich die Titelseite der Zeitung und die fette Überschrift darauf wahrnahm, wurde mir klar, warum Langkamp nicht wollte, dass ich sie in die Finger bekam. Vermutlich hatte er das Team sogar angewiesen, die *BamS* vor mir zu verstecken, zumindest so lange, bis die heutige Sendung über die Bühne gegangen war.

»So böse ist der geile Landwirt!«, schrie das Revolverblatt in fetten Lettern über drei Spalten. Um die Schlagzeile herum gierten gleich drei große Fotos um Aufmerksamkeit. Foto eins: Brigitte auf einem Sofa vor dem Kühlschrank (!) schlafend, inmitten von leeren Dosen, Gläsern und Flaschen in meiner maximal vermüllten Küche. Foto zwei: Waltraud mit einem Kopfkissen und einer dünnen Decke schlafend auf dem Boden eines Stalls, angekuschelt an einen schwarzen Hund und ein Hängebauchschwein. Foto drei: Doroda und ich schlafend, nackt in meinem Bett.

Ich kann das erklären.

20

Das Leben ist gar nicht so kompliziert, wenn man die richtigen Fragen stellte. Die Antworten lauteten: Waltraud verstand sich mit Tieren besser als mit den Menschen in ihrem Leben, weil Tiere sie nie spüren ließen, dass sie nicht den gängigen Schönheitsidealen unserer Zeit entsprach. Brigitte liebte feines Essen, einen guten Wein und die Erinnerung an ihr altes Leben, bevor ihr Mann mit seiner jungen, schlanken Sprechstundenhilfe in ein kleines Häuschen am Waldrand von Düsseldorf gezogen war. Doroda schließlich liebte nichts und niemanden, außer ihren Sohn Kasimir, der fünf Jahre alt war und in Polen bei Dorodas Mutter lebte. Seitdem ich das alles wusste, kam ich mit meinen Mitbewohnerinnen viel besser klar. Es konnte sogar sein, dass ich begann, sie in mein Herz zu schließen. Selbst die dürre Brigitte, die mir Fotos zeigte, auf denen sie *lachte*, mit Kleidergröße 44. Man vergaß das ja oft, aber wenn man Menschen ein bisschen besser kennen lernte, hatte man meistens gar keine andere Wahl, als sie zu mögen.

Noch am gleichen Abend nach meinem Ausflug in die Deichdiele hatte ich sie alle drei in *unsere* Küche gebeten, zwei Flaschen Prosecco in der Hand. Mir war nach all den Zombies in Elmars Spelunke nach ein paar echten Menschen, selbst wenn das Waltraud, Brigitte und Doroda sein würden. War es die hoffnungslose Atmosphäre in der Deichdiele, die in mir nachwirkte und die mir vor Augen führte, wie es enden konnte, wenn man an den wichtigen Abzweigungen seines Lebens ein paarmal falsch abbog? Die Entdeckung, dass Siggi Melzig, dieser bigotte GluckenGlück-Kretin, an jedem Wochenende die Landmänner der Region zu trüben Sexgelagen einlud und ein Netz von Abhängigkeiten knüpfte? Oder war es dieses Gefühl, dass seit Annas Flucht nach Sydney niemand mehr da war, bei dem ich mich zuhause und aufgehoben fühlte? Vermutlich von allem etwas. Und vielleicht sogar die Hoffnung, dass sich in meinem Haus ein paar Menschen begegneten, die sich wenigstens für ein paar Stunden aneinander festhalten konnten.

Wir tranken den Prosecco. Als der geschafft war, gingen wir zum Grünen Veltliner über. Als auch der zur Neige ging, holte ich den guten Sazerac Whiskey aus meiner Lade für besondere Gelegenheiten und legte dazu helle Schokolade auf den Tisch. Ich stellte den Damen nur eine einzige Frage: »Was *macht* ihr hier?«

Ich bat sie, ihren Mut zusammenzunehmen und ehrlich zu sein, ihre Deckung mal für einen Abend aufzugeben. Dabei schaute ich ihnen tief in die Augen, einer nach der anderen. Dieser Bauerntrick der Küchenpsychologie schien selbst bei Doroda zu funktionieren. Offenbar verstanden meine drei Scheunenherzen, dass dieser Abend nichts mit der grenzdebilen Inszenierung zu tun haben sollte, die uns gerade zu traurigen Clowns der deutschen Fernsehunterhaltung machte. Es dauerte ein paar Minuten, dann redeten alle durcheinander. Nachdem unsere Geschichten erzählt worden waren, nippten wir noch so lange schweigend am Whiskey, bis auch davon kein Tropfen mehr übrig geblieben war. Im Kachelofen glimmten die letzten Scheite, der Hund schnarchte unter dem Tisch. Stille breitete sich aus. Wir fühlten uns, als ob wir aus einer Schlacht aus dem Feld zurückgekehrt waren, verletzt, angeschlagen und todmüde, aber auch froh darüber, trotz allem noch da zu sein.

Die Antworten auf große Fragen klingen manchmal verblüffend banal, selbst wenn sie es bei näherer Betrachtung gar nicht sind. Waltraud hoffte, sich auf einem kleinen Bauernhof vor der Welt verkriechen zu dürfen und einfach bloß mit Tieren zusammenzuleben. Sie wollte sich nützlich machen, *irgendwie* und von *irgendwem* wenn schon nicht geliebt, dann doch wenigstens wahrgenommen zu werden. Dafür war sie bereit, ein paar Opfer zu bringen. Jede Arbeit zu akzeptieren, jeden Mann.

Brigitte wollte sich rächen, einfach bloß rächen. An ihrem Ex-Mann, der sie finanziell mehr als großzügig abgefunden, aber auch konsequent aus seinem Leben entsorgt hatte wie ein verbrauchtes Möbel, nach 30 gemeinsamen Jahren. Einem Mann, dem nichts so wichtig war wie sein guter Ruf, seine Reputation als einziger Radiologe im Düsseldorfer Speckgürtel von Oberkassel. Jeder von Brigittes befremdlichen Auftritten in den Scheunenherzen sollte ihm in seiner Heimat Höllenqualen bereiten, wo ihn und wo auch seine Ex-Frau jeder kannte.

Doroda wollte einfach bloß das Geld, so viel wie möglich davon. Dafür war sie bereit, beinahe *alles* zu tun, wenn es sein musste. Ihr war klar, dass es wohl kaum ihr Kopf sein würde, der sie und ihren Sohn über die Runden brachte. Also musste ihr Körper das für beide schaffen. Sie wollte, nein sie *musste* raus aus ihrer tristen, alten Heimat, Kasimir nachholen, auf keinen Mann angewiesen sein, nie wieder.

Weit nach Mitternacht, längst betrunken und erschöpft, beschlossen wir in dieser beseelten Stimmung, die jede noch so wunderliche Idee wie die Lösung auf alle Fragen erscheinen lässt, diese Nacht nicht einfach so verstreichen zu lassen. Wir wollten ein Risiko eingehen, mutig sein, der Welt da draußen ein Signal senden. Alle zusammen, jeder für sich.

Wir nahmen uns in den Arm, dann holte Waltraud eine Decke, weckte den Hund und legte sich mit ihm zu Marvin in den Stall, wo sie sich tagsüber ohnehin am liebsten aufhielt. Sie kuschelte sich an die beiden zufrieden ächzenden Tiere und fiel sofort in einen tiefen traumlosen Schlaf.

Brigitte schob mit meiner Hilfe den gemütlichen Lehnsessel aus dem Wohnzimmer direkt vor den Kühlschrank, vor dem sie schließlich nach einer heftigen und lang anhaltenden Fressattacke halb sitzend, halb liegend einschlief. Ich selbst taumelte in mein Schlafzimmer, in der festen Absicht, Anna in Australien anzurufen und ihr zu sagen, ach was: zu *verkünden!*, wie sehr ich sie liebte, vermisste, zurück in unser Leben wünschte; all die Sachen eben, die man denkt und ausspricht, wenn man zu gleichen Teilen verzweifelt, beseelt und hoffnungslos betrunken ist. Ich kann mich nicht erinnern, ihre Nummer auf dem Laptop gewählt oder mich nackt ausgezogen zu haben, bevor ich ins Bett fiel, meine Erinnerung setzte irgendwo auf dem Weg zwischen Küche und Schlafzimmer aus.

Aber es *muss* so gewesen sein. Auf den Fotos in der *BamS* war ich jedenfalls nackt, genauso wie Doroda, die ebenfalls keinen Fetzen mehr am Leib trug und schlaftrunken in die Kamera eines Fotografen blinzelte, den sie offenbar noch mitten in der Nacht in den Klöterkamp bestellt hatte. Ich muss zugeben, dass ich ganz zufrieden aussah, mit offenem Mund, ein Bein besitzergreifend über Dorodas Körper drapiert wie ein Playboy-Pin-up, meine rechte Hand unter einer ihrer Brüste vergraben. Um diese Pose hinzukriegen, musste Doroda mich wie einen Gummikasper hin und her gewendet haben; ganz einfach kann es nicht gewesen sein, uns so kunstvoll ineinander zu verwickeln. Hatte Doradas Paparazzo vielleicht sogar mitgeholfen? Ich wünschte, ich hätte wenigstens noch den Schimmer einer Erinnerung an diesen Teil der Nacht.

So hatte jeder von uns an diesem Abend bekommen, wonach er vielleicht nicht unbedingt gesucht, was er aber möglicherweise dringend gebraucht hatte: Waltraud ein wenig Wärme und Zuneigung, Brigitte einen kurzen Waffenstillstand im Krieg gegen den eigenen Körper, ich selbst ein paar echte Menschen um mich herum und ein Gefühl dafür, wie ich zu Anna stand. Und Doroda? Sie hatte uns nicht angelogen, und ich konnte ihr nicht wirklich böse sein. Auch in dieser Nacht hatte Doroda nur das getan, was nackter Überlebenswille von ihr verlangte. Sie hatte Geld verdient. Erst kommt das Fressen, dann kommt die Moral. Aber selbst wenn Doroda Brechts eifrigste Schülerin war, bezweifelte ich, dass sie je von ihm gehört hatte.

21

Katta spreizte ihre rechte Hand: fünf Minuten bis zu meiner Live-Schaltung. Auf dem großen Monitor lief ein kleiner Film über einen meiner Kollegen, den Schafhirten im Allgäu. Mit meinen Leidensgenossen in den anderen Teilen Deutschlands hatte ich mich – mehr aus Selbstschutz denn aus Desinteresse – bisher nicht sonderlich beschäftigt. Der Ton des Monitors war abgedreht, doch wenn ich die Bilder richtig deutete, hatte auch der süddeutsche Schaftreiber ein paar Probleme mit seinen Heiratskandidatinnen. Allerdings war er damit nicht gleich auf der Titelseite der größten deutschen Sonntagszeitung gelandet. Diese Ehre hatte ich exklusiv. Na bravo. Immerhin hatte sich mein Image verändert, demnächst käme ich locker als Schurke im neuen Bond in Frage: Plötzlich war ich für den deutschen Fernsehzuschauer nicht mehr bloß der dröge Kleinbauer, der einer Porno-Polin an die Möpse wollte. Nein, jetzt war ich zum *geilen* Kleinbauern aufgestiegen, der die Porno-Polin gepimpert, das dicke Mädchen zu den Tieren in den Stall gesperrt und der dünnen Frau wochenlang nicht genug zu essen gegeben hatte. Haasenbüttel, die Achse des Bösen.

Das alles wurde in den kurzen Texten angedeutet, die unter den riesigen, wie in Aktenzeichen XY grobkörnig gepixelten Fotos von uns allen in der *BamS* zu sehen waren. Vielleicht sollte ich dagegen klagen? Oder schnellstmöglich das Land verlassen, nach Australien vielleicht? Anna könnte mich als Zimmerkellner oder Liftboy in ihrem Hotel anstellen, und nach der Schicht würden wir gemeinsam am Strand spazieren und über meine momentane Krise lachen. Für einen Moment verlor ich mich in den satten

Technicolor-Bildern dieser Fluchtphantasie, im nächsten rief Katta: »Alvy, noch drei!«

Es half nichts. Ich war hier noch nicht fertig. Australien und Anna mussten sich noch ein paar Wochen gedulden. Falls ich bei beiden überhaupt willkommen war. Ich nickte Katta zu, die mich nervös beobachtete. Sie fragte sich wohl, ob ich mich nach dem Angriff auf die Moderatorin der Sendung schon wieder im Griff hatte. Ich hob den Daumen. Alles klar. Drei Minuten bis zur Liveschaltung. Mein Puls hatte sich in den letzten Minuten beruhigt. Halbwegs. Das war auch notwendig gewesen, nach der Szene mit Britta Broich und Langkamp. Er war mir nach meinem Abgang aus der Garderobe aufgeregt nachgelaufen.

»Stift, warte mal, ich kann das erklären!«

»Ach ja? Du kannst erklären, wie ich es geschafft habe, innerhalb von ein paar Wochen von einem harmlosen Landbewohner zu einem Psychopathen zu reifen, zu einer Art organischem Sondermüll, der Polinnen poppt, dicke Frauen in Käfige sperrt und Dürre aushungert? Dann versuch das mal!« Langkamp kratzte sich am Kopf.

»Ach, Stift, das haben unsere Zuschauer in ein paar Wochen doch längst wieder vergessen, das sind schließlich alles mentale Dörrpflaumen. Du kannst dich da ganz lockermachen!« Überzeugend klang das nicht, seine sonst so geschmeidige Jovialität knirschte heute wie ein Stiefelschritt im Schnee.

»Eure Zuschauer vielleicht!«, schrie ich Langkamp wütend an. »Aber was ist mit meinen Nachbarn, meinen Freunden, mit meiner Frau? Die glauben diesen ganzen Scheiß doch!« Ich schlug wütend auf das Cover der *BamS* ein. Langkamp kratzte sich am Kinn. Wusste er jetzt auch nicht.

»Stift, das musst du auch mal so sehen: Wir sind doch Leidensgenossen. Ich hab ja auch ein paar Probleme mit diesem Melzig. Glaubst du, Doroda findet das so lustig, dass wir sie gerade jetzt aus der Sendung werfen? Die war doch auf dem Weg nach oben.

Und jetzt müssen wir sie ähm ... *verabschieden.* Ein schwerer Schlag für so ein Mädchen. Da ist es doch verständlich ... *ähm.* ...« Er brach ab, er hatte wohl meinen Blick bemerkt.

»Was genau ist *verständlich* an dem Versuch, mich skrupellos vor aller Welt zum Narren zu machen?«

»Naja, auf diese Weise verabschiedet sie sich wenigstens mit einem Paukenschlag!«, sagte Langkamp und ließ mal wieder diesen angeborenen Mangel an Feingefühl erkennen, mit dem er offenbar auf die Welt gekommen war.

»Erst mit dem Bauern im Bett, zum Dank wirft er sie raus!«, malte er schon mal die nächste *BILD*-Schlagzeile in die Luft. »Mannomann, DAS nenne ich einen Abgang. Perfektes Timing! Ganz Deutschland wird sie bedauern.« Langkamp grinste jetzt ein wenig selbstzufrieden. Dann fiel ihm wieder ein, mit wem er gerade sprach. Vorsichtshalber setzte er einen Gesichtsausdruck auf, den er für aktives Mitgefühl hielt. Was natürlich nur in die Hose gehen konnte, dazu hätte er eine solche Regung schließlich erst mal kennen müssen. Ich verstand so langsam. Meine *heiße Nacht* mit Doroda war von Langkamp von langer Hand geplant worden. Er hatte dafür gesorgt, dass ein Fotograf der *BamS* in ständiger Bereitschaft nur darauf lauerte, mich und Doroda in einem heiklen Moment abzuschießen. (Wir beide nackt, in meinem Bett – das war dann wirklich heikel genug gewesen.) Langkamps Verbindungen zur Boulevardpresse waren seit jeher vorzüglich, daran hatte seine Karriere beim Fernsehen nichts geändert. Im Gegenteil: Man half sich bei den Herren gegenseitig. Dagegen konnte ich nicht anstinken. Ich kannte von früher vielleicht noch ein, zwei Leute bei diesen Revolverblättern, hatte mich aber ansonsten so weit wie möglich von meiner Vergangenheit als Hilfsschreiber von Langkamp distanziert. Das rächte sich an Tagen wie diesen. Niemand war bei mir zu ein wenig Loyalität oder auch nur Rücksicht verpflichtet, ich konnte keinen Ex-Kollegen anrufen und bitten, diesen Albtraum zu beenden, der sich in täglichen

Fortsetzungen wie ein saurer Regen über die deutsche Zeitungslandschaft setzte.

Langkamp hingegen konnte. Und Langkamp hatte auch. Wenn er sich schon von seinem Herzblatt in Haasenbüttel verabschieden musste, dann sollte sie wenigstens einen Abgang haben wie eine funkelnde Silvesternacht. Perfektes Timing, das musste ich Langkamp lassen. Ab morgen würde Doroda da draußen wieder um jede Kamera kämpfen müssen, *heute* aber waren die *Scheunenherzen* noch ganz in ihrer Hand! Das war also die perfide Idee hinter dieser ganzen unappetitlichen *BamS*-Blase. Als ich das endlich verstanden hatte, schrie ich Langkamp geschlagene 120 Sekunden in einer Lautstärke an, die weder seinen Ohren noch meinen Stimmbändern bekam. Der Hund sprang wie ein Rennpferd hinter den Kachelofen und machte sich so klein wie möglich, eine Strategie, die auch Langkamp offenbar ganz vernünftig fand.

»Du beruhigst dich jetzt erst mal, und ich rede mal mit den Jungs von der Zeitung, vielleicht können wir da ja mal was drehen …« Mit diesen Worten war er aus dem Raum gestürzt, um sich in Sicherheit zu bringen. »Besser wäre das!«, schrie ich ihm hinterher. »Sonst werde ich dir wehtun, Langkamp. Ich weiß, wo ich rostige Nägel finde!«

Katta hielt den Daumen hoch: Eine Minute! Britta Broich betrat den Raum, ohne Lockenwickler, dafür aber wieder mit Bluse. Sie setzte sich auf den kleinen Korbstuhl gegenüber, ohne mich zu beachten. Ein freundliches Lächeln gab es erst, wenn das Rotlicht der Kamera aufblinkte, das war auch in den vorherigen Aufzeichnungen nicht anders gewesen. Auf einem kleinen Pult hinter unserem Kameramann standen drei Bildschirme. Auf einem davon konnte ich gerade so ausmachen, wie sich meine drei Kandidatinnen in ihrem rustikalen Wohnschuppen versammelten und darauf warteten, dass ich eine von ihnen aus der Sendung kickte.

Nach meinem Urteil würde die Regie sofort auf Waltraud, Brigitte und Doroda gehen, um ihre spontane Freude oder ihre Klagelieder einzufangen, je nachdem. Ich fragte mich, ob Doroda es hinkriegen würde, eine Prise Enttäuschung oder wenigstens etwas Überraschung in ihren Blick zu legen, wenn sie für den Auszug nominiert wurde – schließlich wusste sie ja offiziell vorher auch nicht Bescheid.

Die Tür zu unserer schmucklosen Interviewparzelle öffnete sich erneut, Langkamp und Melzig traten ein und tuschelten aufgeregt wie zwei Waschweiber auf dem Weg zu einer öffentlichen Steinigung. Die Herren schienen sich prima zu unterhalten. Wunderte mich nicht bei Langkamp, diesem illoyalen Waschlappen – der wäre auch in der Lage, sich mit Kim Jong Un anzufreunden, wenn es ihm nutzte. Die beiden Herren wollten wohl aus nächster Nähe sehen, wie sich ihr Hampelmann beim TV-Tribunal schlug. Melzig grinste und parodierte einen angedeuteten Diener. Sein Haar pappte mal wieder an seinem Schädel wie Holzwolle an einem Schrumpfkopf. Langkamp sah auch nicht viel besser aus. Unfassbar, dass ich gezwungen war, diesen beiden Pappnasen den Knecht zu machen. Ich spürte, wie meine Halsadern erneut anschwollen wie Schiffstaue. Wie lange wollte ich mich hier drin noch zum Narren machen lassen?

Seit dem Tag, an dem Langkamp mich zum ersten Mal angerufen hatte, kam mir mein Leben vor wie eine Fahrt in einem Rennwagen, in dem die Bremse fehlte. Ich raste mit 200 Sachen durch die Welt und hatte keine Ahnung, wie ich die Kontrolle über die Kiste zurückgewinnen konnte. Vorher war ich einfach nur unbekannt und pleite gewesen. Jetzt war ich zu einer albernen Marionette im *Scheunenherzen*-Ensemble verkommen, einem kleinen Soldaten in der Blechbüchsen-Armee des TV-Irrsinns. Und diese beiden Knalltüten da hinter der Kamera, die gerade mit der blondesten Moderatorin von allen feixten wie zwei angeschickerte Messdiener, die schrieben mir das Drehbuch dazu. Ich spürte, wie mein Blutdruck stieg, wie sich mein Körper anspannte, wie Testosteron ausgeschüttet wurde und mein Blick sich an den Seiten einfranste wie ein verwackeltes Polaroid. Ich konnte mir quasi dabei zusehen, wie ich wütend wurde, sehr, sehr *wütend*. Ich brodelte wie ein Geysir, als Britta Broich mit ihrem Live-Geplänkel begann, wissen wollte, wie mir die letzten Tage gefallen hatten und ob ich mit meinen attraktiven Kandidatinnen eine schöne Zeit in Haasenbüttel verbracht hatte. Was für ein verlogenes Schauspiel. Es gelang mir nur mühsam, ihre Fragen zu beantworten, ohne verächtlich aufzulachen. Aber wenigstens *das* schaffte ich noch, auch wenn ich mich ständig instruieren musste, nicht einfach aufzustehen und Melzig oder Langkamp eine der Wasserflaschen über den Schädel zu ziehen, die vor mir auf dem Tisch standen. Aber am Ende des Tages bleibt man ja der Zivilisation verhaftet ... Irgendwie. Und so hörte ich mich schneidend höflich, leise und beherrscht zu der immer noch blondesten aller Moderatorinnen sagen: »Es war eine schöne Erfahrung, mit Waltraud, Brigitte und Doroda zusammenleben und sie ein bisschen besser kennen lernen zu dürfen.«

Was war ich nur für ein verlogener Jutebeutel. Für 50 000 Euro verkaufte ich meine Seele. Ging es erbärmlicher?

Mein Blutdruck musste längst im roten Bereich pumpen. Vermutlich platzte ich noch während der Sendung, oder meine Augen traten aus den Höhlen, bis ich aussah wie Mesut Özil.

»Von einer ihrer neuen besten Freundinnen müssen Sie sich heute Abend leider verabschieden«, rhabarberte Britta Broich weiter routiniert vor sich hin, »ich kann Ihnen diese schwere Bürde nicht ersparen. Das ist das Reglement, lieber Alvy ...«

Ich nickte bekümmert.

»Eine schwere Entscheidung, am liebsten würde ich weiterhin mit allen drei Kandidatinnen zusammenleben.«

Britta Broich schaute irritiert zu mir rüber. Selbst für meine Verhältnisse war das wohl ein bisschen zu dick aufgetragen.

»Dann muss ich jetzt zur spannenden Frage kommen, die mich und alle Zuschauer auf die Folter spannt: Welche beiden Kandidatinnen dürfen bis zum großen Finale in drei Wochen auf dem Hof bleiben?«

Ich seufzte theatralisch.

»Wenn Sie schon so fragen. Bleiben darf auf jeden Fall schon einmal die Waltraud!«

Britta Broich blickte sofort in eine andere Kamera, die offenbar auf mein Trio gerichtet war.

»Was sagen Sie dazu, Waltraud, freuen Sie sich, dass Alvy sich für Sie entschieden hat?«

Waltraud lief rot an und schaute, wie sie immer schaute, wenn sie sich am liebsten in ein Erdloch eingegraben hätte.

»Ja«, hauchte sie schließlich leise, während sie Doroda auf DSDS-Art in den Armen wiegte. (Was bei Waltraud gar nicht so einfach war.)

»Das war *das*«, bilanzierte Britta Broich geschäftig, »aber nun wollen wir auch die ganze Wahrheit wissen: Wer ist Ihre Nummer zwei, Alvy, wer darf Sie zusammen mit Waltraud in den nächsten Wochen noch ein wenig besser kennen lernen?«

Gute Frage, sehr gute Frage. Ich fixierte erst Britta Broich, wandte dann aber den Blick ab und grinste Melzig und Langkamp an, die hinter der Kamera gespannt zusahen, wie sich ihr Äffchen machte. Beide erwiderten mein Grinsen unsicher, irgendwas in meinem Blick schien ihnen nicht zu gefallen. Ich kostete ihre Unsicherheit aus, so gut und so lange es ging, ohne dem deutschen Fernsehvolk eine Performance als stummer Psychopath anzubieten. Zehn Sekunden waren in dieser Hinsicht wohl die Obergrenze. Ich war immer noch wütend, aber auf eine beschwingte, vergnügte Art, wenn das kein Widerspruch sein sollte. Ich dachte an Seneca, der den gerechten Zorn mal als vorübergehende Geisteskrankheit bezeichnet hatte, und wunderte mich, wie klar man in der Sekunde, in der man etwas wirklich sehr Unvernünftiges tut, schon weiß, dass es sehr unvernünftig *ist,* und trotzdem nicht anders kann. Dann beantwortete ich ihre Frage.

»Na, dann möchte ich Sie nicht dumm sterben lassen. Ich nehme ... *trommelwirbel* ... Doroda!«

»Aaaaah!«, rief Britta Broich, es klang wie eine Freudenfanfare. »Unsere sexy Kandidatin Doroda muss den Hof verlassen!«

»Nein«, rief ich, »nicht so schnell, das haben Sie missverstanden: Doroda ist diejenige, die *bleiben* darf. Brigitte muss ich stattdessen leider verabschieden!«

Britta Broich starrte mich an, als hätte sie eine Erscheinung.

»Sind Sie sicher? Es soll also wirklich Brigitte sein?«

Offenbar hatten Melzig und Langkamp sie vorher in ihre Pläne eingeweiht. Britta Broich verstand die Welt nicht mehr. Das ging den beiden Herren hinter der Kamera ähnlich. Sie wedelten panisch mit den Armen wie holländische Mühlen im Orkan. Ich nickte ihnen freundlich zu – diesen Moment wollte ich noch ein wenig auskosten. Ich wusste, dass ich in Schwierigkeiten war, aber solange die Kamera noch lief, waren die Herren machtlos. Ein großartiges Gefühl.

Zeit für ein schnelles Fazit. Für die Menschen da draußen war ich jetzt immer noch der geile, geizige und boshafte Bauer aus dem Fernsehen, daran hatte sich nichts geändert. Nur die 50 000 Euro, die dafür vorgesehen waren, meine bürgerliche Existenz in Haasenbüttel wenigstens noch für eine gewisse Zeit zu konservieren, konnte ich jetzt vermutlich abhaken. Wieso fühlte ich mich dann plötzlich bloß so lebendig wie seit Monaten nicht mehr?

22

»Ich werde dich vernichten, du kleiner ... beschissener ... SCHEISSER, ich werde dafür sorgen, dass du in Haasenbüttel aber so was von ... von ...«

»Verschissen hast ...?«

Ich half, wo ich konnte.

Melzig ging nicht darauf ein, sondern tobte unverdrossen weiter. Das Stoffwechselendprodukt schien es Melzig wirklich angetan zu haben, so oft, wie er es in seiner Tirade aufleben ließ.

»Deine Hütte wird zwangsversteigert, du erbärmlicher Verlierer! Und danach werde ich sie abfackeln lassen wie ein Armenhaus, in dem die Pest gewütet hat, du verdammter Niemand, du wirst in der Gosse landen und in Papierkörben wühlen, wenn du mal wieder etwas fressen willst!«

Langsam wurde Melzigs Gegeifer ein wenig grenzwertig. Und immer dieses *ich werde, ich will, ich kann.* Laaaangweilig. Seit Minuten brüllte mich der Gernot Hassknecht des Haasenbütteler Hühnergewerbes nun schon an, fiebrig auf der Stelle tanzend vor Wut. Das geschwollene Gelaber, mit dem er üblicherweise seine Mitmenschen überzog wie mit einem klebrigen Puderguss, hatte heute frei. Stattdessen prollte sich Geflügelbauer Melzig durch seine Wutrede wie ein Fuhrkutscher im Gewitter. Melzig hatte offenbar wenig Erfahrung in der Frustbewältigung, es kam wohl nicht so häufig vor, dass man sich seinen Anweisungen widersetzte. Ich beobachtete seinen Wutanfall fasziniert. So viel verpuffte Energie. Und das alles wegen Doroda.

Bei dieser Vorstellung konnte ich einfach nicht ernst bleiben. Ich grinste Melzig umso breiter an, je länger und lauter der seinen

Ausbruch ausbaute. Mir war schon klar, dass mir dieses hämische Lachen noch vergehen würde. Und für mein Karma war es sicher auch nicht gut, wenn ich Melzig wünschte, an seinem cholerischen Anfall zu ersticken. Aber was sollte ich machen: Das hier war vermutlich der längste Orgasmus meines Lebens, und den wollte ich auskosten, bis ich aus dem Bett geworfen wurde. Es war verrückt, aber ich genoss diesen Moment, ich *genoss* ihn mit der vollumfänglichen Genugtuung eines dem Tode Geweihten, der ohnehin nichts mehr zu verlieren hatte. Sehr existentialistisch. Ich schaffte es sogar, die Arme vor der Brust zu verschränken und auf Melzig hinunterzublicken, als wohnte ich dem Showdown eines Chuck-Norris-Films bei. Das konnte sich jetzt noch ein wenig hinziehen, Melzig erweckte nicht den Eindruck, als ob ihm so bald die Luft ausginge. Die Kamerafritzen waren schon längst aus dem Interviewzimmer geflüchtet, auch Katta hatte sich nach dem Ende der Sendung sofort auf den Weg nach Hause gemacht, ohne auch nur mit einem ihrer Smartphones zu spielen. Bloß Langkamp kauerte noch auf dem Sofa, hoffte aber augenscheinlich, dass er von einer höheren Macht geschrumpft wurde, um nicht auch noch zum Opfer des rasenden Melzigs zu werden. Ich hörte seinem Gebrüll noch ein paar Sätze zu, doch als sich herauskristallisierte, dass da inhaltlich nicht mehr viel Neues kommen würde, machte ich dem Spuk ein Ende: »Hey, Melzig, machen Sie mal den Kopf zu! Es reicht. Ich hab's verstanden: Sie sind nicht so glücklich mit meiner Entscheidung. Da werde ich mit leben müssen. Und jetzt raus!« Da er meine Worte in seinem Furor kaum verstand, legte ich noch eine »Time Out«-Geste obendrauf. Er verstummte widerwillig.

»Was?«

»Na gut, gern noch ein zweites Mal, *Herr* Melzig. Noch gehört das Haus mir, guter Mann, und jetzt habe ich eine Botschaft für Sie: Wenn Sie nicht in 30 Sekunden vom Hof geritten sind, hetze ich Ihnen den Hund auf den Hals. Also hopp, hopp, hopp!« Das

Paulchen schaute mich zweifelnd an. Okay, da war was dran. Melzig entschied sich trotzdem, meiner Aufforderung Folge zu leisten, allerdings nicht, ohne mich auf dem Weg nach draußen weiter zu beschimpfen. Als er das Gartentor fast erreicht hatte, drehte er sich noch einmal zu mir um.

»Das wird Ihnen noch leidtun, Sie Vollidiot!«, sagte er plötzlich wieder so ruhig, als ob er mir noch einen guten Abend wünschen wollte, offenbar hatte er sich wieder unter Kontrolle. »Sie kriegen hier keinen Fuß mehr auf die Erde!«

»Ach ja?«, antwortete ich. »Da mache ich mir ja gleich in die Hosen!«

»Dann tragen Sie besser Windeln«, antwortete Melzig, »die werden Sie brauchen.« Da war er wieder, der gemeine, der sanfte Melzig. In der geifernden Version war er lustiger gewesen. Ich konnte mich nicht beherrschen, heute wollte *ich* mal das letzte Wort haben.

»Passen Sie lieber auf, dass man Ihrem Polenpuff nicht auf die Schliche kommt. Könnte ja sein, dass ich mal mit einem unserer eifrigen Ordnungshüter ins Gespräch komme . . .«

Melzig lachte auf und musterte mich. War das jetzt Überraschung oder pure Verachtung in seinem Blick?

Irgendwie hatte ich mir seine Reaktion auf meine Deichdielen-Enthüllung ein wenig anders vorgestellt.

»Sie sind ja noch viel dämlicher, als ich dachte«, sagte er mit spürbarer, echter Belustigung in der Stimme, »und glauben Sie mir, ich hatte meine diesbezüglichen Erwartungen ohnehin nicht allzu hoch geschraubt.« Er schüttelte ungläubig den Kopf, dann wandte er sich zum Gehen.

»Wir sehen uns noch.«

»Freu ich mich schon drauf!«, antwortete ich, aber das war gelogen. Ich spürte, wie sich meine gute Laune langsam schon wieder verflüchtigte. Konnte es sein, dass es Melzig wurscht war, dass sein schmuddeliges Wochenend-Vergnügen bekannt wurde?

»Prima gemacht, Stift. Punktlandung. Jetzt bist du wieder so blank wie vor der Sendung.«

Langkamp hockte auf dem Sofa wie ein Schlauchboot, aus dem man die Luft gelassen hatte.

»Glaubst du wirklich, der zieht uns den Stecker?«

Langkamp zuckte mit der Schulter.

»Wenn er es kann, macht er es. Das ist kein netter Mensch, Stift, der Typ ist ein skrupelloser Gauner. Der liest auch das Kleingedruckte in Verträgen. Ich korrigiere: Der ist für das Kleingedruckte *verantwortlich*.«

Ich nickte müde. So langsam baute ich das Adrenalin wieder ab, das in den letzten Stunden in Fontänen durch meinen Körper gestrudelt war.

»Du meinst, wir sind am Arsch?«

»Schon möglich, Stift. Was sollte das denn eigentlich mit Doroda? Hast du plötzlich gemerkt, wie sehr sie dir am Herzen liegt?«

»Quatsch, ich will dir doch nicht ins Gehege kommen, Langkamp. Ich dachte, das ist dein Beritt?«

Er machte eine wegwerfende Handbewegung.

»Schön wär's.«

Das lief wohl doch nicht so ganz reibungslos mit der guten Doroda.

»Ehrlich gesagt weiß ich's auch nicht so genau. Ich wollte einfach nicht länger in Melzigs selbstzufriedene Fresse schauen. Und ihm schien es so wichtig zu sein, dass Doroda aus dem Verkehr gezogen wurde ...«

Langkamp nickte.

»Da hast du gedacht, diesen Spaß verdirbst du ihm jetzt aber mal!«

Ich nickte. Langkamp tat es mir nach.

»Klingt vernünftig für einen Fünfjährigen.«

Womit er nicht ganz unrecht hatte. Trotzdem schien Langkamp nicht wirklich sauer zu sein.

»Du freust dich doch auch, dass dieser Pomadenschleicher mal was einstecken muss!«

»Schon, Stift, bestreite ich ja nicht. Aber so wie ich das sehe, sitzt der schmiernippelige Eiermann am längeren Hebel. Er kann uns den Saft abdrehen, wenn er das für richtig hält.«

»Und das heißt? Kann er die *Scheunenherzen* stoppen lassen?«

Langkamp lachte auf.

»Nein, DAS kann er nicht. Er kann sich allerdings weigern, die vereinbarten Sponsorengelder zu überweisen. Dann muss Telepop die Produktionskosten für die Staffel allein aufbringen. Was schwer bis unmöglich werden dürfte.«

»Weil ihr …« Ich verstand nicht, worauf Langkamp hinauswollte.

»Weil wir mit der ARD als verantwortlicher Sendeanstalt so knappe Produktionskosten kalkuliert haben, dass wir einen Hauptsponsor brauchten. Sonst hätten wir den Auftrag gar nicht bekommen. Und wenn der Hauptsponsor stiften geht, landet unser Finanzierungsmodell auf dem großen Scheiterhaufen der Fernsehgeschichte. Dann müssen wir den Sender bitten, die letzten Folgen mit deren eigenen Mitteln kurzfristig zu subventionieren, um sie zu Ende zu bringen.«

»Was die nicht machen werden?«

»Mann, Stift, schalt mal deine Birne an. Klar werden die das machen, zur Not auch mit einer sehr fetten Finanzspritze. *Scheunenherzen* läuft doch prima, die verdienen sich an der Werbung eine goldene Nase damit. Aber die sind gierig, Stift, die wollen mehr. Und deshalb werden die sich nach der letzten Folge dieser Staffel von uns trennen und Regressansprüche geltend machen. Das geben die Verträge her. Und in Zukunft werden die auch nie wieder einen Deal mit uns machen. Fakt ist: Die schmeißen uns hochkant raus. Und das spricht sich rum. Dann können wir demnächst nur noch mit Al Jazeera kooperieren oder die Sexy Clips für Sport 1 produzieren, das wär's dann.«

»Verstehe ...«

»Ach, wirklich? Wir sind 30 Leute bei Telepop, so bummelig, und wir leben von den *Scheunenherzen*. Eine Staffel pro Jahr, Stift, die füttert uns so leidlich durch. Wenn du das wirklich verstehst, warum hast du Doroda dann nicht gehen lassen? Ich hätte es doch auch getan!«

Ich zuckte mit den Schultern.

»Nicht mein Problem, Langkamp. Wenn ihr gut wärt und nicht bloß diese Brautschau für Flachwichser produzieren würdet, wärt ihr auch ohne die Melzigs dieser Welt erfolgreich. Solange ihr euch von Männern wie ihm abhängig macht, seid ihr für euern Untergang selbst verantwortlich.«

Jetzt atmete Langkamp einen Moment sichtbar durch die Hose. Offenbar konnte man ihn noch kränken.

»Okay, Klugscheißer. Wie konnte es denn dann dazu kommen, dass so ein feuilletonistisches Trüffelschweinchen wie du seine Nase plötzlich im Morast des Unterschichten-Fernsehens wiederfindet, und zwar bis zum Anschlag?«

Ich zuckte mit den Schultern, aber Langkamp übernahm auch die Antwort für mich gleich mit.

»Weil du keine Wahl hattest, Stift, weil das Leben zwar umsonst ist, aber Geld kostet, und weil es manchmal ein Drecksack sein kann, weil man hin und wieder Dinge tun muss, auf die man nicht stolz ist, aber das immer noch besser ist, als die Hände in den Schoß zu legen und darauf zu warten, dass der Herr es seinen Lieben im Schlaf gibt! Weil er das nicht tut, Stift, weil er das in den seltensten Fällen TUT!«

Meine Güte, war der sauer. Langkamp. Hätte nicht gedacht, dass er zu solch einer Rede fähig war. Und er hatte ja nicht unrecht. Das Leben war ein Drecksack. Hätte ich geahnt, dass Langkamp das genauso sah, hätten wir mal drüber reden können ...

»Weißt du, was noch blöder ist, als dem Teufel seine Seele zu verkaufen?«, fragte er mich plötzlich.

Ich zuckte mit den Schultern. Mal wieder.

»Keine Ahnung.«

Er schnaubte wütend.

»Wenn man dem Teufel seine verdammte Seele *schenkt!*«

Ich schwieg verlegen. Möglicherweise ging das an meine Adresse.

»Okay, Langkamp, ich hab's verbockt. Aber sieh's mal so: Doroda bleibt noch drei Wochen in deiner Nähe. Und der Tanz mit Melzig ist auch noch nicht vorbei. Wir finden sicher eine Lösung. Es kann gar nicht sein, dass er sein Geld einfach so zurückhalten darf.« In diesem Moment glaubte ich sogar selbst daran. Langkamp hob den Kopf.

»Was für eine Lösung?«

Diesmal zuckte ich nicht mit den Schultern.

»Wir bündeln unsere Kräfte. Aber erst mal gehen wir rüber und verabschieden Brigitte!«

Da funkelte es plötzlich aus den Augenschlitzen Langkamps. Musste die Aussicht auf ein paar Drinks sein.

»Tages Arbeit, abends Gäste! Saure Wochen, frohe Feste!«, schwadronierte er wie ein Festredner. Das war Goethe. Unglaublich. Manchmal konnte Langkamp einen wirklich überraschen ...

23

»Du kannst dir jetzt gerne was überziehen, Doroda, oder siehst du irgendwo im Raum eine Kamera?«

Ist doch wahr. Wie sollte man denn klar denken können, wenn einem die Brüste der fachmännisch umgebauten Polin ständig vor den Augen tanzten? Was zwangsläufig der Fall war, wenn sie nur von einem nicht mal halbherzig zugebundenen Seidenkittel verdeckt wurden.

»Stift, entdeckst du jetzt deine katholische Ader?« Langkamp röhrte auf wie ein Turbolader. Sein Tinnitus-Gelächter war zurück. Man musste ihn fast dafür bewundern, dass er in unserer Lage seinen Humor nicht verlor. Ihn schien die freie Sicht auf Dorodas Bindegewebe auch nach Wochen noch zu ergötzen.

»Ich kann die Dinger echt nicht mehr sehen«, log ich ihn an, »das ist sexuelle Nötigung am Arbeitsplatz.«

»Sah aber in der Zeitung ganz anders aus, Stift, da hättest du dir Dorodas Apparate doch am liebsten einpacken lassen ...« Noch mal der Turbo.

»Hallo! Irgendwer zu Hause?«, tönte es aus dem Laptop, den wir auf das Kopfende des Küchentischs gestellt hatten. »Könntet ihr zwei Spacken ein bisschen weniger ›Playboy Mansion‹ spielen, ich finde das nämlich nur so mittel!«

Langkamp und ich räusperten uns verlegen. Stimmte ja, Australien war bei unserer Vollversammlung im Klöterkamp auch mit im Boot. Um Wiedergutmachung bemüht, ergriff Langkamp die Initiative.

»Doro, mach dir den Lumpen zu!«

Doroda verdrehte die Augen.

»Hab ich heiß, Moppi, hier drin ist Luft wie in Zimmer von greise Leute.«

Das stimmte, ich neigte dazu, den Kachelofen ganzjährig zu befeuern.

»Trotzdem!«

Moppi alias Langkamp ließ da nicht mit sich handeln.

Doroda zog sich murrend den Gürtel stramm.

»Warum müss' ich hier mitten in die Nacht sitzen um Bollerofen rum, müss' ich schlafen, morgen wieder Auftritt in Fernsähn!«

»Ach sei still, wenn der Stift sich nicht für dich starkgemacht hätte, dann wärst du schon längst wieder zurück in deinem polnischen Ratzeputz und Brigitte würde uns mit einer grandiosen Pasta aufheitern!«

Am Herd hatte Brigitte wirklich eine ziemliche Lücke hinterlassen. Huhn gab es jetzt nur noch gegrillt. Ich nickte Langkamp dankbar zu. Doroda aber gab Widerworte.

»Heimatstadt heißt sich Raciborz, du *głupek*, kannst du dir nicht merken eine mal?«, antwortete sie trotzig. »Außerdem ich geh' nicht zurück zu Hause, sowieso. Will ich werden deutsche Fernsehstar, so wie diese Kätzchen, diese Frau mit Strich auf Augen, wie sie heißt?«

»Daniela Katzenberger?«

Doroda nickte. Genau. »Kätzchenberger, ist oft in Fernsehen, hat schon Kneipe auf Mallorca, ist sich großer Star!«

Man müsste vielleicht mal mit Doroda über die Definition von *großer Star* sprechen. Aber nicht mehr heute Abend. Da hatten wir Besseres vor. Wir brauchten dringend ein paar Ideen, um unseren Untergang zu verhindern.

Ich hatte Langkamp und Doroda gebeten, sich um Punkt Mitternacht am Küchentisch bereitzuhalten. Da war es in Sydney schon zehn Uhr morgens. Ich wollte Anna unbedingt dabeihaben. Zum einen, weil es eben Anna war und weil ich jeden Vorwand nutzte, um sie nicht aus den Augen zu verlieren. Zum andern, weil sie möglicherweise *wirklich* helfen konnte. Anna hatte einen guten Draht zu Grütze. Vielleicht konnte sie den Spaßbauern ja davon überzeugen, uns mehr Informationen über Elmars Verhältnis zu Melzig zu verraten.

»Leute, jetzt alle mal Silentium für einen Moment, wir müssen ein paar Fragen klären.«

Doroda und Langkamp blickten mich erwartungsvoll an, auch Anna schwieg.

»Warum war Melzig den bloß so wild drauf, Doroda vom Hof zu haben?«

Langkamp zuckte mit den Schultern.

»Haben wir uns auch schon gefragt.«

»Und, Antworten?«

Langkamp schüttelte den Kopf. Keine.

»Du hast Melzig vor den *Scheunenherzen* noch nie irgendwo getroffen?« Das ging an Doroda.

»Mann mit Kleberhaar? Ależ *nie*, kenn ich diese Mann nicht, hätte ich bemerkt mir in Kopf!«

»Aber die Deichdiele ist doch angeblich in Wirklichkeit Melzigs Laden? Wie genau lief das da ab, als du von Langkamp eingeladen worden bist?«

»Mann, Stift, das habe ich doch schon erzählt«, unterbrach Langkamp, »soll ich's dir aufmalen?«

»Wiederhole es noch mal, nur für Anna, die ist ja bisher noch nicht in den Genuss deiner Heldentaten gekommen.«

Langkamp seufzte, möglicherweise war ihm das ein klein wenig peinlich.

»Ich hab Melzig auf seinem Hühnerhof getroffen, um mit ihm ein paar Dinge für die Sendung zu besprechen ...«

»Du meinst, du hast Anweisungen von ihm entgegengenommen ...«, unterbrach ich.

»Das ist doch jetzt egal, Stift. Jedenfalls hat mir Melzig bei unserer Verabschiedung eine Einladung in die Hand gedrückt, noch für denselben Abend, für so eine Art *Party* in der Deichdiele. Das war an dem Tag, an dem ich dem Stift die Fotos von unseren ursprünglichen Kandidatinnen gezeigt hatte ...«, wandte er sich nun direkt an Anna.

»Dem Stift?«, erkundigte sich Anna.

»Naja, also Alvy«, stellte Langkamp klar.

»Und da ich dem Stift ... ähm ... also ALVY ja versprochen hatte, nach einer Einwechselspielerin für seine Hütte Ausschau zu halten, dachte ich, Langkamp, geh doch da mal hin, vielleicht triffst du ja so eine Landpomeranze, die sich für ein paar Wochen auf ARD-Kosten durchfüttern lassen will.«

»Aha. Und weiter?«

»Naja, in der Deichdiele habe ich dann Doroda kennen gelernt und sie von den *Scheunenherzen* überzeugen können ...«

»Landpomeranzen waren wohl keine da?«, fragte Anna ironisch. Auch Doroda und ich lachten auf.

»Gut, *Herr* Langkamp, und jetzt mal zum Mittelteil. Was genau war das für eine *Party* in der Deichdiele?«

»Sie können Dietmar zu mir sagen«, schnurrte Langkamp meine Gattin an, aber die ließ sich nicht beirren.

»Na dann, *Dietmar*: Was genau *war* das für eine Party?«

Langkamp blickte zur Decke.

»Also nun, ich würde sagen, sehr exklusiv, Eintritt nur mit Einladung, die Herren im Anzug, feines Essen, doch, im Prinzip eine sehr gediegene Festivität ...«

Er hörte sich an wie der Gastrokritiker vom *Elmshorner Kreisboten*.

»Mann, Langkamp, komm mal auf den Punkt.« Das war ja beinahe putzig, wie er vor Anna um den heißen Brei herumredete. Bei mir hatte sich seine Story noch ganz anders angehört.

»Du hast Doroda ja wohl kaum mit deinen geistreichen Bemerkungen über den Verlauf der Oder-Neiße-Grenze charmiert.«

Wieder lachte Doroda auf.

»Wahrheit ist, Moppi hat mir eine Menge *forsa* in die Slip gesteckt, erst paar Scheine, dann später mehr noch.«

Sie giggelte wie eine Vierzehnjährige nach dem ersten Eierlikör.

»Mensch, Doroda, das ist doch jetzt nicht nötig.«

Schon fast wieder süß, wie verlegen Langkamp werden konnte. Er blickte wieder zu Anna hinüber.

»Ich hatte mich da gleich ein wenig in die Doroda ... also ... verguckt, wie man so sagt ...«

Jetzt lachte Doroda noch lauter.

»Er hat glotzen gemacht wie Augen von Kuh!«, rief sie Anna zu. »Ganze Abend nicht von mein Tanzetisch weggegangen.«

»Doroda!«

Langkamp heulte auf vor Verlegenheit.

»Mensch, Dietmar«, schnarrte mein resolutes Weib ihn aus der Blechkiste an, »jetzt hab dich mal nicht so. Uns allen hier am Tisch ist klar, dass Melzigs Abendveranstaltungen in der Deichdiele ein Mix aus Swinger Club und Karneval sind. ›Eyes Wide Shut‹ in Schleswig-Holstein. Es geht nicht darum, dich wegen deiner Hurerei ans Bein zu treten – sorry, Doroda –, wir wüssten nur gern, inwieweit Melzig da mit drinsteckt.«

»Ich nix Hure!«, fiel Doroda Anna ins Wort. »Ich bloß Tänzerin! Bisschen Lapdance an Stangge, ja, aber nix mitgähn auf Speicher!«

»Okay, Doroda, das tut jetzt nichts zur Sache ...«

»Nur tanzen, verstähn, Moppi, sag du deine Leute, dass ich mache kein Bunga-Bunga für Geld.«

Langkamp hob beschwichtigend die Arme.

»Natürlich, Doro, das wissen wir doch, keiner hier hält dich für eine ... ähm ... eine Prostituierte.«

Naja, darüber würde ich an seiner Stelle aber noch mal ein paar Takte nachdenken.

»Können wir mal kurz bei der Sache bleiben«, schaltete sich

wieder Anna ein, »was hat denn nun Melzig mit diesen »zügellosen Partys zu tun?«

»Unser Dorfschreiber Kliemann behauptet, dass er dahintersteckt«, antwortete ich, »Elmar sei nur der Strohmann.«

»Das hat er gesagt?«

»Nicht direkt gesagt . . . Er hat es angedeutet.«

Ich dachte an die Speisekarte mit dem GluckenGlück-Aufdruck und Kliemanns fieses Grinsen. Das konnte ich nicht missverstanden haben.

»Und du hast die Einladung von Hühnerbaron Melzig persönlich bekommen?«

Langkamp nickte.

»Hat er mir so gönnerhaft zugesteckt wie ein Trinkgeld.«

»Er selbst war dann am Abend gar nicht da?«

Langkamp strich sich nachdenklich über die zurückgegelten Haare und schüttelte den Kopf.

»Nein, nicht dass ich wüsste.«

Doroda keckerte wie ein Rabe.

»Moppi, hättest du nicht mal gesehen Elefant in Tanga, so wie du auf Mopsis glotzen gemacht hast.«

»Ach *Klappe*, Doroda, er war nicht DA! Und du sagst ja selbst, dass du ihn vor der ersten Sendung der *Scheunenherzen* noch nie gesehen hast.«

»Wer hat dich denn für den Abend gebucht?«

»War Freundin von mir aus Polen, egal.«

»Hat dich ›Freundin aus Polen‹ schon häufiger in die Duhnsche Wildnis bestellt?«

Doroda zuckte mit den Schultern.

»Schon paar Mal so gekommen, warum?«

»Doroda, wir sind nicht das Finanzamt, sag einfach, was du weißt!«

»Freundin hat gesagt, ich besser nichts sprechen über Engagement in Diele. Sonst Ärger.«

»Was für Ärger? Und mit wem sprechen?«

»Wie soll ich wissen, hab ja nichts gesagt, mit niemand, also KEIN Ärger.«

Dorodas Argumentation bestach durch eine gewisse Logik, das musste man ihr lassen. Ich versuchte es mal anders.

»Wie bist du denn überhaupt hergekommen?«

»In Diele?«

»Genau.«

»Mit kleine Bus. Hat uns Fahrer abgeholt immer Donnerstagnachmittag in *Euphoria Striptiz Club* in Kattowice.«

Das war wohl ihr normaler Arbeitgeber ...

»Kleine Bus? Wie viele wart ihr denn?«

»Immer so zehn, zwölf Frauen.«

»Alles ... ähm ... Tänzerinnen?«

»Nicht alle für tanzen. Auch *prostytutka* dabei, Frauen für später ficken auf Speicher.«

»Verstehe. Und wer hat *dich* bezahlt?«

»Freundin aus Polen.«

Schon wieder die ominöse Freundin aus Polen.

»Hat die auch einen Namen?«

»Olga.«

»Und weiter?«

Doroda blickte an mir vorbei.

»Ist egal für mir. Zahlt mich gut für Go-Go, mehr ich gar nicht wissen will.«

Hier kam ich offenbar nicht weiter.

»Langkamp? Ist *dir* an dem Abend irgendwas aufgefallen?«

Langkamp grinste blöd.

»Außer Dorodas Titten, meine ich.«

»Nö, eigentlich nicht, Stift, war 'n unspektakuläres Bild. Bloß eine auf schick gemachte, enge Kellerbar, in der ein paar Landjunker auf nackte Haut speichelten. Gibt's in der Großen Freiheit auf dem Kiez hübscher.«

»War denn keiner da, dem du deine Einladung zeigen musstest?«

»Doch, sicher, draußen vor der Deichdiele stand so ein Meister Propper, braun gebrannt und so breit wie ein Büffel.«

»Pole?«

Langkamp schüttelte den Kopf.

»Weiß ich nicht, Stift, geredet hat der nicht.«

»Habt ihr euch in der Gebärdensprache verständigt, oder was?«

»Mensch, Stift, der Typ hat mir meine Einladung abgenommen und ein paar Zentimeter Platz gemacht, da habe ich drauf verzichtet, ihm von meinem schweren Tag zu erzählen.«

Langkamps und Dorodas Informationen waren nicht gerade besonders erhellend. Warum ließ Melzig Frauen aus Polen anreisen? Kattowice lag rund 900 Kilometer entfernt. Ein paar willige Tanzmäuse hätte er sicher auch auf St. Pauli gefunden.

»Könnt ihr nicht am Freitag mal zusammen in der Deichdiele vorbeischauen?«, schlug Anna vor. »Vielleicht findet ihr ja raus, wer der Chef der ganzen Veranstaltung ist und was dahintersteckt.«

»Das wird eng«, antwortete Langkamp, »an dem Schädel vor der Tür kommen wir nicht vorbei.«

»Und Melzig wird uns jetzt ja keine Einladung mehr in die Hände drücken, vermute ich . . .«

»Kannst du da was arrangieren?«, wandte ich mich an Doroda. »Vielleicht über deine *Freundin* Olga?«

Doroda schüttelte den Kopf.

»Hab ich nicht ihre Nummer, fragt sie immer in *Euphoria Striptiz Club* in Kattowice, ob ich will kommen nach Deutschland in Diele. So das lauft.«

»Du hast nicht mal die Telefonnummer von deiner Freundin vorrätig?«

»Naja, ist nicht gute Freundin, ist Business.«

»Ich hab eine Idee«, meldete sich Anna wieder live aus dem Mac zu Wort.

»Grützes Bruder kümmert sich doch bestimmt um die Kellner, oder werden die auch aus Polen eingeführt?«

Doroda schüttelte den Kopf.

»Sind Säufer von hier.«

Wenn das die Jungs waren, die ich bei meinem Ausflug in der Deichdiele getroffen hatte, war der Service beim polnisch-deutschen, Rudelbums erbärmlich, so viel war sicher. »Vielleicht kann der dich ja für einen Abend als Kellner einschleusen, Alvy?«

»Den Stift?«

Langkamp lachte auf. »Den kennt doch jetzt jeder aus Film & Fernsehen ...«

»Nicht, wenn man ihn ein wenig verändert ... Außerdem ist es doch dunkel da drin, hast du doch selbst gesagt, Dietmar?«

Anna war nicht zu bremsen. Ob Hoteleröffnung oder Puffspionage – solange sie ein *Projekt* organisieren konnte, war sie eine Traumbesetzung.

»Ich spreche mit Grütze. Ich soll ihm ja ohnehin mal auf den Zahn fühlen. Damit schlagen wir zwei Fliegen mit einer Klappe: Er verrät uns, was mit Melzig und seinem Bruder los ist, und er macht uns den Kontakt zu Elmar. Wie klingt das?«

Niemand im Klöterkamp sagte ein Wort. Begeisterung sah anders aus. Andererseits: Wenn wir irgendwas unternehmen wollten und nicht einfach nur abwarten, bis Melzig uns das Licht ausschoss, hatten wir keine andere Wahl.

24

Wenn es stimmt, dass man dem Leben immer um ein Glas Whisky voraus sein sollte, dann konnte es mir in den nächsten Stunden nichts mehr anhaben. Vielleicht war Alkohol ja doch eine Lösung? Ich prostete Doroda zu.

»Na zdrowie!«

Doroda winkte ab.

»Mir jätz genug, muss ich gut aussehen morgen vor Kamera.«

Ich blickte zu Waltraud hinüber.

»Prost?«

Sie schaute mich ängstlich an.

»Lieber nicht, Alvy. Ich schlaf doch immer so schlecht, wenn ich was getrunken habe.«

Meine Güte. Ich lebte mit zwei Langweilerinnen zusammen. Dass mir ausgerechnet mal Langkamp fehlen würde, hätte ich auch nicht für möglich gehalten. In seiner Gesellschaft würde ich jetzt sicher nicht allein weitertrinken müssen. Er war nach Berlin einbestellt worden, ins Hauptquartier von Telepop. Sein Chef wollte ihn dringend sehen. Keine gute Nachricht. Offenbar hatte Melzig schon angefangen, erste Brandbomben abzufeuern. Ich hoffte, dass es Langkamp nicht gleich seinen Kopf kosten würde.

»Sag mal, Doroda. Was ist das eigentlich mit dir und Langkamp?«

Sie schaute mich erstaunt an.

»Was soll sein? Moppi mich gemietet für Fernsehen.«

»Engagiert, nicht gemietet.«

»Egal, selbe Geld.«

Sie zuckte mit den Schultern.

»Mehr läuft da nicht zwischen euch?«

»Bist du neugierig, *chłopak*, was interessiert dich?«

Wusste ich auch nicht. Musste der Alkohol sein. Machte einen wohl sentimental.

»Ich mein' ja bloß. Weil Langkamp dich offenbar wirklich gern hat, wie ich das sehe.«

Doroda schwieg und starrte ins Feuer des Grills, das wir heute nach den Dreharbeiten im Garten hinter dem Haus entfacht hatten. Schleswig-Holstein hatte sich wohl selber satt, heute gab es am Abend noch etwas Wärme zu den Mücken und Fledermäusen. Waltraud hatte mit Brigitte telefoniert und sich das Rezept für eine neue Hühnchen-Zubereitung besorgt. Ein Wunder, dass Brigitte immer noch ein paar Varianten einfielen. Diese hier war besonders schmissig. Die Hühner ritten wie Jockeys auf zwei Bierbüchsen, die Waltraud vorher zur Hälfte mit Rotwein gefüllt hatte. Das sah auf dem Grill einigermaßen bizarr aus, schmeckte aber hinterher ausgesprochen gut. Ein Hoch auf die Freundschaft oder was immer auch Waltraud und Brigitte verband. Brigittes neues Rezept musste ich mir merken, für den Fall, dass es hier im Klöterkamp noch viel zu grillen geben würde. Viel Hoffnung hegte ich da nicht.

Wann hatte ich eigentlich damit angefangen, so viele falsche Entscheidungen zu treffen? Das kurze Triumphgefühl, das sich nach meiner Rebellion gegen Melzig vor der Kamera eingestellt hatte, war längst weitergezogen. Stattdessen zweifelte ich jetzt endgültig an meinem Verstand. Warum hätte ich die letzten Wochen nicht einfach durchstehen, das Geld nehmen und die Klappe halten können? Wäre vermutlich vernünftiger gewesen. Hätte mir ein paar Monate Galgenfrist im Klöterkamp beschert. So wie es im Moment aussah, würde meine Bank spätestens in zwei, drei Monaten den roten Knopf drücken. Frau Dutziak von der Bank war heute wieder auf meiner Mailbox gewesen. Sie klang besorgt. Ich solle sie mal zurückrufen. Ich mochte sie, ohne Frau Dutziak hätte ich nie darüber nachgedacht, mir ein Haus hier draußen in Haasenbüttel zu kaufen. Sie hatte mir damals den Unterschied von Miet- und Kreditzahlungen erläutert. Ich hoffte, dass sie jetzt nicht die Nerven verlor, wenn sie auf mein Konto blickte. Vielleicht würde ich morgen zurückrufen. Vielleicht aber auch nicht. Kam auf meine Laune an. Und darauf, was Katta sich diesmal für Spielchen für uns ausdachte. Heute hatte ich abwechselnd mit Waltraud und Doroda Rumba tanzen müssen, mit einer Orange zwischen unseren Köpfen. Mir schmerzte immer noch der Rücken. Noch zwei Wochen, dann würde auch diese Staffel der *Scheunenherzen* vergessen sein. Und ich vermutlich immer noch so pleite wie vorher, aber darüber hinaus auch noch allein. Eine Erfolgsgeschichte war das nicht.

Trotzdem musste ich zugeben: Die Tage im Klöterkamp verrannen in der letzten Zeit so schnell wie Urlaubstage am Strand von Mallorca. In meinem Haus hatte sich eine Routine entwickelt, die sich gar nicht so schlecht anfühlte, wenn ich ehrlich war. Waltraud und ich kümmerten uns um die Tiere. In der Hinsicht war sie ein Naturtalent: Sie hatte keine Scheu davor, ordentlich anzupacken, selbst die beiden Skudden entwickelten mit der Zeit eine gewisse Sympathie für Waltraud, sie versuchten kaum noch, sie zu Boden zu schubsen. Dabei waren die Viecher gefährlich, ich wagte mich nur in den Käfig hinein, wenn es unbedingt sein musste. Marvin und das Paulchen fraßen Waltraud schon aus der Hand, was ich im Hinblick auf Annas Rolle im Leben unseres Hundes ein wenig irritierend fand. Loyalität schien nicht gerade Paulchens Stärke zu sein, so wie er sich bei Waltraud anwanzte. Aber vielleicht fehlte ihm auch nur ein wenig Körperkontakt. Von Waltraud konnte er das alles haben, im Übermaß.

Selbst Doroda gab sich Mühe, am Leben unserer kleinen Fernseh-WG teilzunehmen. Sie half manchmal in der Küche und suchte die Musik aus, mit der sie den Hof beschallte. (Sie stand auf die Dixie Chicks.) In den Ställen aber rührte sie nach wie vor keinen Finger. Am meisten half sie uns auf andere Weise: Sie lungerte nicht mehr am Zaun des Klöterkamps herum und zog vor den angereisten Fans nicht mehr blank. Ihre vertraglich festgelegte Showtime war offenbar abgelaufen. Und freiwillig – das heißt kostenlos – dachte Doroda gar nicht daran, sich nackt zur Schau zu stellen. So reisten von Tag zu Tag weniger Besucher nach Haasenbüttel. Dorodas unverhüllter Körper war inzwischen in allen Käseblättern der Republik zu sehen gewesen, in allen Posen und Perspektiven, womöglich mehr und häufiger, als den meisten Menschen lieb war. Dorodas 15 Minuten Ruhm hatten ihren Höhepunkt überschritten. Ich sah schwarz für ihre Karriere als *Kätzchenberger.*

Und es gab noch jemanden, dessen Stern seit Tagen unaufhörlich sank. In ihrem Fall kam ihr das allerdings sehr gelegen: Käthe Obgenoth hielt ihren Laden weiterhin eisern geschlossen. Ich hatte keine Ahnung, wie sie ohne die Einnahmen ihres Gebäcks über die Runden kam, aber anscheinend versteckte sie sich lieber, bevor sie sich von ihren »Fans« noch weiter veralbern ließ. Ihr Lappen geriet im Rest der Republik langsam wieder in Vergessenheit. (Mit Ausnahme von Haasenbüttel, wo man Käthes Gebäck wirklich schmerzlich vermisste.) Der Fernseh-Hype ließ also nach, es wurde wieder ruhiger in meinem Heimatdorf. Ich war der Letzte, dem diese Entwicklung missfiel.

An einer Front allerdings war es mir ein wenig *zu* ruhig geworden. Meine Versuche, mit Anna zu skypen oder sie per Mail zu erreichen, waren in den letzten beiden Tagen erfolglos geblieben. Ich wusste, dass sie in Sydney eine Menge zu tun hatte. *Soft Opening*, das hieß, dass die Disponenten aus den wichtigsten Reisebüros und die Lifestyle-Journalisten aus aller Welt anreisten, um sich das neue Fünf-Sterne-Haus mal aus der Nähe anzusehen. Ein paar Wochen später würden sie dann darüber berichten, was alles nicht funktioniert hatte. Annas Job war es, den Schaden zu begrenzen und vor allem die notorischen Freibiergesichter der Presse bei Laune zu halten. Es gab im Grunde keine undankbarere

Bande als Reisejournalisten. Sie jetteten um die Welt, lebten in den schönsten Hotels und man las ihnen jeden Wunsch von den Augen ab. Zufrieden waren diese missmutigen Kapeiken trotzdem nur selten. Annas Job hätte ich nicht haben wollen.

Anna hatte versprochen, sich zu melden, nachdem sie Kontakt mit Grütze aufgenommen hatte. Ungewöhnlich, dass sie sich nicht daran hielt. Wenigstens eine kleine Wasserstandsmeldung hatte ich erwartet. Das war doch sonst nicht ihr Stil. Langsam machte ich mir Sorgen. Ich wählte Grützes Nummer. Beim zweiten Klingeln nahm er das Gespräch an. Zum Glück gehörte er nicht zu den Landmännern, die nach der Tagesschau ins Bett gingen.

»Jo?«

»Hey, Grütze, hier Alvy. Ich frage mich, ob Anna dich vielleicht mal angerufen hat.«

»Und?«

»Was und?«

»Was kommt da für 'ne Antwort bei raus?«

»???«

Stille.

»Grütze?«

»Am Apparat.«

»Sollte das ein Witz sein?«

»Jo.«

»Hab ich nicht verstanden.«

»Ich merk's grad.«

»Können wir noch mal von vorne anfangen?«

»Jo, wenn du willst.«

»Grütze – hast du was von meiner Frau gehört?«

»Die, von der du getrennt lebst, weil du ein Hundsfott bist, ein blöder?«

»Genau von der.«

»Jo.«

»Und was genau, wenn ich fragen darf?«

»Warum fregst du sie nich' selbst, wenn es dich so brennend interessiert?«

»Ich erreiche sie nicht, schon seit zwei Tagen. Wann hast du sie denn gesprochen?«

»Gestern.«

»Aha.«

»Jo.«

»Und?«

»Geht ihr gut. Ist heiß da in Australien. Also für mich wär' das nix.«

»Und sonst so?«

»Tja, nun. Meistens macht sie Reklame für das Hotel und morgens schwimmt sie im Meer.«

So kam ich nicht weiter. Offenbar hatte Anna nichts aus Grütze rausgekitzelt. Dieser störrische Hund.

»Okay, Grütze, vielen Dank, du hast mir wirklich sehr geholfen.«

Grütze war wie die meisten seiner Mitbürger in Haasenbüttel nicht sehr empfänglich für Zwischentöne. Was gesagt wurde, war auch so gemeint. Vermutlich knauserte man im Norden deshalb so mit Worten. Risikovermeidung. Ironie spielte hier jedenfalls in der gleichen Liga wie Quantenphysik.

»Hab ich gern gemacht, Alvy.«

Verarschte mich dieser Zwerg im Holzfällerhemd jetzt etwa? Waltraud und Doroda hatten sich bereits in ihre Gemächer verabschiedet. Waltraud legte sich meistens zu Marvin und dem Paulchen in den Stall, immerhin hatte sie dort Brigittes überflüssige Matratze deponiert. Na prima. Auf mich wartete jetzt noch eine Runde Küchendienst solo. Half ja nix.

»Tschüs, Grütze.«

»Jo, auch tschüs.«

Ich wollte das Gespräch schon wegdrücken, da meldete sich Grütze noch einmal.

»Alvy, bevor ich das vergessen tu. Ich soll dir noch was verzählen.«

»Ach ja, von wem denn?«

»Von wem? Da verstehe ich die Frage schon mal nich'.«

»Okay, Grütze, ich versuche es anders: WAS sollst du mir sagen?«

»Was Elmar mit Siggi Melzig zu tun hat.«

Ich traute meinen Ohren nicht.

»Das sagst du mir jetzt erst?«

»Hast ja nich' danach gefragt.«

Plötzlich war ich wieder hellwach.

»Hat Anna dich drum gebeten, was?«

»Jo.«

Wann hatte der Blödmann denn vor, mir das zu sagen?

»Also spuck's aus, Grütze, was haben Melzig und dein Bruder da gemeinsam laufen?«

»Komm morgen um acht zum Frühstück auf den Lindenhof. Ist 'ne längere Geschichte.« Damit legte er auf.

Endlich kam Bewegung in die Sache.

25

Ich hockte schon seit einer halben Stunde auf heißen Kohlen, aber Grütze kümmerte das nicht. Er hatte gleich zwei Flaschen seiner selbst gemachten Zitruslimo auf den rustikalen Holztisch vor den Heuschober gestellt, an dem er mich empfangen hatte. Konnte also länger dauern. Das hier war sein Lieblingsplatz. Von hier aus hatte man den perfekten Überblick auf den verträumten Streichelzoo, den Grütze seinen Hof nannte. Immer wieder erstaunlich, wie ein Fünfjähriger im Körper eines erwachsenen Landwirts überleben konnte.

Grütze hatte sich tatsächlich entschlossen, über Elmar zu sprechen. Ich wusste nicht, womit Anna ihn geködert hatte, doch es musste was ganz Großes sein. Grütze ließ durchblicken, dass er hier nicht aus eigenem Antrieb, sondern nur ihr zuliebe die Hosen runterließ. Aber eines wusste ich sehr wohl: Bei einem knurrigen Holsteiner, der üblicherweise mit 50 Wörtern am Tag über die Runden kam, konnte eine *offizielle* Unterredung etwas länger dauern. Dabei hatte ich eigentlich gar keine Zeit ... Im Klöterkamp wartete schon Katta mit ihren Kamerafritzen darauf, dass ich mit Waltraud in eine große Zinkwanne stieg und Loriot nachturnte: »Lassen Sie das Hängebauchschwein zu Wasser!« Kein Witz. Marvin sollte mit uns zusammen in eine absurde Monsterwanne steigen, die Katta extra aus einem Verleih für Filmzubehör ausgeliehen hatte. Die Idee, ein Hängebauchschwein mit einem Schaumbad zu überraschen, kam mir ein wenig gaga vor. Doch immer noch besser, als ohne Hemd und ohne Höschen öffentlich mit Doroda zu planschen. Das wäre Kattas Alternative gewesen: »Süß oder sexy, das kannst du dir aussuchen!« Da war Marvin das kleinere Übel. Ich hatte Katta versichert, so schnell wie möglich wieder zurück zu sein, doch wenn ich die Lage hier auf dem Lindenhof richtig einschätzte, redete sich Grütze langsam warm. Vielleicht konnte Waltraud das Fernseh-Bad mit Marvin solo über die Bühne bringen?

Grütze war gerade mit den Höhepunkten seiner Weltreise durch, die er nach dem Abi gemacht hatte. Seine Augen leuchteten, als er von Gambia, Südafrika, Bali oder Neufundland erzählte. Er hatte sich als Handwerker und Feldarbeiter auf allen fünf Kontinenten durchgeschlagen, die kuriosen Stempel in seinem Reisepass bewiesen es. Mit seiner Rückkehr nach Deutschland war der Pionier in ihm allerdings gestorben. Grütze galt in Haasenbüttel als überzeugter Zuhausebleiber. Er besuchte im Sommer einen Freund in Bulgarien und interessierte sich für Wanderzirkusse in Irland, das war es aber auch schon mit seinen touristischen Ambitionen.

»Und du vermisst es jetzt überhaupt nicht mehr, fremde Länder kennen zu lernen?«

Grütze schüttelte den Kopf.

»Ich hab in drei Jahren 34 Länder betourt. War nirgendwo so wie hier in Holstein. Am Ende wollt' ich bloß no to hus!«

Es schien, als hätte sich Grütze für den Rest seines Lebens einen ausreichenden Vorrat an exotischen Eindrücken angelegt.

»Zurück auf dem Hof tat sich da nu ein Problem auf«, sagte Grütze, »es gab da so ein Bauernopfer . . .«

Machte er diesen Witz mit Absicht? Konnte man bei ihm nie so genau sagen.

»Elmar, mein zwei Jahre jüngerer Bruder. Er sollte ja eenerdags den Hof vom Vatter übernehmen. Rechnete ja keener damit, dass ich nach Haasenbüttel torüchkommen würde.«

Ich wusste schon von Anna, dass Elmar nicht annähernd so umtriebig und gewitzt wie sein Bruder war. Doch von Grütze erfuhr ich nun, dass sich zu seiner eher durchschnittlichen Begabung ein Hang zur lässlichen Lebensart gesellte und, wie Grütze es ausdrückte, »ein gewisser Hang zum Primitiven«. Damit war gemeint, dass sich Jungbauer Elmar in der Gesellschaft der Elmshorner Dorfschläger und Trunkenbolde am wohlsten fühlte. Mit 21 Jahren hatte Elmar bereits ein paar Monate in einem Jugendknast abgesessen. Man hatte ihn für kleine Diebstähle, Prügeleien (bei seiner Größe, Respekt!) und ein paar erbärmliche Betrügereien dranbekommen. Nichts Wildes, aber in der Masse ausreichend, um nicht mehr mit Bewährung davonzukommen, sondern mal eine Zeit auf Staatskosten untergebracht zu werden. Die Aussicht, später einmal der Großbauer auf dem Hof zu werden, war während dieser Zeit die einzige Perspektive in seinem Leben gewesen. Und die brach zusammen, als sein Bruder Grütze plötzlich wieder in Haasenbüttel auftauchte.

»Ich bot ihm an, zu blieven«, sagte Grütze, »doch mein Plan mit dem Hof hat ihm nech so recht getaugt.«

Das allerdings konnte man Elmar vor 27 Jahren (!) wirklich nicht zum Vorwurf machen. *Niemand* in der weiteren Umgebung von Haasenbüttel hatte genug Phantasie, um zu glauben, dass Grützes Eventbauernhof funktionieren könnte. Als Erstes hatte Grütze alle seine Rinder und Schweine verkauft, anschließend verpachtete er den Großteil der Wiesen und Äcker an die umliegenden Bauern. Er restaurierte die leeren Ställe und baute seinen Heuschober um, legte einen großen und einen kleineren Teich an, kaufte ein paar Ponys, Enten, Gänse, Heidschnucken, sogar ein steinaltes Dromedar sowie zwei liebestolle Zwergesel und verteilte das Getier auf die frei gewordenen Ställe und Gewässer. Zum Prunkstück des Hofes wurde ein Hühnerhaus aus buntem Holz, in dem knapp 100 Hühner in einer »Westernstadt« angesiedelt wurden, mit Tränken in alten Whiskyfässern und quietschenden Lamellen-Eingängen im Saloon-Stil. Offenbar hatten Hühner Grütze schon immer inspiriert.

Sein Hühnerhaus war vor ein paar Jahren abgebrannt und nie wieder aufgebaut worden. Wiederholungen langweilten Grütze.

Inzwischen beanspruchte nur noch Glamour-Huhn Cosima ihre Villa, der Rest der Hühner begnügte sich mit einem konventionellen Gehege.

Damals ließ Grütze auch die Stallungen und das große Tor seines Schobers in Pop-Art-Farben von ein paar Waldorfschülern anmalen, hauptsächlich Ornamente und Muster in Rot-, Orange- und Gelbtönen, die man wohl als Vorläufer des klassischen Arschgeweihs bezeichnet hätte, wenn der Begriff zu jener Zeit schon existiert hätte. Ein Jahr lang ließ er keinen Stein auf dem anderen, bis er schließlich den Umbau des Hofes für beendet erklärte. Danach trommelte er die Lokalpresse zusammen und präsentierte sein Gut als Event-Bauernhaus mit integriertem Streichelzoo und einem kleinen, feinen Hotelbetrieb. Seine Gäste konnten entweder in urigen Alkoven in den ehemaligen Schweineställen oder in zwei kleineren Show-Stadeln im Stroh übernachten. Vor einem davon saßen wir gerade. Niemand hatte so etwas zu jener Zeit schon einmal gesehen. Und niemand konnte sich vorstellen, dass die Welt so etwas brauchte.

Und was passierte? Schon nach wenigen Monaten fuhren in Haasenbüttel Busse mit Touristen vor, nur um einen (kostenpflichtigen) Blick in das Bauernwunderland zu werfen, das Grütze erschaffen hatte. Kein Landwirt in der ganzen Region erreichte Grützes Umsätze. Und kein Bauer in ganz Deutschland hatte so viel Spaß (und so wenig richtige Arbeit) wie er.

Im Laufe der Jahre baute Grütze mehrfach um, kaufte bunte Zirkuswagen hinzu, errichtete die bereits bekannte Saunahütte und füllte den Hof mit immer mehr, zum Teil exotischen Tieren. Jedenfalls für Schleswig-Holstein. Erst als der Lindenhof aus allen Nähten zu platzen drohte, richtete Grütze seinen Tatendrang auch auf »aushäusige« Projekte. Trecker-Rallys, umgebaute Tankstellen, mobile Scheunen für Country-Events, Rinder-Bingo – irgendeine schräge Idee hatte Grütze eigentlich immer in der Pipeline.

»Wieso hast du hier eigentlich keine Frau?«

Darüber hatte ich so richtig noch nicht nachgedacht, aber wenn ich mich auf Grützes Hof umschaute: totaler Männerüberschuss. War eine naheliegende Frage. Seit Jahren schon beschäftigte er Kasimir und Romanski, zwei ehemalige Zirkusleute, die er im polnischen Oppeln zusammen mit einem halbblinden Tanzbär aufgestöbert und nach Haasenbüttel mitgebracht hatte. *Brombeer* war längst in die ewigen Jagdgründe eingegangen, aber Kasimir und Romanski gehörten zum Inventar des Hofes. Sie hatten sich einen alten Schuppen ausgebaut, betreuten tagsüber die Tiere und tranken nachts selbst gebrauten Kartoffelschnaps. In ihrem Badezimmer stand der ausgestopfte Brombeer und diente als Handtuchhalter. Gute Männer. Ihnen musste niemand erklären, wie man mit einem Dromedar, einem alten Zirkuspferd oder einem zahmen Dachs klarkam. Neben den beiden Polen beschäftigte Grütze noch ein paar Feldarbeiter aus der Gegend, ehemalige Knechte und Handwerker, die auf dem normalen Arbeitsmarkt niemand mehr brauchte. Selbst für den Putzdienst im Haus verzichtete Grütze auf weibliche Hilfe – das alles erledigte er lieber selbst.

»Sag schon, Grütze, was hast du gegen Frauen auf dem Hof?«

»Hatt ich doch 'ne Deern da. Die ist aber nach Australien ausgebüchst.«

»Witzig, Grütze.«

»Is' doch wahr. Hier draußen war Anna zuletzt öfters als bei dir, Muffelkopp. Denk man drüber nach.«

Konnte es sein, dass mir Grütze als knurriger Schweiger besser gefallen hatte? Er nahm einen kräftigen Schluck aus der Limo-Pulle. Das Thema Frauen behagte ihm nicht.

»Sag schon, Grütze, was ist da los mit dir und den Weibern?«

Der Spaßbauer schluckte, entschied sich dann aber, heute ausnahmsweise auch mal auf übergriffige Fragen zu antworten.

»Ach, Alvy – ich hev noch keen Deern gesehen, die sich mit all dem Viechzeuch abgeven will.«

Hörte ich da einen wehmütigen Unterton?

»Verstehe.«

Plötzlich hatte ich eine Idee … Was geschah eigentlich mit Waltraud und meinen ganzen Pflegetieren, wenn das große Finale der *Scheunenherzen* gelaufen war? Waltraud müsste wohl wieder zurück zu ihren Eltern. Und die Tiere? Langkamp hatte für die meisten eine Zukunft beim Metzger vorgesehen, aber das konnte er vergessen. Da würde ich später drauf zurückkommen, erst mal musste ich *meine* Zukunft in den Griff kriegen.

»Wie ging's denn nun weiter mit Elmar, nachdem du den Laden hier übernommen hast?«

Langkamp seufzte. Jetzt kam wohl der unangenehme Teil.

»Er hat sich wechgemacht auf Hamburg hin.«

»Kiez?«

Grütze nickte.

»Hatte Arbeit als Anschnacker vor so Bumsläden, und Opdreger im Stundenhotel, mennigmol auch Türmann. Hat sich auch erst alle Nas lang am Klöhnkasten gemeldet, immer, wenn er Geld brauchte. Bis dieser döspaddelige Bruch in ein Reisebüro kam, bei dem er geschnappt wurde.«

»Er ist in ein *Reisebüro* eingebrochen?«

»Jo. Ist halt manchmal ein bisschen tüffelig, unser Elmar.«

Grütze schnaufte fast ein wenig amüsiert, wurde aber gleich wieder ernst.

»Er ist erst nach drei Jahren wieder rausgekommen. Torüch auf den Kiez konnte er nech, wegen Bewährung. Auf den Hof *wollte* er nicht. Also hab' ich mir was überlegt.«

»Die Deichdiele?«

Grütze nickte.

»Ist jetzt vier Jahre her. Hab die alte Hütte gekauft und ein wenig smuck hergerichtet, nur das Nötigste. Ich dachte, dann hat Elmar was, wo er drin herumwurschteln kann.«

»Schlechtes Gewissen, was?«

»Es ist mein Bruder, Alvy, ob mir das nu gefällt oder nicht. Hier bei uns hat das noch was zu bedueden.«

»Und wann kommt jetzt Melzig ins Spiel?«

Grütze seufzte erneut und machte ein Gesicht, als wolle er üppig ausspucken.

»Am Anfang lief die *Deichdiele* mieser, als ich decht hatte. Offiziell war das ja min Schankstuv, Elmar hätt doch nie die Erlaubnis für so ein Baantje kregt.«

»Hast du denn Einblick in die Bücher?«

Grütze lachte auf.

»Bücher? Elmar ist schon kandidel, wenn er nicht vergisst, zur rechten Tiet den Bierkutscher anzuklingeln. Ich hab da einen Handel mit einem von den Finanzleuten in Itzehoe. Der kennt die Hintergründe.«

Sieh mal einer an, Grütze hatte vorgesorgt. Das reichte aber offenbar nicht, um Elmar unter Kontrolle zu behalten.

»Plötzlich hörte Elmar von einen Dag auf den annern auf, mich anzupumpen. Ich hörte nix mehr von ihm. Also bin ich hin. Da hatte sich Melzig aber schon breitgemacht.«

»Breitgemacht? Versteh ich nicht.«

»Elmar hatte ihm die eensige Käserei auf dem Grundstück zur Miete geven. Das durfte er zwar eigentlich gar nicht, aber was sollt ich tun?«

»Mal eine ganz andere Frage, Grütze: Wo ist denn in dem Bunker überhaupt eine Käserei?«

Bei meinem Besuch in der *Deichdiele* hatte ich etwas, das nach einer Käserei aussah, jedenfalls nicht bemerkt.

»Sieht man auch von der Diele nich' so gut«, sagte Grütze, »du musst links am Parkplatz vorbei über einen kleinen Kiesweg runter, dann gehst du genau drauf zu. So ein Klinkerhaus, mit gelben Steinen.«

»Ach, dieses hässliche Trumm, das aussieht wie eine zu groß geratene Pissbude?«

»Genau.«

»Was will Melzig denn *damit?*«

»Käse machen jedenfalls nicht. Elmar secht, es sei Melzig sein Lager.«

»Macht das Sinn? Melzig hat doch auf seinem Hof genug Platz, um seinen alten Plunder dreimal unterzustellen.«

»Seh ich auch so, Alvy.«

»Hast du's dir nicht angesehen?«

»Melzig hat die Schlüssel austuuscht. Und reinlassen wollt er mich nicht.«

»Aber das sind doch deine Gebäude?«

»Hab ich ihm auch secht.«

»Und?«

»Er hat mir einen kurzen Film gezeigt, mit Elmar drin.«

»Einen Film?«

Das wurde ja hier noch richtig amüsant.

»Ein von diese Dinger, diese ... ähm ... perverselige Pornos. Mit mein total duunen Bruder in der Hauptrolle. Im Stall.«

Grütze schaute verlegen zu Boden.

»Da auf dem Film sind eine Menge polnische Nutten mit drauf, habe ich recht?«

Grütze blickte kurz auf und grinste gequält.

»Alvy, ich wünschte, dat wär so ...«

»Oh. OH.« Ich verstand. Im Stall ... Meine Güte.

»Das tut mir leid.«

»Mir auch, glaub mir.«

»Melzig erpresst dich damit?«

»Ich sech ma, er erpresst uns *beide*. Am Wochenende lässt er in der Deichdiele die Poppen danzen, an den Wochentagen darf Elmar den Geschäftsführer in seinem Laden markieren. Solange das alles so glatt löpt wie jetzt, zeigt er den Film nech rum. Und mich lassen die Putzen in Ruh, denn für das Puff in der Deichdiele am Wochenende hab ich ja keinen Schein.«

»Schein?«

»Konzession nennen die Putzen dat!«

Ich verstand. Melzig hatte die Brüder Giebel so ein kleines bisschen in der Hand. Deshalb hatte Melzig mich auch nur hämisch ausgelacht, als ich seinen *Polenpuff* erwähnt hatte. Wenn ich mit der Info zur Polizei rennen würde, fiele das ausschließlich auf Elmar und Grütze zurück. Offiziell hatte Melzig keine müde Aktie in der Deichdiele. Er war nur der Mieter einer kleinen Käserei, die er als Lagerraum nutzte. Aber als Lager für *was?* Ich würde mir am nächsten Wochenende nicht nur Melzigs Lasterhöhle mal genauer ansehen müssen.

26

Die Glatze ächzte wie ein VW Käfer am Berg. 20 Liegestütz, 25 Kniebeugen, 20 Klappmesser, dann das ganze Programm von vorne. Dreimal hintereinander hatte er dieses Programm jetzt schon durchgezogen, beleuchtet bloß von einer blauen LED-Funzel, die über dem Eingang der alten »Käserei« flimmerte. Obwohl sich die Glatze jetzt akustisch so langsam einem amtlichen Kolbenfresser näherte, zog er die Übungen weiter durch. Wenn der Kerl sein Trainingsprogramm nicht innerhalb der nächsten fünf Minuten beendete und sich zeitnah wieder zurück Richtung Deichdiele bewegte, hätte ich hier oben ein ernstes Problem. Ich war nicht annähernd so gut austrainiert wie die Glatze im roten Adidas-Trainingsanzug, die da ungefähr fünf Meter Luftlinie entfernt von mir auf dem Rasen turnte. Das hätte mich unter normalen Umständen nicht gestört, doch wenn man sich schon seit Minuten unter einem Dachfirst mit Armen und Beinen an einen Holzbalken klammerte wie ein junges Äffchen an seine Mutter, dann konnte man schon ins Grübeln kommen. Meine Arme und Beine fühlten sich an wie halbleere Zahnpastatuben. Es gelang mir nur noch mit Mühe, die nötige Spannung aufzubringen, um meinen Hintern nicht einfach runterbaumeln zu lassen wie den tiefen Teil einer Hängematte. Hätte ich das zugelassen, wäre mein Hintern unweigerlich unter dem gewölbten Vordach der Käserei aufgetaucht. Und ich wusste zwar, dass Anabolika kleine Schwänze machten, aber dass das Zeug auch die Sehschärfe von Bodybuildern trübte, war bislang nur ein unbestätigtes Gerücht. Besser, ich verließ mich nicht darauf. Ein paar Tentakel wären jetzt nicht schlecht, so wie beim Spiderman. Oder übermenschliche Kräfte, wenigstens für eine halbe Stunde.

Angeblich ist der Mensch zu außerordentlichen Willensanstrengungen in der Lage, wenn er sich in Gefahr befindet. Mal sehen, ob das auch stimmte. Um mich abzulenken, zählte ich die Liegestütze mit, die der stöhnende Riese unverdrossen auf den Rasen brachte. *Siebzehn. Achtzehn. Neunzehn* … Wenn ich den Kopf nach links drehte, konnte ich den Türsteher der Deichdiele durch den Spalt zwischen den Holzbalken im Vordach von Grützes *Käserei* beobachten. Faszinierend, wie etwas so anstrengend und gleichzeitig so sinnlos sein konnte. *Zweiundzwanzig. Dreiundzwanzig. Vierundzwanzig.* Wie war ich bloß in diese Lage geraten? Ich hätte nicht gedacht, dass meine Karriere als Spion gleich mit einem anstrengenden Stunt als Kletterkünstler beginnen würde. Und jetzt machte der Kerl tatsächlich mit den Kniebeugen weiter. *Drei. Vier. Fünf* …

Bevor ich heute Abend in die *Deichdiele* aufgebrochen war, hatte Doroda mich noch gewarnt.

»Männer vor Türe Stiefelstinker, besser du gehen aus dem Weg!« Das war auch mein Plan gewesen, denn ich wusste aus alten Zeiten, dass Prügeleien selbst dann mit großen Schmerzen verbunden waren, wenn man sie gewann. Diese hier *konnte* ich nicht gewinnen. Bei einem Kampf gegen rasierte Mutanten in Trainingsanzügen standen die Chancen nicht mal allzu hoch, dass ich auch nur einen einzigen Treffer landete. Ich besaß weder eine Waffe noch war ich in asiatischen Kampfsport-Techniken ausgebildet. Insofern basierte mein Plan für den heutigen Abend ausschließlich auf List und erhöhter Fluchtbereitschaft, als ich kurz nach der Tagesschau an der Deichdiele vorfuhr. Grütze hatte Wort gehalten und seinen Bruder um einen Gefallen gebeten. Er hatte mich bei Elmar als armen Schlucker angekündigt, der ein paar Euro gut gebrauchen könne. Elmar war zwar nicht gleich begeistert gewesen, einen Fremden zu beschäftigen, doch Grütze hatte ihn kurz daran erinnert, wer in der Deichdiele offiziell die Ansagen machte. Da er darauf nicht allzu häufig pochte, hatte Elmar schließlich eingewilligt, einen Aushilfskellner für das Wochenende zu engagieren. *Moi.* »75 Euro für den Abend, Tip geht in den Pott und wird zum Schluss geteilt«, hatte Elmar mir durch Grütze ausrichten lassen. So viel hatte ich mit ehrlicher Arbeit schon lange nicht mehr an einem Tag verdient. Vielleicht würde ich schon bald darüber nachdenken müssen, so einen Job regelmäßig zu machen.

Die Fahrt hinaus in die Deichdiele wurde auch beim zweiten Mal nicht schöner. Wer sich in der Dunkelheit in die Duhnsche Wildnis wagte, musste einen verdammt guten Grund dafür haben. Mein Taxifahrer dachte schon darüber nach, ob Geld verdienen dazugehörte, so verspannt, wie er sich an sein Lenkrad klammerte. Offenbar hatte er schon von der Räuberhöhle gehört, in die er mich bringen sollte, wusste aber nichts Genaues. Meinen eigenen Wagen hatte ich im Klöterkamp stehen lassen. War nur so ein Gefühl gewesen.

»Ich bin Horst«, meldete ich so beiläufig wie möglich, nachdem mein Taxi wieder vom Hof gefahren war. Ich hatte mir einen Oberlippenbart angeklebt und meine Haare mit viel Gel an den Kopf geklatscht. Das musste als Verkleidung reichen. Die Glatze, von der Langkamp erzählt hatte, stand auch heute vor der Tür. Und das gleich in zweifacher Ausfertigung. Die nahezu identischen Stiernacken musterten mich ohne eine Regung. Beide braun gebrannt, beide im Adidas-Trainingsanzug, beide stumm.

»Der Kellner!«, ergänzte ich in der Hoffnung, den Muskelpaketen eine Reaktion zu entlocken. Der mit dem roten Trainingsanzug drehte sich wortlos um und verschwand im Inneren des Hauses, sein Klon im blauen Trainingszug rührte sich nicht von der Stelle. 30 Sekunden geschah gar nichts. Die Glatze schaute durch mich hindurch, als sei ich der Seidenfummel seiner Freundin. Dann plötzlich Bewegung an der Tür. Glatze II schob Elmar vor sich her wie einen störrischen Esel und ruckte fragend mit der Kinnspitze in meine Richtung.

»Du bist Horst?«, fragte Elmar mürrisch.

Und ob ich Horst war.

»Genau, dein Bruder schickt ...«

»Komm rein«, wandte Elmar sich schon wieder ab, bevor ich mein Sätzchen beendet hatte, »du bist spät dran.« Ein Sonnenschein, der Kerl, wie gehabt. Er trug heute ein sauberes weißes Hemd und wirkte nicht ganz so ranzig wie bei unserem ersten Zusammentreffen in der Deichdiele. Die beiden Glatzen bildeten eine kleine Gasse, ohne mich dabei anzusehen. Ich war drin. Ein Etappensieg. Musste aber noch nichts heißen. In der Kneipe lief »Kung Fu Fighting« von Carl Douglas. Das passte. Die Chance, heute Nacht noch ordentlich aufs Maul zu bekommen, war nicht gebannt, nur weil ich die beiden Fleischmützen fürs Erste überwunden hatte.

Ein paar Stunden später wusste ich wieder, warum ein Job in einer Kneipe für mich nie zur Diskussion gestanden hatte. Es fing damit an, dass ich mir keine Bestellungen merken konnte. Keine Tischnummern. Und auch keine Gesichter. Außerdem stimmte mit meiner Feinmotorik was nicht, selbst wenn ich nüchtern blieb: Pro Stunde hatte ich im Durchschnitt zwei Gläser auf dem Gewissen, wenn ich Glück hatte, waren sie schon leer. Und dann diese Musik. In Elmars funzeliger Kellerbar hatten die achtziger Jahre nie begonnen. »Butterfly« von Daniel Gerard? »See my baby jive« von Wizzard? »Under the moon of love« von Showwaddywaddy? War alles dabei. Zum Altersdurchschnitt des Publikums passte das zwar nicht unbedingt, aber offenbar hatte Elmar bei der Auswahl nur an seine eigenen Vorlieben gedacht.

Zugegeben: Im Ambiente der kleinen, maximal 60 Quadratmeter großen Bar, die sich im Keller der Deichdiele befand, machte sich das akustische Geschrammel der siebziger Jahre prima. Die Bar ähnelte dem Clubraum von Briefmarkensammlern, nur der Rotstich ließ vermuten, dass hier auch *Special Interests* befriedigt wurden. Resopaltische, Stehlampen, schwarze Ledersofas, ein paar wahllos im Raum verstreute, sehr bunte, aber nicht sehr helle Lichterketten, das wars schon fast. Auf der Ostseite des Raumes hopste alle 30 Minuten eine *Tänzerin* auf einer leicht erhöhten »Bühne« herum und zog sich aus. Die anwesenden Damen verband neben dem Job in einem Striptease-Schuppen im polnischen Kattowitz die Neigung, ihre Brüste vergrößern zu lassen, sowie ein Gesichtsausdruck, den man nicht lernen konnte. Wenn man Langeweile, Arroganz und die vollkommene Abwesenheit von Neugier auf ein Blatt Papier zeichnen wollte, dann hätte man Phantombilder von jeder einzelnen der rund 15 Frauen angefertigt, die sich an diesem Abend in der Deichdiele aufhielten. Ich machte Langkamp in Gedanken ein Kompliment: Doroda verhielt sich zu ihren Kolleginnen wie Marilyn Monroe zu Ingrid Steeger. Da hatte mein alter Boss bei der Wahl seiner Favoritin aber mal genau aufgepasst. Auf den Tischen standen Schälchen mit Salzstangen und Erdnussflips, an einer Wand hing ein sehr großes Foto von Helmut Newton, dessen Models ja meist aussehen wie ein mieser Kompromiss aus Parfümerie-Verkäuferin und SM–Domina. Auf einem kleinen Eckaltar – anders konnte man dieses nutzlose Regal kaum nennen, das im Herrgottswinkel der Bar hing – hatte jemand die Lavalampe angeknipst, die den ganzen Abend über orange Blasen produzierte. Um die Trostlosigkeit dieses Ortes noch ein wenig deutlicher zu akzentuieren, hätte man schon einen überfahrenen Dachs mitten auf die Theke legen müssen.

Elmar hatte mir eine kleine Einführung gegeben, zwei Sätze lang. Ich verstand jetzt, nach welchem Prinzip der Laden funktionierte. Die Stammgäste brauchten keine förmliche Einladung, sondern zeigten am Einlass eine *Keycard* vor. Auf der wurden auch die Getränke und das Essen gebucht, am Ende des Abends konnte man damit in einem kleinen Kabuff neben der Bar abrechnen. Dort saß, hinter einem Vorhang halb verborgen, eine Dame mit einer aschblonden Omi-Dauerwelle. Dabei war Olga maximal 45 Jahre alt, tendenziell eher jünger. Sie trug einen Catsuit aus braunem Frotté, der sie mondän aussehen ließ, aber auch ein wenig irre, so als ob sie beim Tanztee auf dem »Raumschiff Orion« die Offiziersmesse rocken wollte. Das war also die »Freundin« Dorodas? Sie regelte in ihrem Kabuff nicht bloß die Finanzen, sie war ganz offensichtlich auch die Chefin vom Dienst in der Deichdiele. Bestand Klärungsbedarf in geschäftlicher (»Was kostet ein Gin Lemon?«) oder künstlerischer Hinsicht (»Der Schrat von der Raiffeisenkasse will, dass jetzt Anita auf die Bühne geht!«), wandten sich Elmar und meine beiden Kellner-Kollegen hilfesuchend an sie. Mir wurde das Gleiche angeraten.

Heute Abend hatten sich etwa 40 bis 45 Herren in der Deichdiele eingefunden. Kaum jemand war mit dem eigenen Wagen gekommen. Das hatte entweder mit ihrem Vorsatz zu tun, sich hier drin die Kante zu geben, oder entsprach einfach ihrem Wunsch nach Diskretion. Nachdem ich nun fast einen ganzen Abend in der Diele verbracht hatte, tippte ich auf Variante zwei. Das hier in der Deichdiele war weder Swinger Club, Puff oder Striptease-Bar – das hier war der goldene Schnitt aus so ziemlich allen Vergnügungsvarianten, die im Rotlichtgewerbe zu Hause waren.

Ich kannte niemanden der anwesenden Gäste, aber es war ihnen anzusehen, dass sie sich üblicherweise nicht in billigen Kellerbars herumdrückten. Mit den versoffenen Zombies des Wochentag-

Publikums der Deichdiele hatten sie nichts gemein. Einige von ihnen trugen Anzüge, aber keine Krawatte; die meisten hatten sich für die sportliche Variante – Jeans, Polohemd, Sakko – entschieden. »Mittelstand mit Aufstiegsphantasien« hätte Anna den Haufen demographisch eingenordet, der sich hier ungeniert nach Gutsherrenart vergnügte: vor sich das Herrengedeck und einen Piccolo, neben sich eine Ewa, Helena oder Mariola im leichten Fummel, der man gönnerhaft die Pranke auf den nackten Hintern legte. Schon nach kurzer Zeit hatte ich bemerkt, dass an der Theke und den Tischen große Fluktuation herrschte. Das hatte einen einfachen Grund: Wenn es den Herren nach ihrem erotischen Geplänkel zu eng in der Hose wurde, verlegten sie ihre Entdeckungsreisen zwei Stockwerke weiter nach oben. Den Schlüssel für die dort gelegenen *Verrichtungszimmer* erhielten sie von Olga – von wem auch sonst. Jetzt verstand ich, was Doroda mit dem Speicher gemeint hatte, auf den *sie* niemals mitgehen würde. Wobei ich nicht sicher war, ob Doroda wirklich die Wahrheit sagte. Nachdem ich das bunte Treiben in der Deichdiele ein paar Stunden beobachtet hatte, war mir klar, dass so ziemlich jede der polnischen Unterhaltungskünstlerinnen mal »nach oben« verschwunden war, einige mehrfach: der nächste Herr, die gleiche Dame. Alice Schwarzer hätte den Laden nicht gemocht, so viel war mal sicher.

Melzig hatte sich bis jetzt nicht blicken lassen. Hatte ich mir schon gedacht. Der Mann war einfach nicht dumm genug, um in seinen eigenen Vorgarten zu pinkeln. Falls er doch aufgetaucht wäre, hätte ich halt improvisieren müssen. Kurz nach eins leerte sich die Deichdiele so langsam. Höchste Zeit, mich mal ein wenig an der alten Käserei umzusehen.

Ich suchte noch nach einem guten Vorwand für Elmar, um für ein paar Minuten nach draußen zu verschwinden, da kam einer der drei Typen auf mich zu, die schon seit ein paar Stunden an einem Tisch neben der Bühne hockten. Unangenehmer Haufen, soweit ich das erkennen konnte. Sie hatten sich den ganzen Abend an *einer* Flasche Wein festgehalten – und die war auch noch aufs Haus gegangen, wie mir Elmar zugeraunt hatte, bevor ich sie dort abstellte. Schienen Provinz-VIPs zu sein. Ich hatte beobachtet, dass die Herren hin und wieder eine der Damen an ihren Tisch baten und sie gemeinschaftlich abgriffen wie an der Sicherheitsschleuse eines Flughafens. Allerdings hatte kein einziger der Herren bereits den Speicher des Hauses kennen gelernt. Die armseligen Knicker bedienten sich nur so lange an den Damen, solange es sie nichts kostete. Jetzt kam ausgerechnet der mit dem grünen Sakko auf mich zu, das man selbst hier drin nur mit Sonnenbrille ertragen konnte.

»Biss du nich' der Bauer aus dem Fernsehen?«

Oh Scheiße. Offenbar hatte es mein affiger Oberlippenbart nicht vollends geschafft, mich unkenntlich zu machen, nicht mal in der schummrigen Rotlichtzone einer Kellerbar. Ich tastete reflexartig nach meiner angeklebten Verkleidung. Nichts. *Scheiße*. Der Bart war weg. Hoffentlich hatte das noch niemand von meinen Kollegen bemerkt – oder Olga. *Jetzt* hatte ich wirklich einen guten Grund, hier schnellstens zu verschwinden.

»Stimmt's oder stimmt's nicht? Ich hab dich doch beim Scheunenfest in der Halle gesehen!?«

Der Typ gab keine Ruhe, obwohl ich ihn eisern ignorierte. Ich presste meine Hand auf meinen Mund, als hätte ich gerade eine Wurzelbehandlung beim Zahnarzt hinter mir, und musterte ihn. Kannte ich den Vogel? Ich blickte zu seinen beiden Begleitern, ebenfalls graue Flanellmännchen im mittleren Alter mit Kranzfrisuren und schlechten Schuhen. Klar! Jetzt fiel es mir ein: Die hatte ich tatsächlich schon einmal gesehen. Das waren doch die Vorstandsfritzen dieser Bio-Brigade, denen Melzig beim Scheunenfest in den Allerwertesten gekrochen war. Sie hatten unserem Hühnerbaron das Bio-Zertifikat verliehen, mit dessen Hilfe Melzig seine Viecher nun dreimal so teuer verkaufen konnte. Schau mal einer an, die Herren waren offenbar an Hühnern in allen Varianten interessiert.

»Bist du stumm?«, maulte das spürbar angeschickerte grüne Sakko nun schon ein wenig verunsichert. Ich fixierte ihn so ernst, wie das die beiden Glatzen am Eingang der Deichdiele mit mir gemacht hatten. Das zeigte Wirkung. Das Sakko schlich zurück an seinen Platz und rief seinen Kumpels zu: »Nee, isser nich, noch bloß so ein Pollack, der kein Wort Deutsch versteht.«

Ein paar Minuten später schlich ich um ein schäbiges, gelb geklinkertes Haus hinter der Deichdiele herum, das in grauer Vorzeit mal eine »Käserei« gewesen sein musste. Der Haupteingang an der vorderen Seite des Hauses war zugemauert worden. Links daneben befand sich stattdessen eine massive kleine Stahltür, die man häufig in Kellerräumen antraf. Ohne viel Hoffnung drückte ich die Klinke der Stahltür hinunter, die ganz offensichtlich erst vor kurzer Zeit eingesetzt worden war. Nichts. Abgeschlossen. Ich ging um das zweistöckige Klinkerhaus herum und versuchte, durch eines der Fenster ins Haus zu schauen. Vergeblich. Überall Jalousien. Mist. Hatte ich deshalb fast fünf Stunden den Knecht für Melzigs feine Gesellschaft gegeben? Ich stellte meine Taschenlampe auf den Vorsprung des zugemauerten Haupteingangs und ging noch einmal zurück zur Stahltür. Vielleicht hatte ich ja Glück und jemand hatte den Ersatzschlüssel hier irgendwo deponiert, unter einem Stein vielleicht oder über dem Türstock. Aber keine Spur von einem Schlüssel. Ich rüttelte wütend an der Tür, doch das Stahlungetüm gab keinen Zentimeter nach. Zum Glück widerstand ich dem Impuls, wütend gegen die Tür zu treten, denn plötzlich hörte ich Schritte auf dem Kiesweg. Nach vorne konnte ich nicht weg, ohne gesehen zu werden, und hinter dem Haus war eine große, ebene Rasenfläche – um mich dort außer Sicht zu bringen, hätte ich das Tempo von Usain Bolt haben müssen. Also sprang ich kurz entschlossen auf den Fenstervorsprung des Haupteingangs und zog mich an einer der Querstreben hoch, die den kleinen Dachvorsprung des Hauses trugen. Und da hing ich jetzt und sah einem durchgeknallten Muskelprotz dabei zu, wie er mitten in der Nacht seine Form verbesserte. Er war jetzt bereits im sechsten Durchgang seines Dreikampfs aus Liegestützen, Kniebeugen und Klappmessern, und es war immer noch kein Ende in Sicht. Gerade war er wieder mit einer Serie Liegestütze beschäftigt. *Zwölf. Dreizehn. Vierzehn.* Lange würde ich das hier oben nicht mehr aushalten. Meine Arme und Beine fühlten sich an, als seien sie mit Beton ausgegossen worden. In diesem Moment hörte ich erneut Geräusche auf dem Kiesweg. Und richtig, Glatzes Klon im blauen Adidas-Trainingsanzug nahte. *Holte* er oder *löste* er seinen Kumpel ab, das war die Frage. Aber nichts davon traf zu. Er war nicht allein. In Glatzes Schlepptau erkannte ich Olga und . . . MELZIG! Sie trugen gemeinsam einen mit Papieren halb vollgepackten Wäschekorb und kamen direkt auf das Haus zu.

»Mirko, hilfst du Manni bei Kisten!«, rief Olga, die sich offenbar nicht sonderlich über den Nachtturner auf dem Rasen wunderte. Der rote Trainingsanzug schnellte hoch und dehnte sich kurz.

»Wo häste die dann?«

Manni antwortete für seine Chefin.

»Hengge em Sprinter. Wat hingst du eijentlich he die janze Zick eröm?«

»Alles joot. Ich schnapp mä e bessje friesche Luurt.«

»Würden die Herren sich dann ein wenig sputen?«, schaltete sich Melzig ein, wie immer im hinterhältigen Pastorenton. »Oder soll ich euch den Weg zum Sprinter aufzeichnen?«

Ich war überrascht. Die stummen Glatzen waren gar keine

Polen? Das hörte sich nach Rheinland an, ich tippte auf Köln-Kalk und Umgebung.

Manni und Dieter zogen mit hängenden Köpfen ab wie zwei Labradorwelpen, denen man das Bällchen weggenommen hatte.

»Schlüssel?«, erkundigte sich Melzig bei Olga, als sie die Stahltür erreicht hatten. Sie stellten den Wäschekorb auf dem Boden ab. Olga seufzte.

»Haben die Junggen in Tasche.«

»Was für Schwachköpfe«, seufzte Melzig genervt und legte den Arm um Olga, »wie hältst du das bloß den ganzen Tag mit ihnen aus?«

»Sind gute Junggen«, antwortete Olga und tätschelte Melzigs Rücken, »nicht sehr schnell in Kopf, aber gut hier«, sie zeigte auf ihre Oberarme, »und gut hier.« Jetzt wies sie auf ihr Herz. Süß. Melzig ließ sich die Chance nicht entgehen und fasste seinerseits genüsslich zu.

»Da bist *du* aber auch gut!«

Olga lachte krächzend wie ein alter Rabe, schob Melzigs Grapschfinger aber zur Seite.

»Immer du deine dreckigen Pfoten an Mutti! Werd ich dich bestrafen später mit Stock!«

Jetzt war es Melzig, der freudig auflachte. Mir lief es kalt den Rücken hinunter. Was zwischen *den* beiden lief, war aber auch nicht sehr gesund. Ich schwebte ungefähr einen Meter über ihnen und hielt die Luft an, so gut es ging. Ich hoffte, dass die beiden nicht plötzlich den Wunsch verspürten, den Sternenhimmel zu erkunden, und im falschen Moment nach oben blickten. Aber wenn ich das gerade richtig verstanden hatte, waren die beiden keine Romantiker. Mirko und Manni schleppten derweil mühsam eine schwere Holzkiste vors Haus.

»Habt ihr den Schlüssel?«

Manni und Mirko schauten Melzig ratlos an.

»Was ist an der Frage nicht zu verstehen, ihr Paviane?«

Geduld gehörte nicht zu den Stärken Melzigs, das war mir auch schon aufgefallen. Mirko hatte immerhin eine Idee.

»Vielleicht innet Auto?!«

Melzig seufzte.

»Okay. Das dauert mir hier einen Moment zu lange mit euch Holzköpfen. Olga und ich fahren schon vor. Ihr ladet die Kisten aus dem Sprinter ab und stellt sie in den hinteren Raum. Anschließend schaut ihr Eumel auf die Finger, bis der den Laden dichtmacht!«

Manni und Mirko nickten.

»Am Montagmorgen packt ihr die Kisten und die Elsen wie besprochen ein und ab zurück nach Polen. Müssten insgesamt acht Kisten sein, zwei mehr als sonst. So weit begriffen?«

Wieder nickten Mirko und Manni. Er wandte sich seiner Freundin zu. »Kannst du das bitte vor der Abfahrt noch mal kontrollieren?«

Olga nickte würdevoll. »Mach dir nicht Sorgen, Siggi, geht klar so wie *jede* Woche klargeht!

»Watt is denn mit der Körv?«, meldete sich Manni und wies auf den Waschkorb, der vor ihren Füßen stand.

»Passte nicht mehr in die Kisten«, antwortete Melzig, »steckt ihn in einen Müllsack und klebt den gut zu, das geht alles mit.«

Wieder nickten Manni und Mirko brav, dann setzte sich das ungleiche Quartett gemeinsam in Bewegung. Ich blickte ihnen nach, bis sie auf dem Weg hinter der Deichdiele verschwunden waren. Ich hatte eine Minute, mit Glück zwei, bevor Manni und Mirko mit ihrer nächsten Kiste auftauchen würden. Ich ließ mich zu Boden plumpsen wie ein nasser Sack. Der Schmerz war beachtlich, wenn ich das Brennen auf meinem Rücken richtig interpretierte, würde da bald ein Hämatom von der Größe eines Kuhfladens leuchten. Aber meine Wunden konnte ich morgen noch lecken. Ich robbte so schnell wie möglich an den Waschkorb heran, schnappte mir eines der seltsamen Päckchen, das aus jeweils zehn mit Gummibändern befestigten Klebebanderolen bestand, rannte hinter das Haus, warf mich auf den Boden und wartete. Mein Atem beruhigte sich nur langsam. Ich betrachtete meine Beute, so gut das im Dunkel der schleswig-holsteinischen Nacht möglich war. Ich hatte keine Ahnung, was *genau* ich da in der Hand hielt. Ich meine, ich wusste schon, dass es Bio-Klebebanderolen für Melzigs GluckenGlück-Hühner waren, das stand ja schließlich drauf. Aber wieso Melzig sie in der alten Käserei versteckte wie eine Busladung Kokain und sie dann offenbar auch noch nach Polen überführen wollte, leuchtete mir nicht ein. Was genau bedeutete das? Irgendwie hatte ich das Gefühl, dass mein Ausflug in die Duhnsche Wildnis aus mir noch keinen Topspion gemacht hatte. Die Jungs in den Trenchcoats, die ich in geheimer Mission im Fernsehen beobachtet hatte, brachten Juwelen, Königstitel oder Waffen mit zurück in ihre Heimatländer. Ich hingegen hatte ein paar Aufkleber geklaut, von denen ich nicht mal wusste, wofür sie eigentlich gut waren.

27

Das gemeinsame Mittagessen im Klöterkamp hatte sich in den letzten Wochen zu einem geselligen Palaver gemausert. Ich fühlte mich wie in meiner alten Studenten-WG. Offenbar war ich doch geselliger, als ich dachte. So langsam füllte Waltraud auch die Lücke am Herd aus, die Brigitte hinterlassen hatte. Sie aß gern, sie kochte gern und sie *sprach* neuerdings sogar gern über das Essen. Umso überraschender war die aktuelle Entwicklung auf ihrer Waage.

»15 Kilogramm. 30 Pfund! In fünf Wochen. Und ich hab nicht mal Diät gemacht!«

Waltraud grinste über das ganze Gesicht, während sie an einem Hähnchenschenkel kaute. Seit ein paar Tagen redete sie auch dann, wenn man sie nichts gefragt hatte. Was das Leben auf dem Bauernhof doch so alles mit den Menschen anstellen konnte.

»Naja, du hast bewegt dich mit Hund und das dicke Schweinchen, immer Arbeit außerdem. Normal!«

Doroda winkte ab.

»Ich haben Vorschlag: Du hier bleiben, in einem Jahr wir können gehen zusammen an Stangge tanzen!«

Waltraud zuckte zusammen. Sie schaute Doroda einen Moment irritiert an, dann ließ sie den Kopf hängen. Das nenne ich mal einen abrupten Stimmungswechsel ...

»Mensch, Doroda, nicht für jede Frau ist es das größte Vergnügen, öffentlich ihre Möpse zu präsentieren!«, maulte Langkamp. »Du bist da schon sehr speziell!«

Ich lachte in mich hinein. Der Mann war im Grunde nicht prüde, das wusste ich, aber mit den Vorlieben seiner polnischen

On-&-Off-Affäre (da blickte keiner so richtig durch) konnte er sich nicht anfreunden. Dorodas Gottesgaben wollte er ganz für sich allein.

»Tut leid mir, Waltraud, habe ich nicht gemeint böse«, entschuldigte sich Doroda, doch Waltraud winkte ab.

»Ich tanz Silvester nackt vor dem Brandenburger Tor, wenn ich dafür deine Figur bekomme ...«, sagte sie leise, »aber das ist es nicht ...«

»Was ist dann Grund für traurige Gesicht?«

»In 10 Tagen ist doch schon das Finale der *Scheunenherzen*, seufzte sie, »dann müssen Doroda und ich doch hier wieder raus, oder?«

Langkamp kratzte sich verlegen am Kinn.

»Ich denke schon, was, Stift?«

Als ob er das nicht wüsste. Ich zuckte mit den Schultern.

»Tut mir leid, Waltraud. Ich weiß ja nicht mal, wie lange ich selbst noch bleiben kann. Sieht nicht gut für uns beide aus.«

Waltraud nickte verhalten, auch Langkamp schaute betreten auf den Boden. Selbst Doroda bemühte sich um einen mitfühlenden Gesichtsausdruck.

»Weiß ich auch noch nicht, wohin gehen später nach Ende von Sendung. Nicht zu Hause, so viel sicher!«

Ich wusste von Langkamp, dass er Doroda angeboten hatte, mit ihm nach Berlin zu kommen. Doch sie drückte sich noch um eine deutliche Ansage.

»Doroda hält sich eben gern ein paar Optionen offen«, hatte Langkamp gestöhnt. Das konnte ich mir sehr gut vorstellen. Aber immerhin hatte ich schon eine Idee, wie es mit Waltraud weitergehen könnte. Wenn ich sie schon nicht heiraten würde, dann könnte ich sie aber wenigstens auf einen anderen Hof vermitteln. Und ich wusste auch schon, welcher Hof perfekt zu ihr passen würde. Waltraud war als Tierflüsterin eine Naturbegabung und wusste auch mit Schaufel und Trecker umzugehen, das hatte ich mit eigenen Augen erlebt. Es wäre eine Schande, sie wieder zurück in ihr altes Leben zu schicken. Ich war in dem Chaos der letzten Tage noch nicht dazu gekommen, mit Grütze zu reden, aber ich war sicher, dass er Waltraud und ein paar der Tiere, die bei mir im Klöterkamp zu Deko-Zwecken geparkt worden waren, auf dem *Lindenhof* aufnehmen würde. Ich hatte allerdings beschlossen, Waltraud erst von meinem Plan zu erzählen, wenn Grütze eingewilligt hatte. Es gab schon genug Enttäuschte hier im Klöterkamp, so langsam hätten wir alle mal eine valide Erfolgsmeldung gebraucht.

Zusammen mit Doroda und Langkamp hatte ich schon stundenlang gerätselt, was es mit den Klebe-Banderolen auf sich haben könnte, die Melzig nach Polen schaffte. Koscher schien das nicht zu sein. Andererseits war der Ablauf der ganzen Geschichte nicht ungewöhnlich. Doroda bestätigte, dass der Sprinter von Melzig auf den Fahrten in die Duhnsche Wildnis und später wieder zurück nach Polen eigentlich immer voll bepackt gewesen sei.

»Hinfahrt immer Frierehühner für Essen in Deichdiele im Gepäck, bei Rückfahrt viele Holzkisten!«

Melzig selbst war offenbar nie mitgefahren.

»Hab ich Mann mit Klebehaare nur ein- oder zweimal in Diele gesehen vorher, Alvy, hab ich erzählt ja schon erste Tag.«

Wir hatten uns über alle Details der Ausflüge informiert, die das fahrende Bordell zwischen Kattowitz und der Duhnschen Wildnis unternommen hatte, doch Doroda konnte uns nicht helfen. Das Einzige, was sie mit Sicherheit sagen konnte: Wenn sie und ihre Kolleginnen am Freitagmorgen vor der *Euphoria Striptiz Bar* in den Sprinter stiegen, ging es ohne Umweg gleich los Richtung Deutschland. Und jedes Mal, wenn sie am Montag drauf wieder nach Kattowitz zurückkehrten, wurden sie vor der *Euphoria Striptiz Bar* aus dem Bus gelassen, *bevor* die ominösen Kisten irgendwo ausgeladen wurden. Wir hatten also keine Ahnung, für wen die Banderolen bestimmt sein konnten – und was man in Kattowitz damit tun konnte. Wir kannten uns in der Hühnerwirtschaft einfach zu wenig aus, um die richtigen Schlüsse zu ziehen. Naja, eigentlich um *überhaupt* irgendwelche Schlüsse zu ziehen. Am Ende war das, was Melzig trieb, vielleicht sogar legal und wir verstanden nur die Hintergründe nicht?

Es sah nicht gut für uns aus. Ich darf mal kurz zusammenfassen: In 10 Tagen würde das große Finale der *Scheunenherzen* live aus Melzigs Hühnerhalle gesendet. Schon wieder! Der Kretin würde seinen Werbefeldzug für das dämliche GluckenGlück bis zum letzten Moment durchziehen, ohne dass wir etwas dagegen tun konnten. Und mehr noch: Ich würde nicht mal dafür bezahlt werden, dass ich mich im deutschen Fernsehen fast zwei Monate zum Hanswurst gemacht hatte. Wenigstens hatte sich der Schiet-Sturm in den Boulevardblättern gelegt. Hin und wieder wurde meine schmutzige Affäre mit Doroda neu aufgelegt, doch die Schmierer der Revolverblättchen merkten selbst, dass in Haasenbüttel die Luft raus war. Zumal auch Kult-Käthe und ihr Lappen nicht wieder aus der Versenkung aufgetaucht waren. Ich rechnete nicht damit, dass wir es vor dem großen Finale noch mal zum Spitzenthema in den Zeitungen bringen würden.

Selbst Langkamps Elan hatte nachgelassen. Er verlor das Interesse an der Strippenzieherei mit den Ex-Kollegen vom Print-Boulevard. Sein Chef hatte ihm in Berlin die Pistole auf die Brust gesetzt: Entweder er brachte Melzig dazu, die vereinbarten Sponsorengelder wie vereinbart zu zahlen, oder er war nach Abschluss der Produktion raus bei Telepop. So wie ich das sah, würde sich Langkamp eher die Haare abschneiden, bevor er bei Melzig betteln ging. Und Langkamp liebte seine Mähne. Er redete nicht darüber, doch ich hatte den Eindruck, dass ihm der Abschied von Telepop Kummer bereitete. Ein Medienmensch in seinem Alter war ungefähr so leicht zu vermitteln wie ein Stotterer als Grabredner, das war uns beiden klar.

»Ich mach dann eben wieder Zeitung, Stift«, hatte er in einer weinseligen Minute angekündigt, »dann arbeiten wir zusammen! Dann kannst du mein Kauderwelsch *doch* wieder ins Deutsche übersetzen!«

Langkamp hatte laut dazu gelacht, doch die übliche Tinnitus-Qualität brachte er dabei nicht mehr auf den Schläger. Der alte Affe Angst ...

Da waren wir schon zwei. Meine Mailbox arbeitete in den letzten Tagen gegen mich. Immer, wenn sie blinkte, hoffte ich, dass Anna sich endlich gemeldet hatte. Und jedes Mal ertönte tatsächlich eine weibliche Stimme. Sie gehörte allerdings Frau Dutziak, meiner Bankberaterin. Nachdem ich ihre zunehmend dringlicheren Aufforderungen, sich unbedingt bei ihr zu melden, ein paar Tage ignoriert hatte, gab ich schließlich auf und rief zurück.

Es stellte sich heraus, dass ein Notar aus Itzehoe bei meiner Bank im Namen eines anonymen Kunden ein großzügiges Kaufangebot hinterlegt hatte. Für MEIN Haus.

Frau Dutziak ist eine freundliche, durchaus mitfühlende Person. Ich glaubte ihr, dass sie im Prinzip auf meiner Seite war. Es existierten da leider aber ein paar Fakten, die nicht so einfach aus der Welt zu schaffen waren. Der Umstand beispielsweise, dass ich seit drei Monaten meine Hypothek nicht bediente, zum Beispiel. Außerdem war auch ihr Chef schon informiert, weil das Angebot auf höherer Ebene eingeflogen sei. Auf Zeit spielen sei also keine Option mehr. Ob ich wisse, wer hinter diesem Angebot stecken könnte? Diese Frage immerhin *konnte* ich beantworten. Melzig natürlich.

Das war allerdings auch alles. Wie ich innerhalb der nächsten dreieinhalb Wochen meine kurzfristigen Verpflichtungen begleichen sollte, *das* war mir schleierhaft. Nach dieser Frist würde die Bank meinen Kredit kündigen, das Vollstreckungsverfahren eröffnen, eine Versteigerung einleiten – all diese unangenehmen Sachen eben, denen man besser aus dem Weg ging, wenn man eine Wahl hatte. Anna ahnte von alldem noch nichts. Eine kurze Mail hatte ich vor drei Tagen von ihr erhalten, seitdem kein Lebenszeichen mehr. »Bin in Eile, mach dir keine Sorgen, reise ein paar Tage mit Gisbert an die Küste!« An welche Küste? *Jetzt* machte ich mir Sorgen. Gisbert! Das Leben mal wieder: Ein Drecksack.

Besser, ich dachte gar nicht weiter drüber nach und zog alles nur einfach noch durch, ohne Fragen zu stellen.

Katta tauchte in der Küche auf und verbreitete mal wieder eine Menge Hektik, ohne die man beim Fernsehen offenbar nicht leben konnte.

»Drehbeginn in 15 Minuten, dalli, dalli!«

Heute würde ich mit Doroda *ausreiten*. Kattas kleine Helferlein, von denen hier im Klöterkamp immer mindestens fünf herumschwirrten, hatten unsere beiden Gäule Holsten und Astra bereits gesattelt. Die geplante Wegstrecke war nicht gerade ein Abenteuer: Für ein paar schmucke Country-&-Western-Bilder reichte es, wenn wir einmal quer über das Feld am Fenster von Andrea & Fiete vorbeitrotteten. Ich konnte mir schon denken, dass Katta die Vorlage nutzen würde und später eine Menge alberne Cowboy-Sprüche unter die Bilder texten würde, wenn es unser Ausritt in die Sendung schaffte. Doch nach der »Sexaffäre« mit Doroda war ich in dieser Hinsicht nicht mehr zu beunruhigen. Was sollte denn bitteschön jetzt noch kommen?

Wir führten die beiden temperamentlosesten Pferde Schleswig-Holsteins gerade aus dem Stall, da tauchte Bengt am Gartentor auf. Den hatte ich in den letzten Tagen schon vermisst, ich fürchtete schon, Haasenbüttels Regler sei muksch. Dabei war er gekommen, um unseren Arsch zu retten. Er wusste es nur noch nicht.

»Alvy!«, begrüßte er mich ein wenig mürrisch. »Du musst mit deinen Leuten tellen!«

Okay, wenn er das wollte, konnte er das auch wieder *genauso* haben.

»Welche Leute, Bengt?«

»Na, du bist doch jetzt beim Fernsehen.«

Er zeigte vorwurfsvoll auf meine Kamerafritzen, die ihr Arbeitsgerät schon ungeduldig auf der Schulter trugen.

»Das sind nicht meine Leute, Bengt, ich mach da nur mal bei einer Sendung mit. DAS WEISST DU DOCH!«

Bengt ließ sich nicht beirren.

»Du musst trotzdem mit ihnen reden, das geiht et nicht.«

»Schon wieder ein Stau auf der Hauptverkehrsstraße?«

Bengt schüttelte seinen Kopf.

»Ist wegen Käthe. Die will aufhören!«

Ich verstand nicht sofort.

»Womit will sie aufhören?«

»Die will den Laden zusperren, Alvy. Das war's dann mit den Lappen!«

Tja. Eine Tragödie, da musste ich Bengt recht geben. Aber was hatte ich damit zu tun? Eine Frage, die ich ungefiltert weitergab.

»Bengt, wieso muss *ich* das so dringend erfahren?«

»Weil die Fernsehleute sie vertrieben haben. Du musst denen vertellen, dass die da nicht mehr beigehen dürfen, bei Käthe. Das hält die nervlich nicht aus.«

Ich atmete tief durch. Ruhig bleiben. Der Mann meinte es ja nur gut für Haasenbüttel …

»Ich rede mit ihnen, Bengt, ich verspreche es …« Katta erschien auf der Bildfläche. Sie war für ihre Verhältnisse gut gelaunt. 3 von 10 auf der Lustig-Skala, ein Spitzenwert für unsere Redakteurin. Die hielt sich wahrscheinlich für was Besseres. Sollte sie doch zu Spiegel TV gehen …

»Können wir dann mal?«

Katta wedelte mit dem Drehplan. Wieso brauchte man so was überhaupt, wenn man genau zwei Szenen am Tag produzierte?

»Ich muss dann mal …«, wandte ich mich an Bengt, der sich aber wie immer nicht aus der Ruhe bringen ließ. Er zeigte auf Astras linkes Vorderbein.

»Der Gaul hat einen Hufklumpen, *schladdert* euch ab«, sagte er. Wir schauten uns fragend an. Ich spielte da besser mit.

»Was kann man denn gegen so einen Hufklumpen tun?«

Jetzt war es Bengt, der uns fragend anschaute.

»*Abdeckeln*, *verklappen* und dann neu *stringsen*, was sonst.«

»Okay …«, murmelte ich, »machen wir später.«

Bengt nickte. Ich hoffte für Astra, dass wenigstens der Tierarzt wusste, wovon Bengt da sprach. Besser, ich notierte mir das. Um Bengts Aufmerksamkeit von unserem Gaul abzulenken, wechselte ich das Thema.

Es war reines Glück.

»Ich war jetzt mal bei Elmar in der Deichdiele.«

Bengt schüttelte den Kopf.

»Eine *blürrige* Schande, das!«

»Wusstest du, dass Melzig da ein Lager hat?«

Bengt schaute mich überrascht an. »Ein Lager? Nein. Was lagert der denn?«

»Keine Ahnung, ehrlich gesagt, ich konnte da nicht reinschauen. Jalousien.«

Bengt dachte nach und schwieg.

»Gefällt mir nicht«, sagte er schließlich, »wo der mit *rumgrient*, ist der Ranzen faulig!«

Den Text kannte ich nun ja schon.

»Woher weißt du, dass Melzig in der Wildnis *mitzolbert?*«

»Hat Grütze mir erzählt. Konnte er nicht verhindern.«

»Ist wegen Elmar, nich?«, fragte Bengt.

Ich nickte.

»Irgendwie schon.«

Anschließend erzählte ich Bengt von meinem Wochenendausflug in die Deichdiele, von den polnischen Künstlerinnen, von Olga, Mirko und Manni und natürlich auch von meiner merkwürdigen Entdeckung, auf die wir uns keinen Reim machen konnten.

Bengt wurde hellhörig.

»Kann ich diese Banderolen mal sehen?«

Irgendwas an Bengts Stimme versetzte mich in Aufregung. Ich raste ins Haus und war 30 Sekunden später wieder zurück.

»Hier sind sie.«

Bengt schaute sich die oberste der Banderolen genau an. Nach ein paar Sekunden zog er die zweite und die dritte Banderole unter dem Gummiband heraus. Er grinste fein.

»Dieser raffinierte Bandit . . .«

»Was ist, Bengt, weißt du, wozu er das braucht?«

»Ich glaube schon«, antwortete Bengt.

Er reichte mir die oberste Banderole zurück.

»Was siehst du?«

Ich schaute mir das Beweisstück noch einmal genau an. Auf der Vorderseite war Melzigs hinlänglich bekanntes Grinsehuhn zu sehen, darunter sein Label: GluckenGlück. Von links unten nach rechts oben zog sich eine grüne Schärpe über die gesamte Fläche der Banderole: *BIO-HOF HAASENBÜTTEL* stand in Versalien darauf, klein darunter: *Aus frei laufender Bodenhaltung*. Rechts davon war in neutralem Schwarz das Verbandssiegel des Bioverbandes Heisterbrunnheim-Holstein aufgedruckt, versehen mit einer Kennziffer. In diesem Fall lautete sie: 145677099870//14072014//BO1.

Ich zuckte mit den Schultern.

»Schau beim Nächsten nach.«

Machte ich: 145677099871//14072014//BO1. Okay. 71 statt

70. Auf der nächsten war es die 72 und so ging das in einem fort. Jetzt nicht sooo aufregend für den Laien.

»Ist irgendwas nicht okay damit?«

Bengt nickte lächelnd.

»Nein, mit der Banderole ist alles in Ordnung. Es ist nur so«, fuhr er fort, »diese Dinger sind wie Amtssiegel. Die dürfen im Prinzip nur unter amtlicher Aufsicht auf die Tiefkühlhühner geklebt werden.«

»Heißt was?«

»Offenbar hat Melzig einen Deal mit den Öko-Fritzen aus Heisterbrunnheim. Die stellen ihm die Siegel blanko aus.«

»Wieso machen die das?«

Bengt stieß einen Laut aus, als müsse er ein wenig Druckluft entweichen lassen.

»Für Geld, Alvy, was denkst du denn. Die lassen sich schmieren!«

Okay. Wenn das stimmte, waren sie ziemlich bescheiden mit ihren Forderungen. Frei vögeln in der Deichdiele gehörte jedenfalls nicht zum Deal, das konnte ich aus eigener Anschauung berichten.

»Entscheidende Frage, Bengt: Was hat Melzig davon?«

Ich verstand es nicht.

»Ich hab dir doch erzählt, dass Melzig auf seinem schmucken Showhof viel zu wenig Hühner produziert, um auf seine Kosten zu kommen.«

Das stimmte. Hatte er.

»Und?«

»Wenn er allerdings in Zusammenarbeit mit den Ökofritzen jede Woche ein paar Kisten mit Blankosiegeln außer Landes bringt, dann kommt er natürlich auf seine Zahlen. Vorausgesetzt, er hat irgendwo in Polen noch eine ...«

Endlich fiel auch bei mir der Groschen. Und gleich so laut!

»HÜHNERFARM!«, schrie ich Bengt an, sodass man das auch

noch hundert Meter weiter hören konnte. »Klar, dieser Verbrecher hat da drüben *noch* einen Laden laufen!«

»Eher eine Fabrik!«, mutmaßte Bengt.

Warum war da vorher keiner von uns drauf gekommen? Jetzt machte das auch alles Sinn!

»Das ist ganz sicher kein so ein schmucker Showhof wie der hier in Haasenbüttel ...«, sagte Bengt, »wie ich den Kretin kenne, hält er die Tiere in einer zugigen Betonhalle.«

»Und wie finden wir das raus?«

Bengt lächelte.

»Werden wir sehn, Alvy, werden wir sehn ...«

Das Adrenalin brauste im Vollsprint durch alle Teile meines Körpers, ich war eine Hochdruckleitung aus flüssigem Stahl. Vermutlich brummte ich schon wie ein Trafo. Ich wusste zwar noch nicht genau, *wie* wir Melzig drankriegen würden, aber *dass* wir ihn über die Wupper gehen lassen würden, war ausgemacht. Also symbolisch gesprochen ... Selbst Bengt stand der Schweiß auf der Stirn. Doroda hatte von all dem nichts mitbekommen, sie kümmerte sich mit Waltraud um Holsten und Astra. Ich konnte nicht anders: Ich grinste Bengt an, ballte die Faust und machte die Säge. Befreiend, diese Rituale aus dem Fußball. Plötzlich galoppierte Paulchen in einem Affenzahn an mir vorbei, sodass sogar sein Busenfreund Marvin nicht hinterherkam. Was hatten denn die Tiere plötzlich? Übertrug sich die Aufregung der Zweibeiner etwa auch auf unsere Stallbewohner? Vor dem Gartenzaun war unterdessen Grütze in seinem klobigen Benz Diesel vorgefahren. Der Hund sprang vor Begeisterung beinahe gegen die Tür, er bellte und jaulte und drehte sich im Kreis, als hätte man ihm ein paar der schärfsten Hundedrogen eingepfiffen, die auf dem Markt waren. Selbst Marvin schien dieser Ausbruch seines Kumpels nicht ganz geheuer zu sein. Seit wann war Grütze denn so beliebt? Die Autotür öffnete sich und der Hund legte gleich NOCH einen Zahn zu. Als er geradezu in das Auto hineinflog, kapierte ich es endlich. Und heulte los wie ein ... nun ja ... Schlosshund.

28

Als rund 48 Stunden nach Annas Rückkehr das Skype-Fenster auf dem Bildschirm meines Laptops aufleuchtete, hatte ich gleich so eine Ahnung, dass in den nächsten Minuten ein paar wichtige Entscheidungen über meine Zukunft fallen würden. Beim letzten Gefühl dieser Art war es allerdings nur meine Mutter gewesen, die wissen wollte, ob ich regelmäßig zur Prostata-Vorsorge ging. Ich ermahnte mich also, erst einmal ruhig zu bleiben. Doch damit war es vorbei, als ich Annas Nummer auf dem Monitor erkannte. Bislang hatte ich keine Vorstellung davon gehabt, wie sich gleißender Stahl in meinen Adern anfühlen würde, doch jetzt musste ich nur mal kurz in mich hineinhorchen, um das nachzuholen. Schwer zu beschreiben allerdings. Ich würde es auf folgende Formel bringen: Ejaculatio Praecox auf Ecstasy minus Magenkarzinom geteilt durch die Mumbo Jambo Achterbahn mal Pulp Fiction plus der frühen Stones live im Madison Square Garden, und das alles geklammert im Bruchteil einer Sekunde. Ziemlich spektakuläre Geschichte auf jeden Fall.

Seit zwei Tagen schon fieberte ich vor Aufregung. Ich wusste, dass ich theoretisch nur noch ein paar Schritte tun musste, um Anna fest in den Arm zu nehmen und ihr zu sagen, dass ich sie so bald nicht wieder loslassen wollte. Selbst wenn das bedeutete, dass ich ... nun ... selbst wenn das am Ende bedeutete, dass ich ... also selbst wenn das jetzt heißen würde, so theoretisch ...

Erkennen Sie das Problem? Ich traute mich ja nicht mal, den Gedanken zu Ende zu *denken*. Wie sollte ich ihn dann erst *aussprechen?* Wenn das mal kein Dilemma ist.

In den letzten 48 Stunden hatten Anna und ich uns wie zwei scheue Tiere belauert, die man gegen ihren Willen zusammen in einen Käfig gesteckt hatte. Anna quartierte sich in ihrem alten Arbeitszimmer ein und hatte die Zeit genutzt, um sich mit Waltraud und Doroda anzufreunden. Ansonsten ging sie mir aus dem Weg. Das war auch nicht schwer, solange um uns herum die letzten Drehtage der *Scheunenherzen* abgewickelt wurden. Langkamp und seine Leute spürten die atmosphärischen Veränderungen im Klöterkamp, seitdem Anna wieder zurück war, und hielten sich diskret im Hintergrund, wenn sie im Haus war. Selbst Katta versuchte nicht länger, mich und Doroda vor der Kamera ins offene Messer rennen zu lassen.

Natürlich begegnete ich Anna hin und wieder, doch obwohl die Befangenheit zwischen uns mit den Händen zu greifen war, taten wir, als ob alles in bester Ordnung sei und kein Grund bestand, endlich einmal ausführlich miteinander zu reden. Es gab Momente, klar, da hatte ich den Eindruck, dass Anna auf etwas wartete, eine Geste von mir, ein Signal; womöglich darauf, dass ich diesen problematischen ersten Schritt auf sie zuging. *Sie* war schließlich um die ganze Welt geflogen, um zu mir zurückzukehren ...

Aber vielleicht irrte ich mich ja auch und schätzte das alles völlig falsch ein? Ich hatte doch keine Ahnung, was Annas schnelle Rückkehr aus Sydney wirklich bedeutete. Vielleicht hatte sie auf der anderen Seite der Welt gespürt, dass es mit uns endgültig vorbei war, dass sie mich einfach nicht mehr liebte. *Nicht mehr liebte.* Scheiße, wie das klang. Und jetzt war sie hergekommen, um mir das zu beichten, vielleicht sogar, dass es da schon einen anderen gab. Einen promovierten Gisbert möglicherweise. Anna war nicht feige, so eine Trennung hätte sie nicht am Telefon durchgezogen. Und druckste sie nicht seit ihrer Ankunft immer so vage herum, wenn wir uns über den Weg liefen? Wartete sie etwa nur noch auf den richtigen Moment, um mir endgültig ade zu sagen?

Ich löschte das Licht im Schlafzimmer, sodass das blaue Schimmern meines Laptops die einzige Lichtquelle im Raum war, setzte mich in meinen Ledersessel und atmete tief durch. Dann nahm ich das Gespräch an, das vermutlich eine Menge in meinem Leben verändern würde.

»Hey«, sagte Anna, »ich glaube, wir müssen mal ...«

»... reden!«, ergänzte ich ihren Satz.

Anna nickte.

»Es fühlt sich merkwürdig an ...«

»... wieder hier zu sein?«

Anna nickte erneut.

»Ich dachte, es wäre einfacher ...«

»... sich von mir zu trennen?«

Anna schüttelte heftig den Kopf. Gott sei Dank.

»Ich will mich nicht trennen, Alvy ... aber quatsch jetzt mal 30 Sekunden nicht dazwischen, okay, du hast jetzt zwei Tage geschwiegen, nun kommt es auch nicht mehr drauf an ...«

Ich zog mir pantomimisch die Lippen zu wie einen Reißverschluss. 30 Sekunden? Das schaffte ich. Anna nahm Anlauf, bevor sie weitersprach.

»Deine Nachricht auf meiner Mailbox hat mich berührt, Alvy. Ich hab dich lange nicht mehr so wahrgenommen, so offen, ehrlich, verletzlich. Und so ... ich weiß nicht ... bedingungslos?«

Ich hatte keine Ahnung, wovon Anna redete. Null. Aber meine 30 Sekunden Auszeit liefen noch und ich spürte, dass es meine Lage nicht unbedingt verschlechterte, wenn ich einfach mal meine Klappe hielt. (Sollte ich mir für die Zukunft merken ...)

»Einfach hier weg zu gehen und zu glauben, ich könnte mein altes Leben auf der Überholspur wieder aufnehmen, war ein Fehler. Ich habe in Sydney gemerkt, dass sich der Job auch mit zwei Jahren Abstand nicht viel besser anfühlte, überhaupt nicht, nur noch etwas schneller und noch etwas … sinnfreier? Andererseits …«, Anna machte eine Pause und blickte zu Boden, »… andererseits wollte ich hier auch nicht einfach so weitermachen wie vorher. Ich liebe dich, Alvy, was immer das bedeutet und was immer sich für sentimentale Illusionen hinter diesem Satz verbergen mögen.«

»So was nennt sich romantische Verklärung!«, plapperte ich dazwischen, ein wenig verlegen, aber plötzlich auch … tja … ziemlich euphorisch. Irgendein übermütiges Hormon breitete sich in mir aus wie Flüssiggas. Möglicherweise vergeudete ich gerade Dopamin, das wurde einem neuerdings ja sogar schon von Slam-Poetinnen angeraten. Meine 30 Sekunden waren vorbei, aber Anna bedeutete mir, dass sie immer noch nicht fertig war. Da reichte bei ihr schon ein kurzer Blick, selbst beim Skypen …

»Erst in Australien habe ich gemerkt, wie sehr du mir schon in den letzten Monaten in Haasenbüttel gefehlt hast. Aber ich wusste nicht, ob das wieder zu reparieren war, ob du überhaupt bereit sein würdest, mir entgegenzukommen. Denn mal ehrlich, Alvy: *Ich* bin zu *dir* rausgezogen, ich habe mit dir hier draußen gelebt, zu deinen Bedingungen. Das war okay, das war sogar schöner, als ich es für möglich gehalten hätte. Aber das ändert nichts daran, dass ich immer diejenige war, die Kompromisse gemacht und sich klaglos in deinem Lebensentwurf eingefügt hatte. Und als ich dann zum ersten Mal zu *dir* kam – nicht mal mit einer Forderung, nur mit einer Idee, einem Wunsch, einem unausgegorenen Traum, nenn es, wie du willst –, da konntest du nicht mal darüber reden. Dabei war es nicht bloß eine fixe Idee, mit dir eine Familie zu gründen, Alvy. Ich will nicht alleine alt werden, ohne Kinder, ohne einen emotionalen Heimathafen. Ich wusste das immer schon, aber diese alberne Zeitkapsel – und auch ein bisschen deine absurde *Scheunenherzen*-Geschichte – hat mir erst wieder verdeutlicht, wie sehr ich mich von dem Leben, das ich ursprünglich einmal führen wollte, entfernt hatte.«

In diesem Moment flackerte der Monitor meines Laptops auf und verzerrte Annas Umrisse, bis sie für ein paar Sekunden völlig vom Bildschirm verschwand. Ein kleiner Vorgeschmack auf mein weiteres Leben, wenn ich gleich nicht die richtigen Worte fand ... Noch redete Anna.

»Ich weiß, dass du ein großartiger Vater sein wirst. Ich weiß es einfach. Und ich bin froh, dass du dir in den letzten Wochen erlaubt hast, überhaupt einmal darüber nachzudenken, ohne dich gleich unter Druck gesetzt zu fühlen.«

Moment mal, hatte ich das? Wovon, zum Teufel, sprach Anna da überhaupt? Ich hoffte, man sah mir nicht an, wie sehr ich hier schwamm ...

»Ich hab das gebraucht, Alvy. Als ich deine Stimme auf dem Anrufbeantworter hörte und realisierte, dass die letzten Wochen bei dir etwas in Bewegung gesetzt hatten, da fühlte ich mich plötzlich wie befreit von all den Zweifeln der letzten Monate. Dass du mir zuliebe bereit bist, deine Dämonen zu bekämpfen und gegen deine ursprüngliche Überzeugung riskieren willst, Vater zu werden ... das war ... das war ...«

Ein Wunder wären die Worte, die mir jetzt dazu eingefallen wären. Aber ich sprach es besser nicht aus.

»... wie ein Wunder für mich!«, ergänzte Anna ihren Satz. Mein Gott, wie gut diese Frau mich kannte. Und gleich noch mal mein Gott: Wovon zum Teufel sprach sie denn da die ganze Zeit?

»Ich hab mir deine Ansage so oft angehört, immer wieder. Vor allem, wenn ich Antworten suchte: Sollte ich Sydney wirklich so schnell wieder abhaken? Ein zweites Mal zu dir nach Haasenbüttel zurückkehren? Das Risiko eingehen, ein Kind von einem Mann haben zu wollen, den schon die Verantwortung für sein Gemüsebeet im Garten zu überfordern scheint?«

(Das schon wieder. Es *war* zeitaufwändig, so ein Beet unkrautfrei zu halten, da machen sich ja die wenigsten Menschen einen Begriff davon ...)

»Es gab Momente, da hab ich mich selbst für meinen Wankelmut gehasst. Aber dann habe ich eben noch einmal aufs Neue deine Nachricht abgehört und gespürt, dass du es diesmal wirklich verstanden hast, dass du es ernst meinst mit uns. Und jetzt weiß ich auch, dass ich nicht an einen Punkt zurückkehre, an dem ich schon einmal war, Alvy. Ich habe das Gefühl, dass wir eine Chance haben, uns noch einmal gemeinsam weiterzuentwickeln. Und wenn dieser Ärger um die *Scheunherzen* nötig war, um solch einen Prozess in Gang zu setzen, dann werde ich dem deutschen Fernsehen mein ganzes Leben lang dankbar sein.«

Uff. Anna schwieg jetzt. Offenbar war ich dran.

»Kann ich es auch mal hören?«

Annas Stirn legte sich in Falten.

»Was meinst du?«

»Na, den Anrufbeantworter. So wie du darüber redest, würde ich gern mal wissen, wie ich darauf klinge.«

Was Dümmeres fiel mir nicht ein. Aber ich hatte doch wirklich keine Ahnung, wovon Anna sprach – und den Eindruck, dass ich das besser für mich behielt.

»Alvy, das ist jetzt wirklich nicht der richtige Moment, um blöde Scherze zu machen.«

Da hatte sie recht. Aber wie sollte ich denn sonst rausfinden, welche magischen Worte ich ihr angeblich auf den AB gesprochen hatte. Falls ich es überhaupt gewesen sein sollte ...

»Einmal nur, ganz kurz«, bat ich Anna erneut und hoffte, dass es nicht ganz so flehentlich bei ihr ankam, wie es gemeint war. »Nur mal so ... ähm ... *hören* ...«

Anna kniff die Augen zusammen und musterte mich. Dann fiel offenbar der Groschen. Im nächsten Moment wurde der Bildschirm dunkel, und bevor ich mich noch fragen konnte, ob das schon wieder ein technisches Problem war, erhielt ich meine Antwort schon. War es nicht. Die Tür zu meinem, zu *unserem* Ex-Schlafzimmer wurde aufgerissen, Anna stürmte in den Raum.

»Du weißt es wirklich nicht, oder?«, rief sie. Ihre Stimme kippte ein wenig, ich würde sagen, wir bewegten uns jetzt schon im schrilleren Bereich. Ich zuckte mit den Achseln.

»Was genau meinst du denn?«

Hilfloser Versuch.

»Ich glaub das nicht«, sagte Anna, »du hast *wirklich* keine Ahnung, oder? Ich kenne dich doch. Dieser leere Ausdruck in deinem Blick – du weißt gar nicht, wovon ich rede, stimmt's?«

Nochmaliges Schulterzucken. Mehr Optionen hatte ich nicht. Anna schüttelte bestürzt den Kopf. Fassungslosigkeit, Wut, Trauer – was man so alles in *einem* Blick unterbringen konnte, war schon beachtlich. Sie schaute mich noch einmal lange und wortlos an, dann reichte sie mir ihr Telefon, senkte den Kopf und verließ den Raum. Ich brauchte ein paar Minuten, um mich zu sammeln, bevor ich ihre Mailbox abhörte.

29

Noch 5 Tage

Bengt tauchte am frühen Nachmittag mit einem Typen vom Bauernverband bei uns auf, den er mir als »Wimmer, Ferdi« vorstellte. »Der Justitiar!« Bengt ging davon aus, dass ich schon von diesem komischen Vogel gehört hatte. Was allerdings nicht der Fall war. Diese Erscheinung hätte ich mir gemerkt: Knickerbocker, kariertes Hemd, Jägerjoppe, Pornobart und Kastenbrille. (Keine *moderne* Kastenbrille!)

»Der Ferdi hat ein paar Fragen an dich.«

»Dr. Wimmer – so viel Zeit muss sein!«, stellte der Knickerbocker klar, und wenn in seiner nüchternen Klarstellung eine Prise Ironie versteckt gewesen sein sollte, hatte der Doc das sehr sorgfältig kaschiert.

Ich erzählte ihm trotzdem alles, was ich über Melzigs Lager in der Duhnschen Wildnis wusste, ließ aber offen, auf welche Weise ich mir diese Informationen beschafft hatte. (Auf meinem Rücken hatte sich ein Bluterguss gebildet, der von blau-rot so langsam ins Gelblich-Grüne changierte und die Umrisse von Sylt nachzeichnete. Wer die Insel kennt, der weiß: Für so ein Hämatom ist das eine anspruchsvolle Aufgabe.) Zum Abschluss seines Verhörs händigte ich Doc Wimmer drei der erbeuteten Banderolen Melzigs aus und behauptete, mehr habe ich nicht. Eine reine Vorsichtsmaßnahme. Doc Wimmer machte zwar keinen verdächtigen Eindruck, aber was hieß das schon. Am Ende machte der noch gemeinsame Sache mit Melzig, das konnte man ja nicht ausschließen, nur weil er mit der Ausstrahlung eines pedantischen Bausparers gesegnet war. Die Typen, denen man den Ganoven schon von weitem ansah, waren in ihrem Business ja selten erfolgreich. Doc Wimmer verabschiedete sich mit einem festem Händedruck und schaute mir dabei tief in die Augen.

»Wir prüfen den Sachverhalt und, gesetzt den Fall, Herr Melzig habe sich in der von Ihnen geschilderten Weise nachweislich nicht ganz korrekt verhalten, werden wir alles daransetzen, ihn im Rahmen der Mittel, die der Gesetzgeber in einem solchen Fall vorsieht, mit dem gebotenen Nachdruck zur Rechenschaft ... *ähm* ... zu ziehen.« Das war knapp. Ich hatte schon befürchtet, dass sich der »Wimmer, Ferdi« in seinem semantischen Rhabarber verheddern würde und nie zu einem unbedenklichen Ende seines Gedankenganges zurückfinden würde.

»Schwafel nich, Ferdi«, schaltete sich Bengt jetzt ein und rückte die Verhältnisse in Haasenbüttel gleich wieder gerade. »Du weißt, was du zu tun hast!«

Noch 4 Tage

»Kliemann? Bist du schon wach?«

»Willst du mich flachsen?«, antwortete Haasenbüttels eifrigster (und einziger) Journalist. »Es ist fast Mittag!«

»Eben«, gab ich zurück, »ich dachte, Starreporter wie du sind nachts immer bis in die Puppen unterwegs ...«

Fand Kliemann jetzt aber nicht so amüsant.

»Was willst *du* denn, du Selbstversorger ohne Frau und Hof.« Auch wieder wahr. Und zudem eine gute Frage. Gar nicht so leicht zu beantworten. Seit meinem denkwürdigen Antrittsbesuch in der Deichdiele war mir Kliemann nicht mehr über den Weg gelaufen. Weiß der Teufel, wo er sich herumgetrieben hatte. In der Zeitung stand seit Tagen kein Wort mehr von ihm. Vermutlich zog Kliemann seine Gelage durch, so wie andere Leute fasteten: regelmäßig und ausdauernd. Ich hoffte, seine Redaktion hatte ihn noch nicht völlig aufgegeben, ich brauchte ihn jetzt einmal dringend.

»Kliemann, ich biete dir Informationen für eine Geschichte an. Die hättest du exklusiv. Win-Win, wenn du weißt, was ich meine.«

»Nee, weiß ich nicht.«

»Das heißt, wir profitieren *beide* davon!«

»Wovon?«

»Von der Geschichte! Mensch, Kliemann, jetzt konzentrier' dich doch mal.«

»Was für eine Geschichte soll das denn sein?«

»Tja, sehr komplex, würde ich sagen. Sie handelt von unserem Freund Melzig. Und von Hühnern, von unserem Nachbarland Polen, von der Korruption und von einem Tierschutzskandal ...«

Schade, dass ich Kliemann jetzt nicht sehen konnte. Ich war sicher, dass sich sein Mondgesicht in den letzten zehn Sekunden zu einem Fragezeichen verformt hatte.

»Ähm. Klingt kompliziert, Alvy.«

»Ist es. Sehr komplex, schwer zu durchdringen. Aber mit Sprengstoff. Das wird dein Blättchen auch überregional fahren, da kannst du von ausgehen.«

Ich wusste, dass ihn das anspitzen würde. Geschichten, die vom Regionalteil in den vorderen Mantelteil der Zeitung übernommen wurden, bekam er doppelt honoriert. Außerdem passierte es so gut wie nie und garantierte dem jeweiligen Autor ein gewisses Renommee in Kollegenkreisen. Ein kostbares Gut, von dem Kliemann bislang nicht allzu viel angespart hatte. Zu Recht. Kliemanns Talente kamen schon beim Versuch, die Jahreshauptversammlung der örtlichen Kaninchenzüchter nachzuerzählen, an ihre Grenzen. Und er war keiner, der sich da viel vormachte.

»Kliemann, ein Vorschlag. Du garantierst mir, dass die Geschichte in die Sonntagsausgabe der Zeitung kommt und nicht vorher online verblasen wird. Dafür schreib ich sie dir selbst auf. Du musst sie am Samstagnachmittag nur noch abgeben.«

»Du schreibst sie mir?«

»Warum nicht. Habe ich ja mal gelernt, erinnerst du dich? Und ich bin ja ganz nah dran an der Story, hab sie ja quasi selbst erlebt.«

»Echt?«

»Klar. Und dein Name steht drunter, Ehrensache.«

Kliemann rang mit sich. Etwa fünf Sekunden.

»Und da stimmt alles drin, in der Geschichte?«

»Aber sicher. Wir können am Samstag vor der Sendung noch die Fakten checken, wenn du willst.«

Ich wusste, dass er dafür viel zu faul sein würde – und zudem überfordert. Er war ein Taxifahrer ohne Führerschein mit einem Dauerpegel und einem Nebenjob als Lokal-Schreiber – mit dem üblichen Procedere einer Story dieser Größenordnung war Kliemann ungefähr so vertraut wie unsere Verteidigungsministerin mit der Verhütung.

»In Ordnung«, sagte Kliemann, »dann bin ich am Samstag gegen zwei bei dir.«

»Versuch es eine Stunde eher, am Samstag wird hier die Hölle los sein. Das große *Scheunenherzen*-Finale, das weißt du ja sicher.«

»Klar, ich bin auch schon ganz gespannt«, ätzte Kliemann, »wer wird's denn werden: die geile Polin oder die dicke Wally?«

»Überraschung!«, antwortete ich betont munter und zeigte Kliemann dabei den gestreckten Mittelfinger durchs Telefon. »Da spanne ich dich noch bis Samstag auf die Folter ...«

Noch 3 Tage

Gleich nach dem Frühstück reiste Brigitte an. *Eine* Kleidergröße hatte sie schon mehr auf den Rippen. Mindestens. Sie fischte gleich vier der Gefrierhühner aus Melzigs protziger Kühlvitrine und begann mit der Zubereitung des Dinners für unseren offiziellen Abschiedsabend, so als sei sie nie weg gewesen. Unsere Einwände wischte sie lachend beiseite: »Warum mit alten Gewohnheiten brechen?« Was stimmte bloß an dieser Szene nicht? Ich kam erst nach einigen Sekunden drauf: Brigitte *lachte?*

Gegen sechs füllte sich das Haus. Wir trugen einen großen Holztisch in den Garten und hängten ein paar Lampions in die Kirschbäume. Meine Vorräte vom Grünen Veltliner gingen langsam zur Neige, doch für diesen Abend würden sie wohl noch reichen. Ausnahmsweise hatte ich Tischkärtchen gebastelt. An diesem Abend wollte ich auf Nummer sicher gehen. Doroda saß neben Langkamp, Waltraud war neben Grütze platziert worden, Bengt hatte einen Überraschungsgast angekündigt, den ich in die Mitte zwischen ihn und Brigitte setzte. Für Anna hatte ich einen Platz an meiner Seite reserviert.

Vier Stunden später regnete es in Schleswig-Holstein immer noch nicht. Marvin und das Paulchen grunzten unter dem Tisch wie zwei Trecker im Leerlauf; Langkamp strapazierte unsere Gehörgänge mit Tinnitus-Gelächter und schlechten Witzen; Grütze glaubte Waltraud nicht, dass sie jede Nacht im Stall bei den Tieren schlief; Brigitte erzählte unter unserem Gelächter von ihrem Ex-Mann, der gerade von seiner neuen Ehefrau verlassen worden war; der Grüne Veltliner machte dann doch noch schlapp, und Bengt bewies wieder einmal, dass er tatsächlich *der Regler* in Haasenbüttel war, auf den man sich in nahezu jeder Lebenslage verlassen konnte.

Es war schon verrückt. Das war der fröhlichste Abend seit langer Zeit im Klöterkamp, und obwohl noch lange nicht raus war, ob wir wirklich hier bleiben konnten, spürte ich zum ersten Mal wieder so etwas wie Zuversicht in mir aufsteigen. Dank Bengt und seinem Überraschungsgast hatte ich sogar wieder so etwas wie eine kleine, vage, aber doch: Perspektive. Ich hatte die »Scheunenherzen« oft verflucht in den letzten Wochen und mich dafür geschämt, in eine Show geraten zu sein, die mich landesweit zum Horst gemacht hatte. Heute Abend aber hatte ich zum ersten Mal das Gefühl, dass das Ganze auch zu etwas gut gewesen war. Ich blickte mit feuchten Augen auf die fröhliche Gesellschaft in unserem Garten. Auf dem Misthaufen der TV-Geschichte war tatsächlich eine hübsche Blume gewachsen. Oder so. Meine Güte, war ich breit.

Noch 2 Tage

10 Sekunden, dann hatte Katta verstanden. Sie zückte ihr Lieblings-Smartphone, rief eine Website auf, steuerte den Drucker in ihrem improvisierten Produktionsbüro an und verteilte schon fünf Minuten nach ihrer Ankunft DIN-A4-Blätter an alle, die gestern bei unserer kleinen Feier im Klöterkamp dabei gewesen waren. Ich kniff die Augen zusammen und las, was Katta offenbar aus dem *Focus* herauskopiert hatte:

Fünf Anti-Kater-Tipps
Vorsichtig mit Aspirin umgehen
Flüssigkeitsspeicher auffüllen
Mineralschub per Rollmops geben
Die Finger vom Morgendrink lassen
Den Kater spazieren führen

»Was ist mit Sonnenbrillen?«

Katta blies die Backen auf und dachte kurz nach.

»Geht nicht, dann sehen eure Augen nachher vor der Kamera aus, als ob ihr gekifft hättet. In einer Stunde ist Drehbeginn.«

Wir stöhnten kollektiv auf: sechs Menschen, die gerade versuchten, mit ihren Nasen in den Löchern zu bohren, die ein Holzwurm in den Küchentisch gefräst hatte. Ein Trauerspiel mit diesem Dämon Alkohol …

Langkamp war der Erste, der am frühen Nachmittag wieder seine normale Betriebstemperatur erreichte. Ich vermutete, dass er sich über Tipp 4 des *Focus* lässig hinweggesetzt hatte. Sollte mir recht sein, denn von seinem Job hing heute eine Menge ab. Er musste unseren brandneuen Helfern Slomo, Jacky und Marie akribisch erklären, wie die Kamera funktionierte, die wir den dreien auf ihre gefährliche Expedition mitgeben wollten. Bengt hatte das Trio ausfindig gemacht, junge Leute aus der Umgebung, die sich nach seiner Ansicht nicht davor scheuten, dahin zu gehen, wo es wehtat. Slomo und Jacky waren gerade mal Anfang zwanzig, ihre bunten Mützen hatten sie sich tief ins Gesicht gezogen. Ich war nicht sicher, ob das zu ihrem üblichen Outfit gehörte oder schon Teil ihrer Verkleidung war, aber eines wusste ich: Wir waren auf dieses merkwürdige Trio angewiesen, wenn wir Melzig drankriegen wollten.

Langkamps Vorlesung in Kameratechnik hörte sich kompetent an. Es gab also tatsächlich Sachen, die der Kerl draufhatte. Ich hatte es ja gleich gesagt: Unterschätzen sollte man Langkamp nie.

»Die Sony HDR-CX320EB setzen wir schon mal als Backup-Kamera ein, falls wir mit der Großen nicht drehen können«, dozierte er, »wenn ihr da 'ne Stirnlampe draufhaut, kriegt ihr definitiv sendefähiges Material raus.«

Slomo, Jacky und Marie hörten andächtig zu.

»Im Sony HDR-CX320EB arbeitet ein hochwertiger Exmor-R-CMOS-Sensor. Der sorgt für exzellente Ergebnisse, auch bei weniger guten Lichteinflüssen. Versteht ihr?«

Das Trio nickte.

»Die Bedienung ist einfach. Und geile Zusatzfunktionen: Smile Shutter, Motivprogramme, dazu der Bildstabilisator Steady-Shot. Verwacklungen durch unsanfte Stöße gibt's nicht mehr bei dem Gerät. Ihr könntet theoretisch sogar beim Weglaufen sendefähige Bilder machen. Fragen?«

Keine.

»Dann probiert mal!«

Die nächste halbe Stunde ging dabei drauf, dass wir nicht nur von Kattas Profis, sondern auch noch von Langkamps Amateuren abgefilmt wurden, doch wir maulten nicht. Wie schon einst Apo-Revoluzzer Fritz Teufel wusste: Jeder musste halt Opfer bringen, wenn es der Wahrheitsfindung diente.

Wir umarmten Slomo, Jackie und Marie zum Abschied. Sie stiegen in einen bordeauxroten Volvo-Kombi aus den siebziger Jahren mit Oldtimer-Nummernschild.

»Hat der ein Navi?«

»Glauben wir nicht dran. Wir benutzen Karten.«

Das war klar. Komische Käuze. Keine Smartphones, kein Fleisch auf dem Teller und *natürlich* auch kein Navi. Ehrensache. Aber ich bewunderte sie auch. Jetzt brauchten sie noch ein wenig Glück, um Melzig zu versenken ...

Noch 1 Tag

Bengt hatte das mit der Rechtsberatung in die Hand genommen. Wer sonst.

»Mein Paragraphenreiter ruft Langkamp um 17 Uhr an, vorher ist er in Meetings.«

Wir nickten synchron.

»Ist das denn überhaupt geklärt, dass Melzig nicht talern mutt?«, hatte Bengt gefragt, als wir uns vor ein paar Tagen über unsere Situation beklagt hatten.

»Wie meinst du das?«, hatte ich geantwortet. »Im Vertrag steht doch ziemlich klar, dass er das Recht hat, alle wichtigen inhaltlichen Entscheidungen der Sendung abzusegnen – oder eben nicht. Dazu gehört auch die Auswahl der Frauen, die es bis in die Finalsendung schaffen. Eindeutiger geht's ja wohl nicht.«

»Ich meine ja bloß. Vielleicht gibt's da drin ja bannig strittige Sätze – oder mehrdeutige. Habt ihr das mal kontrolliert?«

Langkamp fühlte sich angesprochen.

»Klar, ich hab das mit meinem Chef debattiert.«

»Und?«

»Der hat mich rundgemacht«, maulte Langkamp.

»Das heißt nichts«, maulte Bengt zurück, »ist dein Chef Jurist, Langkamp?«

»Nein, ist er nicht – aber du doch auch nicht, soviel ich mitbekommen habe?«

»Ich hab den ein oder annern Schimpf vorm Kadi ausgefochten«, antwortete Bengt, »und dabei habe ich eins nu gelernt: Bei jedem zweiten Satz in so einem Vertrag gibt es immer *mindestens* drei Möglichkeiten, ihn falsch zu verstehen. Da ist keine Logik nämlich nich dabei, das ist alles Vertälkrempel!«

Damit hatte Bengt uns ein wenig nachdenklich gemacht, musste ich zugeben.

»Okay, was schlägst du also vor?«

»Ich kenn da einen guten Mann in Hamburg. Hab ich noch einen gut bei dem. Er kann euern Vertrag mal überfliegen, wenn's euch recht ist.«

17 Uhr 15. Langkamp stellte sein Telefon auf laut.

Viel verstand ich trotzdem nicht von dem, was Bengts Juristenfreund erzählte. Erst ging es um Vereinbarungen, dann um Gesetzestexte und die Kommentare dazu, schließlich um Entscheidungen von irgendwelchen Richtern in irgendwelchen Fällen. Es dauerte, aber schließlich kam der Kerl auf den Punkt.

»Ihr habt nur eine Chance, die Klausel im Vertrag zu unterlaufen.«

»Und die wäre?« Ich erlaubte mir einen Schimmer Hoffnung.

»Es gibt unter Punkt 12, Absatz vier eine Einschränkung, was die Gestaltungsfreiheit eures Sponsors angeht. Dann nämlich, wenn der Produzent durch eine Entscheidung des Sponsors die berechtigte Befürchtung hegt, unter einen bestimmten Zuschauerschlüssel zu fallen.«

»Zuschauerschlüssel?«, fragte ich.

»Er meint die Quote«, soufflierte Langkamp.

»Und was heißt das konkret?«, fragte ich.

»Falls der ausführende TV-Produzent – also Telepop – darauf pocht, diesen Absatz in Anspruch zu nehmen und damit begründet, eine oder mehrere Entscheidungen des Hauptsponsors zu ignorieren, ist eine Quote fixiert worden, die im Finale der gesamten Sendung im Mittel erreicht werden muss.«

»Okay«, sagte Langkamp, »von welcher Quote sprechen wir hier?«

»Moment, da muss ich mal nachschauen ... hier steht es: 8,5 Millionen.«

Langkamp seufzte auf.

»Ist das viel?«

Mein alter Kollege schüttelte den Kopf und beobachtete mich wie ein seltenes Tier.

»Stift, wo lebst du denn eigentlich. Viel? Das ist reinste Utopie. Wenn Lanz so viel Zuschauer bei seiner letzten *Wetten, dass*-Arie hat, darf der die Sendung noch mal 10 Jahre weitermachen. Das ist hoffnungslos!«

Zeit für einen kleinen Konter.

»Ich dachte, ihr seid Profis im Fernsehgeschäft, Langkamp, wer hat denn aus euerm Laden bloß diesen Vertrag unterzeichnet?«

Langkamp zuckte zusammen, als hätte man ihm mit einer Zeitung auf den Hinterkopf geschlagen. Mehr musste ich gar nicht wissen.

30

Das Paulchen legte den Kopf schief, schlug aber nicht an, obwohl ich Grützes restaurierte Luxussauna wie ein Unhold durch ein angelegtes Fenster betrat. Darin hatte ich ja schon Routine, seitdem Anna sich in die Kuppelei zurückzog, immer wenn ich sie mal wieder aus dem Klöterkamp vertrieben hatte. Der Hund trabte kurz zu mir und leckte meine Hand. Immerhin einer in dieser Familie schien mir noch ein wenig Sympathie entgegenzubringen. Ich zupfte an Annas Bettdecke.

»Wie spät ...?«, murmelte sie mechanisch.

»Fünf«, antwortete ich flüsternd.

»Was *machst* du hier?«, fragte Anna, immer noch ohne die Augen zu öffnen, »um diese Zeit?«

»Ich bring dir dein Telefon zurück.«

Annas Lider zuckten, aber sie öffnete die Augen immer noch nicht. Das nenne ich mal Körperbeherrschung.

»Okay, du musst mich nicht anschauen, ist vermutlich ohnehin einfacher, wenn du's nicht tust. Ich hab dir was zu sagen!«

»Sag's mir später.«

»Das geht nicht. Heute Abend ist das große *Scheunenherzen*-Finale, und bis dahin will ich reinen Tisch gemacht haben, mit allem! Heute ist der Tag. Danach mach ich mit meinem Leben weiter!« Manchmal brauchte die Welt klare Ansagen, auch wenn sie sich anhörten, als hätte sie Bruce Willis schon mal in »Die Hard IV« zum Besten gegegeben ... Anna kicherte mit geschlossenen Augen in ihr Kissen. Immerhin warf sie mich nicht gleich aus dem Zimmer.

Ich blickte mich um in Grützes Sauna. Annas Sachen lagen

nachlässig verstreut darin herum. Komisch, das wirkte immer noch wohnlicher, als wenn ich unser ganzes Haus dekorierte. Anna hatte ein Händchen dafür, eine behagliche Atmosphäre um sich herum auszubreiten. Eigentlich hatte sie ein Händchen für so ziemlich alles, was das Leben besser machen konnte. Höchste Zeit, das auch mal auszusprechen. Nüchtern.

»Ich habe mir die Ansage auf deinem Anrufbeantworter angehört«, flüsterte ich ihr zu, »so ungefähr einhundert Mal.«

Das war vermutlich noch untertrieben. Zuerst hatte ich nicht glauben können, was ich da hörte. Es war eindeutig meine Stimme, das stand fest. Aber der Text? Abgesehen davon, dass er unter Alkoholeinfluss zustande gekommen sein musste und an den Rändern stark ausleierte, passte er einfach nicht zu mir. Na gut, der erste Teil schon: Da war ein Mann zu hören, der die Überbevölkerung beklagte und die Kosten, die so ein eigenes Kind bis zu seinem 18. Geburtstag verursachte. Diese Stimme, die sich wie meine anhörte, zitierte eine aktuelle Untersuchung, die angeblich nachwies, dass Eltern im Gegensatz zu gleichaltrigen, kinderlosen Paaren dreimal häufiger geschieden wurden. Außerdem hätten solche Paare wenig Sex, dafür aber ein großes Schlafdefizit, und das alles nur, damit der Erstgeborene einen während seiner Pubertät hasste oder zumindest abgrundtief verachtete und später in einer anderen Stadt lebte, von wo aus er dreimal im Jahr anrief, um seinen Geburtstagsscheck anzumahnen. Alles in allem schien diese Stimme zu einem Typen zu gehören, der seine Hoffnungen im Leben nicht unbedingt darauf ausgelegt hatte, eine Familie zu gründen und irgendwann mal Vater zu werden. Bis hierhin kam mir dieser Typ ziemlich bekannt vor. Dann wurde die Stimme plötzlich ein wenig brüchig.

»Ich weiß das alles und ich glaube auch fest daran. Aber die Vorstellung, dich zu verlieren, ist schlimmer als alles, was mir *mit dir* passieren könnte; selbst dann, wenn es ein störrischer 14-Jähriger mit einem Drogenproblem sein sollte, der deutschen Schlager hört und in die junge Union eintreten will.« Die Stimme räusperte sich, bevor sie noch einmal aufs Gas drückte.

»Wenn du glaubst, dass ich ein Vater und wir wirklich eine richtige Familie sein können, dann vertraue ich dir ... dann vertraue ich dir jetzt einfach. Ich liebe dich, und wenn das heißt, dass sich in Zukunft ein paar Dinge ändern müssen im Klöterkamp, dann ist das so. Hauptsache, du lässt diesen Gisbert in Sydney sein Hotel alleine launchen und kommst zu uns zurück nach Haasenbüttel. Wir vermissen dich hier. Alle. Weißt du, was Tom Hanks gesagt hat? ›Die Liebe ist eine Reise, die man ohne Angst antreten muss und ohne Bedingungen zu stellen.‹ Da hat er Recht, da hat er totaaal recht, der Forrest Hanks. Keine Bedingungen mehr. Alles, wassu willst.«

Danach nickte der Mann einfach weg, zu dem die Stimme gehörte. Kein Zweifel. Das WAR ich. Und ich wusste auch schon nach dem ersten Hören wieder, wann ich Anna in Sydney angerufen haben musste. So betrunken, dass ich einen Filmriss hatte, war ich in den letzten Wochen nur einmal gewesen. Das war in der Nacht nach meinem ersten Ausflug in die Deichdiele. Hinterher hatte ich mit Doroda, Waltraud und Brigitte in der Küche so lange gepichelt, bis wir alle ein paar verrückte Dinge taten, die am übernächsten Tag in der *Bild am Sonntag* nachzulesen waren.

»Anna, jedes Wort, das ich in dieser Nacht gesagt habe, ist wahr! Jedes. Einzelne. Wort! Glaub mir, das war nicht bloß das betrunkene Geschwätz eines Verzweifelten!«

»Du hast Tom Hanks zitiert ...«, murmelte Anna immer noch schlaftrunken, doch es schien mir, als ob ihre Mundwinkel dabei spöttisch zuckten.

»Okay, es *war* das betrunkene Geschwätz eines Verzweifelten!«, gab ich zu. »Aber ich nehme keine einzige Silbe davon zurück! Alles ist genau so gemeint, ich kann es gerne wiederholen. Ich will keinen einzigen Tag mehr ohne dich leben. Ich liebe dich und ... ähm ... also ... ich will ... *ghrfhj* ähm ... dir!«

Anna schlug die Augen auf und fixierte mich herausfordernd.
»Was hat du gesagt?«
»Du hast es gehört.«
»Nein, nicht so richtig.«
»Du weißt schon!«
»Sag es.«
»Hab ich ja schon.«
»Sag es.«
»Nein!«
»Sag es.«
»ICH WILL EIN KIND MIT DIR, zufrieden?«
Anna nickte.
»Erst mal schon. Und jetzt komm rein, bevor du's dir wieder anders überlegst, ich hab grad meine interessanten Tage.«
Sie hob ihre Bettdecke einladend ein kleines Stückchen hoch. Ich schaute Anna entsetzt an. Sie grinste.
»Hey, glaubst du, du bist der Einzige von uns beiden, der schlechte Scherze mag?«

31

Britta Broich winkte strahlend in den Saal. Ihr Publikum pfiff und johlte wie eine Thekenmannschaft am Ballermann. Es dauerte, bis die blondeste Moderatorin von allen die entfesselte Meute dazu brachte, sich wieder ruhig auf ihre Stühle zu setzen.

»Was für eine Begrüßung!«, flötete sie ins Mikrofon. »Ich freue mich sooo sehr, heute Abend Ihre Gastgeberin beim großen Finale der *Scheunenherzen* sein zu dürfen! Zum Auftakt unserer Show begrüßen wir erst einmal die wunderbare Helene ... FISCHER!!!«

Langkamp lächelte im Regieraum der Show zufrieden in sich hinein. 500 Schleswig-Holsteiner außer Rand und Band! Ein Feuerwehrball war nichts dagegen. Das musste ihm erst mal einer nachmachen.

»Mal sehen, ob du dich nach der Sendung auch noch *sooo sehr* freust«, murmelte er und klickte auf Kamera sechs, wo zwei alte Muttchen zu sehen waren, die sich vor Verzückung fast an ihrem Gebiss verschluckten.

»Drück nicht so sehr aufs Gas«, mahnte ich Langkamp, »nicht dass einer der Herren im Sender zu früh Verdacht schöpft.«

»Ach, halt die Backen, Stift«, antwortete Langkamp, »lass das mal meine Sorge sein. Wir müssen hier schließlich von Anfang an Druck auf den Kessel geben! Du weißt doch: Wir brauchen mehr als acht Millionen Zuschauer – im Mittel. Da müssen wir gleich eine gute Basis schaffen.« Anna nickte.

»Da hat er recht.« Eine Premiere. Bislang waren Anna und Langkamp noch nie einer Meinung gewesen.

»Was willst du eigentlich noch hier drin«, fragte Langkamp

jetzt in meine Richtung, »in zehn Minuten ist das Helenchen durch mit ihrem Gemucke, dann folgt schon der Einzug der Gladiatoren. Ab in deine Garderobe!«

»Keine Bange, ich komm da schon rechtzeitig hin. Erst schau ich mir an, was du hier für wunderbare Bilder zauberst.«

Nicht, dass ich mir um Langkamp Sorgen machte. Er war in den letzten Jahren zu einem echten TV-Profi geworden. Ob er die Sendung nun eigenhändig als Regisseur fuhr oder einer seiner Lohnkräfte, das würde keinen großen Unterschied machen. Und wie er da mit seinem Headset *wichtigwichtig* Anweisungen an die Kamerafritzen gab und gleichzeitig virtuos mit den Knöpfen auf dem Pult vor sich hantierte, das hatte schon Gesicht, das musste ich ihm lassen. Nur einer schien noch nicht ganz überzeugt.

»Langkamp, weißt du eigentlich, was du da tust?«, meldete sich Truck zu Wort, der auf einem kleinen Stuhl in der Ecke des Regieraums kauerte und sichtbar schmollte. Eigentlich war er vom Sender für den Job des Regisseurs vorgesehen, doch Langkamp hatte Trucks Thron vor ein paar Minuten im Handstreich übernommen und ließ nicht mit sich reden.

»Ich übernehme keine Verantwortung, wenn das heute Abend in die Hose geht!«, stammelte er. »Das kannst du doch nicht machen, das geht echt zu weit!«

Langkamp winkte ab.

»Sorry, Truck. Muss sein. Du machst gute Arbeit, daran liegt's nicht. Aber es wird in der Sendung ein paar ... sagen wir ... *Überraschungen* geben.«

»Was denn für Überraschungen?«

»Naja – wir werden hin und wieder etwas improvisieren und vom offiziellen Sendeplan abweichen, verstehst du?«

Trucks Augen weiteten sich vor Schreck.

»Bist du nicht bei Trost, dafür fliegen wir alle raus! Wir können doch nicht ohne Absprache mit dem Sender den Ablauf ändern!«

»Doch, bei einer Live-Sendung *können* wir das. Wir *dürfen* es zwar nicht, aber verhindern werden die Schnarchnasen vom Sender das nicht können.«

»Wir werden *alle* rausfliegen!«

»Jaja, Truck, und eines Tages werden wir *alle* sterben. Dann werden wir aber hoffentlich auch was zu erzählen haben.« Seine Augen blitzen vor Lust an der Rebellion. In Langkamp steckte also tatsächlich ein kleiner Anarcho. Man musste das nur herauskitzeln …

»Okay, Truck, hier ist der Plan: Du rufst bei Plücke im Sender an und sagst ihm, dass ich dich aus dem Regieraum entfernt habe. Lass dir was einfallen, sag einfach, ich wär' mal wieder hackedicht. Dann bist du auf der sicheren Seite und ich kriege hinterher den üblichen Ärger.«

»Aber Plücke ist doch am Samstagabend nicht im Büro! Der sitzt doch sicher wieder irgendwo in der Toskana rum und schlürft mit dem Altkanzler Pinot Grigio!«

Plücke war zwar Programmdirektor, aber bekannt dafür, dass er das Fernsehen privat noch weniger schätzte als ein Furunkel am Allerwertesten. Am Wochenende war der Mann grundsätzlich nicht erreichbar.

»Weiß ich doch«, antwortete Langkamp lächelnd, »du sollst ihm ja auch nur auf Band sprechen. Dann hört Plücke deine Nachricht am Montagmorgen ab und kann uns hier nicht mehr an den Karren fahren.«

»Verstehe«, antwortete Truck nach einer kurzen Denkpause, »dann mach ich das jetzt besser mal.«

Langkamp nickte.

»Nichts für ungut«, murmelte sein Regisseur verlegen, »brauchst du mich dann hier drin wirklich nicht mehr?«

Langkamp dachte nach.

»Doch, ich hab da schon noch einen Job für dich. Kümmere dich erst mal um Plücke. Danach wählst du dich bei der GFK in

Nürnberg ein und informierst mich alle 15 Minuten, wie die Zuschauerkurve der Sendung verläuft.«

»Ich dachte, dir sind Einschaltquoten wurscht, Langkamp?«, antwortete Truck überrascht und auch ein wenig trotzig.

»Heute nicht!«, sagte Langkamp. »Heute kriechen wir dem Quotenbär mal ordentlich dahin, wo die Sonne nicht mehr scheint!« Truck nickte Anna und mir noch kurz zu, bevor er den Raum verließ – er wollte wohl sichergehen, dass er zur Not auf Zeugen zurückgreifen konnte, wenn er sich für den heutigen Abend noch einmal rechtfertigen musste.

»Apropos Sonne, Anna«, meldete sich Langkamp erneut, »kannst du deine Truppen da draußen anweisen, während der nächsten Musiknummer noch mal durch die Reihen zu gehen und neue Bowle auszuschenken?«

Anna nickte.

»Klar, wird gemacht!«

Sie hatte den Abi-Jahrgang der Elmshorner Waldorfschule eingespannt; offiziell, um während der Sendung bei der Einlasskontrolle zu helfen. In Wahrheit hatte sie ihre jugendlichen Helfer aber als Kellner angestellt, die das Saalpublikum großzügig mit Bowle bewirten sollten. Gratis! In großen Mengen! Das süße Gesöff hatten Brigitte, Doroda und Waltraud am Vorabend noch schnell in überdimensionalen Milchkannen angesetzt, die Bengt ihnen spontan zur Verfügung gestellt hatte – und das Zeug hatte deutlich mehr Umdrehungen, als eine Bowle normalerweise auf die Theke brachte. Die Vorräte der Bowle reichten locker, um ein ganzes Zelt auf dem Oktoberfest zu bespaßen. War Langkamps Idee gewesen.

»Wir müssen das Publikum so *duhn* machen, dass die alles ganz prima finden und sich vor Begeisterung nass machen! Ich sage dir, Stift – so eine fröhliche Hysterie überträgt sich im Fernsehen bis in die letzte Butze.«

Sein Plan schien aufzugehen. Fröhlich exten die Jubelperser aus der Region ihre Pappbecher leer und hielten sie dankend für die zweite Runde unter die Kelle der Waldorfschüler. Wann bekam man denn auch schon mal was umsonst? Selbst die mit Original STROH 80 eingeweichten Erdbeer- und Aprikosenstückchen wurden mithilfe der verteilten Plastikpicker eifrig weggefuttert. Im Saal brodelte es bereits so lustig und ausgelassen wie in einem Bienenkorb, und da waren die ganzen Bauern und ihre Heiratskandidatinnen noch nicht mal auf der Bühne. Noch musizierte sich Helene Fischer souverän durch ihr routiniertes Aufwärm-Programm. In den ersten Reihen wurde schon eifrig geschunkelt und textsicher mitgesungen: *»Atemlos durch die Nacht, bis ein neuer Tag erwacht!«*

»Katta, Zeit für unseren ersten *special guest!* Hast du den an der Angel?«

Ich konnte nicht hören, was Langkamps Redakteurin ihm ins Ohrstöpselmikro soufflierte, sah aber auf dem Monitor der Regie, dass sie den Daumen nach oben streckte.

»Stift, höchste Zeit jetzt. Zu deinen Truppen!«

Ich nickte Langkamp zu.

»Gleich. Schon was von Slomo, Jacky und Marie gehört?«

»Die sind in Cottbus noch im Schnitt. Das wird eng.«

Wir hatten in Cottbus ein Studio angemietet. Kostenstelle ARD. Darauf kam es jetzt auch nicht mehr an.

»Und die anderen Teams?«

»Sind unterwegs, das läuft.«

Ich nickte.

»Viel Glück, Langkamp.«

Er nickte. Ich war schon fast zur Tür raus, da drehte ich mich noch einmal um. Musste sein.

»Langkamp?«

»Hmmh?«

»War sehr okay mit dir zu arbeiten, egal wie das heute abend noch ausgeht.«

Er schaute mich erstaunt an, dann nickte er mir zu.

»Danke. Und jetzt an die Arbeit, Stift, mach hin.«

Ich eilte zum Aufgang hinter die große Bühne, wo Britta Broich sich bereits mit ihren Kandidaten auf den Einzug in den Saal vorbereitete. Mit einem kühlen Nicken nahm sie zur Kenntnis, dass ich mich endlich zu ihrem Rudel bequemt hatte.

»Wo bleiben Sie denn, noch *eine* Minute!«, zischte sie mir zu.

»Wetten nicht?«, gab ich zurück.

Sie schaute mich erstaunt an, hielt es aber für unnötig, auf meine kryptische Bemerkung zu reagieren. Helene Fischer kam auf der Bühne so langsam zum Ende ihrer Nummer. Sie verbeugte sich bereits zum dritten Mal vor dem tobenden Saalpublikum, als ein junger Mann im taubenblauen Polyesteranzug mit einem riesigen Blumenstrauß die Bühne erklomm. Der Typ sah aus, als ob ihm Mutti morgens noch seine Sachen rauslegte. Waren das Lilien? Helene Fischer erschrak sichtlich, wieso hatte ihr das keiner gesagt? Was wollte der Kerl? Unsicher blickte sie auf Katta, die hinter der mittleren Kamera stand und erneut den Daumen in die Luft streckte, diesmal in Richtung der Künstlerin.

»Alles okay!«

Helene Fischer knipste – ganz der Profi – gleich wieder ihr strahlendes Lachen an und blickte dem jungen Mann neugierig entgegen. Kaum hatte er ihr die Blumen überreicht, umschlang er die verdutzte Sängerin mit beiden Armen und herzte sie wie seine eigene Oma, hob sie kurz hoch und griff auch schon nach dem Mikrofon der überrumpelten Schlagersängerin.

»Guten Abend, wenn ich mich erst mal vorstellen dürfte: Ich bin der Rüdiger Durm aus Lünen und dein allerallergrößter Fan!« Das Publikum johlte, nicht ganz sicher, ob Rüdiger nun zum Unterhaltungsprogramm gehörte oder nur einer von ihnen war, der sich was traute. Die Künstlerin bedankte sich lachend und deutete eine Verbeugung an, doch auf das, was dann folgte, war sie nicht vorbereitet: Rüdiger kniete vor Helene nieder, zog ein Döschen aus den Tiefen seines albernen Anzugs und präsentierte der Sängerin einen fetten Ring.

»Liebe Helene, ich nehme jetzt mal all meinen Mut zusammen und frage dich, im Angesicht all dieser guten Menschen hier im Saal und mit der Kraft meiner unschuldigen Liebe: Willst du mir heiraten?«

Die Halle explodierte. Rhythmisches Stampfen setzte ein, dazu wurde gelacht und gejohlt wie beim Karneval in Köln, also sehr sinnfrei und sehr laut. Helene Fischer schaute sich Hilfe suchend um, doch da war niemand, der ihr zur Seite stand. Nicht mal Guido Cantz mit seiner versteckten Kamera war da, wenn man ihn mal brauchte. Ich beobachtete vergnügt, wie Britta Broich knapp zwei Meter entfernt hektisch in ihren bunten Karteikarten blätterte.

»Stimmt damit was nicht?«, fragte ich sie mit scheinheiligem Interesse und lachte in mich hinein.

»Was soll denn das, das steht doch so nicht im Ablaufplan? Ist das ein gescripteter Gag, von dem ich nichts weiß? Oder ein Irrer? Verdammt, wer macht denn hier die Regie? Warum greift denn da keiner ein? Wo ist denn die Security?« Eine Menge offene Fragen. Ein paar hätte ich ihr beantworten können. Katta hatte die Security-Leute zum Beispiel schon während der musikalischen Darbietung von Helene Fischer auf den verliebten Rüdiger und seinen Antrag vorbereitet.

»Alles nur ein Gag. Wenn sie gleich sehr überrascht tut, dann nur, weil sie nicht nur prima singt, sondern auch noch eine gute Schauspielerin ist!«

Und deshalb musste Helene Fischer auf der Bühne da jetzt ganz alleine durch.

»Du, Rüdiger, das finde ich wirklich sehr schön und sehr mutig von dir, weißt du«, improvisierte sie, »ich fühle mich total geschmeichelt, aber du weißt doch sicher auch, dass ich schon seit Jahren einen Freund habe?«

Rüdigers Unterlippe zitterte und bibberte.

»Es ist der Florian Silbereisen, den kennst du doch sicher auch!«, legte Helene unsicher nach.

Rüdiger machte eine trotzige Handbewegung wie einst der »Stromberg«-Ernie.

»Ach, dieser gesträhnte Warmbrauser von einem Volksmusikanten, der ist dein Freund? Ich dachte immer, der sei mit seinem Friseur zusammen?«

Helenes Lächeln wurde sparsamer. So langsam entglitt ihr die Situation ein wenig. Was wollte dieser Spacken? Rüdiger kniete immer noch vor ihr, doch angesichts seiner öffentlichen Schmach ließ er sich jetzt zur Seite abknicken, ging in die Embryonalstellung und begann, bitterlich zu schluchzen. Oder jedenfalls das zu tun, was ein mäßig begabter Schauspieler des Itzehoer Bühnenvereins für bitterliches Schluchzen *hielt*. Er hörte sich an wie eine alte Zündapp, Baujahr 72. Langkamp hatte ihn erst auf den letzten Drücker engagiert. Da durfte man keinen zweiten Robert de Niro erwarten.

Und seine Aufgabe hatte er ja trotz seiner bescheidenen Performance prima hinbekommen: Die *Scheunenherzen* waren nicht mal 15 Minuten auf Sendung und schon liefen die Social-Media-Kanäle heiß. Auf Twitter und Facebook amüsierten sich die Leute wie Bolle über den Live-Heiratsantrag dieses Gestörten in seinem Kommunionsanzug. Auf YouTube konnte man zudem auch schön das nackte Entsetzen im Gesicht von Helene Fischer erkennen, als sie sich endlich aus den Fängen von Rüdiger befreit hatte und panisch von der Bühne stob. Selbst das Saalpublikum war kaum zu beruhigen und applaudierte Rüdiger frenetisch, während er auf Anweisung von Katta von zwei Ordnungskräften aus dem Saal begleitet wurde.

Die Show hinkte dem Zeitplan schon ein paar Minuten hinterher, als wir endlich an die Reihe kamen. Zu den schmissigen Live-Klängen der *Winning-Ugly-Showband* von Bert Dremmert marschierten wir im Gänsemarsch einmal quer über die Bühne, vorneweg Britta Broich im eleganten Stechschritt der kampferprobten TV-Amazone. Ich hielt mich mit Doroda, Waltraud und Brigitte im hinteren Drittel ihres Gefolges auf – wir würden uns heute Abend schon noch früh genug in den Vordergrund drängen ... Für uns Kandidaten hatte man heute im Saal einen Fischmarkt aufgebaut, so wie man sich wohl eine maritime Marketänderei im Rest der Republik vorstellte. Ein paar mit Kunststofffischen belegte Stände, drapierte Netze, rot-weiße Rettungsringe (warum bloß?) und natürlich auch der unvermeidliche Hängegrill, auf dem ein als Kapitän verkleideter Koch Steckerlfische grillte. (Wie man für sowas *drinnen* die Erlaubnis der Feuerpolizei erhielt, war mir schleierhaft.)

Zusätzlich zu den Sechser-Tischen der Kandidaten war noch ein rustikaler, ellenlanger Holztisch aufgebaut worden, Typ: Ritter der Tafelrunde. Hier hockten die Interviewgäste der Sendung und die Honoratioren, die natürlich bei einer solchen Veranstaltung nicht fehlen durften: der Bürgermeister von Haasenbüttel etwa, Vorstände aus Vereinen, Firmenchefs der Region. Für das Saalpublikum gut sichtbar hatten sich Melzig und sein Gefolge am Kopf der illustren Tafel platziert. Das war klar, der Ehrenplatz war für Siggi, wen sonst. Was hatte er sich fein gemacht für den heutigen Festabend: schwarzer Anzug, Krawatte, teure Budapester. Wenn er doch nur ein wenig mehr Elan auf die Gestaltung seiner Frisur gelegt hätte – die Brillantine, mit der er seine fisseligen Strähnen an den kleinen Kopf geklatscht hatte, glänzte wieder bis in die letzte Ecke der Festhalle. In Melzigs Blick war nicht der geringste Schimmer eines Zweifels zu erkennen: Hier saß ein rechtschaffener Mann, der mit sich und der Welt im Reinen war. Er ahnte noch nicht, dass sein irrer Hühner-Kosmos heute noch in die Luft gejagt werden sollte.

Langkamps dritter Coup folgte perfekt getimt. Nach dem turbulenten Beginn plätscherte die Show nun schon seit Minuten brav und erwartbar vor sich hin. Britta Broich stellte noch einmal alle Kandidaten vor und ließ deren Abenteuer der letzten Wochen Revue passieren. Lustige Filmchen wurden gezeigt, in denen der witzige Winzer aus Briedel an der Mosel sich als schwitziger Schweinepriester entpuppte, der es genau einmal in der Woche für nötig hielt, sich (kurz) unter die Dusche zu stellen. Kevin hingegen, der »Schwabbel aus die Schwabenland«, wie Doroda ihn gleich zu Anfang ungnädig bezeichnet hatte, lag mit gleich zwei Vaterschaften innerhalb von acht Wochen prima im Rennen. Er hatte offenbar die wildeste Zeit seines Lebens gehabt und sich bei seinen Kandidatinnen weder entscheiden noch zurückhalten können. Immerhin hatte es *eine* von ihnen geschafft, nicht schwanger vom Hof zu reiten.

»Fortschrittliches Konzept«, lästerte Brigitte mir ins Ohr.

Albert, der grantige Gemüsebauer aus Bückeburg, war unterdessen ausgestiegen, oder man hatte ihn abserviert, das wurde nicht ganz klar. Wenn ich den kleinen Film richtig interpretierte, den man ihm hinterherwarf wie einen Fausthieb, hatte er Probleme damit gehabt, seine drei Heiratskandidatinnen nicht von morgens bis abends anzuschreien. Richtig glücklich schien nur Lopez geworden zu sein, der schöne Schafhirt aus dem bayrischen Fischbachau. Seine Zukünftige stammte aus Litauen, sprach etwa zehn Worte deutsch und wog maximal 45 Kilogramm. Ich hatte Angst, dass sie in der Mitte auseinanderbrach, wenn man ihr ein Lamm auf den Schoß setzte, doch Doroda war da nicht in Sorge: »Sind sich zäh, Frauen aus Vilnius!«

Wo die Weisheit hinfiel …

Aber wer war ich, dass ich mich über unsere polnische Nacktzweckwaffe lustig machte. Als wir vier endlich an der Reihe waren und der etwa fünfminütige Filmbeitrag gelaufen war, der unsere gemeinsamen Wochen im Klöterkamp in den schillerndsten Farben zeigte, folgte ihr großer Auftritt. Britta Broich erkundigte sich scheinheilig, wie nah sie denn mir, dem soliden Selbstversorger Alvy, in den letzten Wochen gekommen sei. Man habe da ja in den Zeitungen der Republik die ein oder andere pikante Geschichte lesen können.

»Hast du Bilder in Schmierezeitung gesehen, weißt du doch alles!«, berichtete Doroda freimütig. »Ist sich doch auch hibscher Kerl, Alvy, oder?«

Ich hatte Doroda vor der Sendung noch einmal bekniet, sie möge das mit unserer vermeintlichen Affäre vor der Kamera jetzt endlich richtigstellen, doch weder Doroda noch ihr Boss Langkamp hielten das für nötig. Ich verstand es nicht. Warum war es den beiden so wichtig, dass Doroda und ich ganz offiziell eine Affäre gehabt hatten? Derweil rätselte Britta Broich wohl noch darüber, ob ich tatsächlich so ein »hibscher Kerl« sei. Sie schien da nicht so überzeugt, das konnte ich ihr ansehen. Aber sie hatte ohnehin nicht viel Zeit, um sich darüber Gedanken zu machen, denn jetzt übernahm Doroda ungefragt ihr Mikro.

»Weißt du, wollte ich schon immer mal in Fernsehen auftreten«, ließ sie Britta Broich und ein paar Millionen Zuschauer am Fernseher wissen, »aber nicht bloß so sitzen an Tisch und quatschen machen.«

»Aha?«, antwortete die blondeste aller Moderatorinnen. »Was schwebt Ihnen denn da alternativ so vor?«

»Is sich leicht«, antwortete Doroda, »hat Kollega in Regie auch schon bereitet für mich!«

Neben ihr auf der großen Bühne begannen wie auf ein Stichwort einige von Langkamps Helferlein damit, eine ziemlich lange, glänzende Stange im Boden zu verankern. Britta Broich blätterte schon wieder hektisch in ihren vorbereiteten Papieren. Da konnte sie lange suchen: Der nächste Programmpunkt stand genauso wenig auf ihrem Ablaufskript wie vorhin Galan Rüdiger. Doroda sagte sich der Einfachheit halber gleich selbst an: »Jetzt kommt

Doroda Nowak tanzen an Stangge, viel Vergnügen, Deutscheland!«

Britta Broich blieb der Mund offen stehen, und vermutlich einigen anderen Damen und Herren ebenfalls, die sich um den Verfall der Sitten im deutschen Fernsehen sorgten. Doroda stöckelte auf ihre unnachahmliche Art auf die Bühne. Das Licht im Saal wurde gedimmt, nur ein paar bunte Strahler an der Decke leuchteten ein Quadrat von der Größe eines Boxringes in bläulichem Neonnebel aus. Die ersten Töne der Musik erklangen, eine süßliche Orgelwand. Sofort erhob sich erwartungsvoller, brausender Beifall in der Halle. »*Je t'aime … moi non plus*« von Serge Gainsbourg und Jane Birkin. Langkamp bohrte heute Abend ein dickes Brett, das war klar.

Doroda ruckte zweimal an ihrem rosa Wickelkleid und stand in der nächsten Sekunde schon in Slip, Strapsen und BH an der Stange. Die Meute im Saal fauchte wie ein hungriger Puma. Hier wurde jetzt aber wirklich mal Dopamin vergeudet, Julia Engelmann wäre stolz auf das Haasenbütteler Saalpublikum gewesen. Die nächsten 4:23 Minuten schmiegte, stieß und schubberte Doroda sich zunehmend unbekleideter an der polierten Guss-Stange und war schließlich in den letzten 30 Sekunden ihrer – durchaus sportlichen – Darbietung so nackt, wie der liebe Gott sie erschaffen hatte.

»Wasserstandsmeldung?«

Ich hatte nur fünf Minuten Zeit, bis ich wieder auf meinem Platz auf dem Fernseh-Fischmarkt erwartet wurde, doch ich musste wissen, was in der Zwischenzeit im Regieraum von Langkamp los gewesen war. Auf den Monitoren konnte ich unseren zweiten musikalischen Gast Jürgen Drews dabei beobachten, wie er in Haasenbüttel vom Bett im Kornfeld sang. Der König von Mallorca als Stargast bei der Bauernhochzeit: Da hatte sich die

ARD ja mal wieder selbst übertroffen. Langkamp kommandierte knapp.

»Truck, bring den Stift auf Stand.«

»Wir sind mit sechs Millionen eingestiegen, sind dann von über 7,2 Millionen wieder auf 6,8 runter, aber seitdem die Else sich nackig gemacht hat, konstant bei 8,7 Mio.«

»Reicht das?«

»Wenn wir die 8 Millionen halten, ja«, antwortete Langkamp.

»*Können* wir die halten?«

»Nicht allein mit den Zeitungen. Wir brauchen den Film.«

»Wie weit sind die Kids denn mit dem Schnitt?«

Langkamp zuckte mit den Schultern.

»Dreiviertel Stunde brauchen sie noch.«

»Wann ist Melzig dran?«

Langkamp checkte den Ablaufplan und schaute auf die Uhr.

»In etwa 30 Minuten?«

»Das wird knapp.«

»Wir müssen diesen Käse mit der Bauernwahl verlängern, Stift, kriegst du das hin?«

»Nur wenn unsere Moderatorin dabei mitmacht. Ich habe den Eindruck, die will das hier nur noch schnell über die Bühne bringen, das ist ihr alles ein wenig unheimlich.«

Ich wollte schon wieder auf meinen Platz zurück, da deutete Langkamp auf die Armada von blinkenden Telefonen auf seinem Pult. Mobilbox-Alarm auf den Smartphones von ihm selbst, von Katta und von Truck. Er wusste schon, warum er die Handys seiner Crew eingesammelt hatte.

»Sieht so aus, als ob die Büfffel beim Sender so langsam nervös werden ...«

Das würde eine enge Kiste. Britta Broich hielt sich nicht an Langkamps Ansagen, die er ihr aus der Regie auf den Knopf in ihrem

Ohr gelegt hatte. Statt sich länger mit den Kandidaten zu unterhalten, war Britta Broich durch die Interviews mit ihnen gehetzt, als müsse sie einen Bus kriegen. Die drei Landwirte, die vor mir ins Rennen gingen, hatte alle ihre Wahl getroffen: Ingo, der Winzer von der Mosel, ging wieder als Single nach Hause, genauso übrigens wie auch Kevin, der »Schwabbel aus dem Schwabenland«. Er hatte sich für ein ruhiges Haus und einen guten Schlaf entschieden, wie er sagte – und für Alimente im Doppelpack. Lopez aus Fischbachau hingegen wählte Muschka aus Litauen und lud uns im Überschwang der Gefühle auch gleich alle zur Trauung nach Bad Aibling ein. Danach war ich an der Reihe. Obwohl ich mit dem fiesesten Repertoire eines italienischen Verteidigers auf Zeit spielte, hebelte Britta Broich all meine Tricks gnadenlos aus. Es dauerte nicht mal drei Minuten, dann war offiziell klar: Ich würde zukünftig weder mit Waltraud noch mit Doroda im Klöterkamp zusammenleben. In meiner Verzweiflung brachte ich sogar meine vermeintliche Ex-Frau ins Spiel und erzählte umständlich davon, wie sehr ich auf eine zweite Chance hoffte. Doch Britta Broich unterbrach mein Gefasel mit der Bemerkung, dass sich meine Partnerin sicher schon ganz doll darauf freuen würde, im gemeinsamen Gemach noch auf Spuren meiner Exkursion nach Polen zu stoßen. So langsam konnte einen wirklich das Gefühl beschleichen, dass Britta Broich mich nicht sonderlich mochte.

Kurz vor 22 Uhr. Die *Scheunenherzen* hatten bereits um 15 Minuten überzogen. Es liefen schon die üblichen Bauchbinden durchs Bild: *Die nachfolgenden Sendungen verschieben sich um einige Minuten!* Das war früher nur Thomas Gottschalk vorbehalten gewesen. So ändern sich die Zeiten. Vor dem großen musikalischen Finale, das heute in Haasenbüttel von niemand Jüngerem als Nena bestritten werden sollte, stand noch das Gespräch mit

Melzig auf dem Plan. Der Kretin hatte darauf bestanden, erst gegen Ende der Show interviewt zu werden. Jürgen Drews hatte dem Saalpublikum mit seinen Gassenhauern zwar wieder etwas Leben eingehaucht, doch allzu energetisch war die Stimmung in Haasenbüttel nicht mehr. Die Bowle hatte doch einige der braven Landmänner im Saal nach der ersten Euphorie im Stuhl zusammensacken lassen. Noch schnarchte niemand, aber wenn man mich fragte: Das war nur noch eine Frage der Zeit.

Auch Britta Broich hatte das bemerkt und hegte nicht viel Hoffnung, dass ausgerechnet ein Gespräch mit einem Hühnerzüchter das Ruder noch einmal herumreißen würde. In dieser Hinsicht aber lag sie völlig falsch. In den ersten zwei Minuten des Interviews sprach Melzig wieder über seine Rolle als größter Steuerzahler Haasenbüttels und wie harmonisch seine wirtschaftliche Potenz mit seiner Berufung als Tierfreund und ökologisch nachhaltig arbeitender Unternehmer in Einklang zu bringen sei. Der Mann glühte mit rotem Kopf wie ein Ceranfeld vor Freude über sich selbst und seine Leistungen.

»Mein Hof in Haasenbüttel ist ein Musterbetrieb!«, sprach er ins Mikrophon. »Und ich möchte mich noch einmal ausdrücklich beim Bioverband Heisterbrunnheim-Holstein bedanken. Durch die Zertifizierung meines Unternehmens als ökologischer Premium-Geflügelhof ist hier für die Region ein wirtschaftlicher Leuchtturm implementiert worden, der seinesgleichen sucht und noch für viel Freude sorgen wird ... *ähm* ... in der Bevölkerung. Mit meinem Sponsoring dieser wunderbaren *Scheunenherzen*-Show möchte ich ein wenig an alle Haasenbütteler und ganz allgemein an die schleswig-holsteinische Bevölkerung zurückgeben.« Die drei Vorstandsfritzen des Verbands, die heute Abend an Melzigs Tafel saßen und die ich zuletzt beim Ringelpietz in der Deichdiele gesehen hatte, lächelten gebauchpinselt in die Kamera. Meine Güte, Melzig machte es einfach keine Nummer kleiner ... Dabei hatte die Frage, die Britta Broich ihm zum Auftakt gestellt hatte, nur ganz schlicht gelautet: »Wie hat Ihnen der Abend bislang gefallen?«

Aus den Augenwinkeln nahm ich wahr, dass sich an den Ausgängen der Festhalle Unruhe ausbreitete. Türen wurden auf- und zugeschlagen, Annas Waldorfschüler schwärmten aus, schleppten stapelweise Zeitungen in die Halle. Systematisch begannen sie damit, sie im Saal an das Publikum zu verteilen, Sitzreihe um Sitzreihe. Kliemanns Heimatgazette mit meiner Skandalgeschichte ... Endlich. Ich atmete auf. Das war das Signal. Offenbar war der Filmbeitrag von Slomo, Jackie und Marie gerade noch rechtzeitig fertig geworden. Es war abgesprochen, dass die Zeitungen nur verteilt wurden, wenn wir in der Sendung auch einen kleinen Filmbeitrag dazu zeigen konnten, der die in der Zeitung veröffentlichten Vorwürfe bestätigen würde.

Offenbar hatten Slomo, Jackie und Marie ganze Arbeit geleistet. Ich war gespannt, was ich gleich zu sehen bekommen würde ... Britta Broich war unterdessen froh, den zähen Redeschwall ihres eifrigen Gesprächspartners für einen Moment unterbrechen zu dürfen.

»Meine sehr geehrten Damen und Herren«, moderierte sie den letzten Filmbeitrag für heute Abend an, »wir haben uns für Sie zu Hause auf die Spuren des GluckenGlücks-Gründers Siegfried Melzig gesetzt und haben seine Firma einmal etwas genauer unter die Lupe genommen.«

Wenn die wüsste, wie sehr das zutraf ... Der Beitrag startete mit dem Logo des GluckenGlück-Hofes. Ich beobachtete unseren Hühnerbaron Melzig genau, als die ersten Bilder über die große Leinwand der Halle flimmerten. Er hatte schon das Getuschel auf den Rängen irritiert zur Kenntnis genommen und registriert, dass die Hälfte des Saalpublikums abwechselnd dabei war, die Sonntagsausgabe seiner Heimatzeitung zu studieren und zu ihm hinüberzustarren. Dann passierte Folgendes: Auf der Leinwand tauchte ein Firmenschild an einer Fabrikwand auf: *Drob*

Podworko SM Raciborz war darauf zu lesen. Anschließend zog die Kamera auf und gab den Blick frei auf zwei riesige Werkshallen auf einem freien Feld. Die Lichtverhältnisse ließen darauf schließen, dass die Bilder sehr früh am Morgen aufgenommen worden waren. Slomo kam ins Bild und zog das Rolltor einer Halle zusammen mit zwei Männern auf, die ich noch nie gesehen hatte. Vermutlich befreundete Aktivisten, diese Tierschützer waren untereinander ja bekanntlich sehr gut vernetzt. Die Kamera wurde nun ein paar Schritte in die Halle hineingetragen, allerdings nur einige Meter, weil nicht mehr Platz zur Verfügung stand: Die Halle war ausgefüllt mit tausenden und abertausenden Hühnern, die zum Teil mehrlagig aufeinanderhockten oder bereits tot am Boden lagen. Viele der Tiere hingen in den grobmaschigen, mit Exkrementen beklebten Drahtgittern fest, auf denen sie standen. Einen festen Boden gab es hier genauso wenig für die Tiere wie die Möglichkeit, sich auch nur 10 Zentimeter nach vorn, nach hinten oder zur Seite zu bewegen. Der Lärm war infernalisch. In der Haasenbütteler Festhalle stöhnten die Menschen entsetzt auf, sobald sie erkannten, was da auf dem Monitor der Festhalle zu sehen war.

Die nächsten Szenen zeigten eine der Kühlkammern des Hofes. Die Kamera ging nah auf die bereits zur Abholung präparierten Kisten mit Tiefkühlhühnern. Das Logo und die grüne Schärpe waren gut zu erkennen. Das kannte ich ja nun alles schon von meinen erbeuteten GluckenGlück-Banderolen. Unverkennbar, alles war da: die grüne Schärpe mit der Aufschrift *BIO-HOF HAASENBÜTTEL*, klein darunter: *Aus frei laufender Bodenhaltung*. Und auch das Verbandssiegel des Bioverbandes Heisterbrunnheim-Holstein durfte nicht fehlen. Melzig saß unterdessen wie ausgestopft auf seinem Platz und bewegte sich nicht. Von Ceranfeld-Rot war seine Gesichtsfarbe inzwischen ins Grünlich-Graue gewechselt. Er redete kein Wort, schaute seine Tischnachbarn nicht an, er schien nicht einmal mehr zu atmen. Er starrte nur auf die Leinwand im Saal.

Dort kam nun Doc Wimmer ins Bild. Er stellte sich umständlich für ein Statement mittig vor die Kamera. Unter seinem Konterfei war zu lesen: Dr. Ferdinand Wimmer, Bauernverband Westholstein.

»Nachdem wir vor einigen Tagen einem hinreichenden ... *ähm* ... Verdachtsmoment entsprechend eine Untersuchung eingeleitet haben«, radebrechte sich der gute Ferdi konfus wie eh und je durch seinen Text, »müssen wir feststellen, dass sich der Verdacht gegenüber der Firma *Drob Podworko SM Raciborz* erhärtet hat, insofern, dass es sich hierbei um eine systematische Zertifikatserschleichung dergestalt handelt, dass die Firma *Drob Podworko SM Raciborz* große Mengen ihrer produzierten Hühner mit einem Siegel des Geflügelhofes GluckenGlück aus Haasenbüttel bedacht hat, was ... *ähm* ... eine illegale Vorgehensweise darstellt. Aus ordnungshygienischen Gründen und weil nachweislich in dem betreffenden Hof Verstöße gegen tierschutzrechtliche Bestimmungen zu verzeichnen waren, wurde der Geflügelhof in Zusammenarbeit mit der EU und den polnischen Behörden ähm ... geschlossen.«

Meine Güte, der Mann musste Höllenqualen ausstehen, wenn er gezwungen war, öffentlich zu reden. In der Haasenbütteler Festhalle war es totenstill geworden.

Nur Nenas nölige Stimme war schon von der Bühne zu hören, weil irgendjemand – vermutlich Katta – vergessen hatte, das Bühnenmikro zu schließen.

»Ey, das flasht jetzt aber nicht, was ist denn hier los, da komm ich aber jetzt echt übel drauf, unter diesen Umständen kann ich hier aber nicht easy peasy auftreten, Leute, ey, das versteht ihr doch, hier drin sind gar keine so guten Vibes in the moment!« Niemand in der Halle nahm die zeternde Altrockerin zur Kenntnis. Es war ja auch viel spannender, diesem Doktor zuzuhören. Ferdi stand immer noch vor der Kamera und holte einen neuen Anlauf.

»Ich kann bestätigen, dass es sich beim Besitzer des *Drob Podworko SM Raciborz* ähm ... also dass der Eigner von Glucken-Glück Haasenbüttel und diesem Hof ... also identisch sind. Es handelt sich in beiden Fällen um Siegfried Melzig, das ist ... *ähm* ... richtig.«

Das war das Stichwort. Die Türen zum Haupteingang der Halle öffneten sich, ein Kommissar in Zivil und vier uniformierte Polizisten betraten die Halle und bewegten sich zielstrebig und synchron auf Melzigs Tisch zu. Die Jungs hatten es echt drauf, ihren Auftritt zu zelebrieren. Ich fragte mich, wie Langkamp und seine Crew es geschafft hatte, die offiziellen Herren so lange vor der Halle zu beschäftigen, bis der Film unserer drei Tierschutzaktivisten Slomo, Jackie und Marie aus Hamburg versendet worden war. Als Siggi Melzig die fünf Ordnungshüter erkannte, erwachte er aus seiner Schockstarre. Er stand langsam auf, schüttelte sich kurz, atmete tief durch und ging den Herren langsam entgegen. Der Zivilpolizist nickte ihm bloß zu und drehte sich um, die vier Uniformierten nahmen Melzig in die Mitte, fassten ihn aber nicht an. Das wäre wohl auch etwas zuuu dramatisch gewesen für diesen Abtransport eines alten, grauen Mannes mit einer schlechten Frisuridee.

Zuerst waren es nur ein paar Leute, doch bevor Melzig den Ausgang seiner eigenen Halle erreicht hatte, buhte und pfiff ihn fast das komplette Publikum so entrüstet aus, dass man sein eigenes Wort nicht mehr verstand. Ich konnte es nicht genau erkennen, aber ich glaube, dass Siggi Melzig die Augen geschlossen hielt, als er aus der Halle trat. Langkamp hatte gar nicht mehr darauf gewartet, dass Britta Broich sich noch einmal fasste und den geplanten letzten Music-Act ansagte. Er hatte einfach den Abspann eingespielt. Die *Scheunenherzen* hatten ohnehin schon ordentlich überzogen. Außerdem wollte er mit den acht Millionen aus der Sendung rausgehen, die zuletzt zugesehen hatten, bevor Nena noch die Hälfte des Publikums mit ihrem Liedchen von den Luftballons einschläferte. Ich spürte, wie Anna sich von hinten an mich lehnte und meine Hand nahm. »Lass uns nach Hause gehen«, sagte sie so beiläufig, als kämen wir gerade aus dem Kino. Und so fühlte es sich auch an, wenn ich ehrlich war.

The End?

Nicht ganz.

Epilog

Ein halbes Jahr nach dem legendären Finale der *Scheunenherzen* ist in Haasenbüttel wieder Ruhe eingekehrt. Dass hier mal ein paar TV-Fritzen den Sommer des Wahnsinns starteten – und ich mittendrin statt nur dabei war –, ist längst Geschichte. Momentan wird eine ganz andere Sau durchs Land getrieben. Irgendwer von uns in Schleswig-Holstein hat bei der Glückslotterie 11 Millionen Euro gewonnen. So weit lässt sich das zurückverfolgen. Das Dumme bei diesem Wintermärchen: Der Gewinner meldet sich nicht. Offenbar findet dieser Idiot sein Los nicht wieder oder hat keine Ahnung mehr, dass er überhaupt mal ein Los gekauft hat. Jedenfalls bleiben jetzt noch zwei Monate Zeit, um sich bei der Glückslotterie-Zentrale zu melden und das Los vorzulegen. Sonst verfällt der Gewinn und wird im Sommer bei einer Extra-Ziehung in den Jackpot gesteckt. Sachen gibt's, da kann man nur mit dem Kopf schütteln. Anna und ich leben jetzt wieder zusammen und arbeiten an unseren Träumen. Jeden Tag, jede Nacht. So wie alle anderen, die in Haasenbüttel diesen denkwürdigen Sommer 2014 miteinander erlebten …

Siggi Melzig wurde nach vier Monaten in Untersuchungshaft gegen eine Kaution von 100 000 Euro auf freien Fuß gesetzt und gerade erst vor dem Elmshorner Amtsgericht zu zwei Jahren Gefängnis verurteilt. Allerdings nur auf Bewährung. In Haasenbüttel ist er seitdem nicht wieder gesehen worden. Angeblich lebt er irgendwo in der Nähe von Kattowitz in Polen und soll dort zusammen mit einer gewissen **Olga Lato** einen SM-Schuppen führen. Hat Andrea recherchiert, unser schwuler Nachbar. Melzigs schicken Alibi-Geflügelhof in Haasenbüttel leitet nun – nach einer legendären Blitz-Scheidung – seine Ex-Frau Isa. Wenn sie geschäftlichen Rat benötigt, kann sie sich natürlich jederzeit an Bengt wenden.

Waltraud ist nach dem Abschluss der *Scheunenherzen* auf den Lindenhof gezogen und kümmert sich dort um Holsten, Astra und all die anderen Leihtiere, die nicht bei uns im Klöterkamp bleiben konnten. Sie hat inzwischen fast 25 Kilo abgespeckt und joggt neuerdings jeden dritten Tag in moderatem Tempo mit der Dogge Wilhelm und den beiden Alpakas Hilde und Finch einmal um den Lindenhof. Angeblich soll sie sich neulich bei Bengt erkundigt haben, ob eine Reise nach Bulgarien eigentlich gefährlich sei.

Grütze hat Cosima, das intelligenteste Huhn Deutschlands, mit Annas PR-Hilfe so populär gemacht, dass es sogar als Gast in die Fernsehshow »Let's Dance« eingeladen wurde. Leider kam es bei Cosimas Rücktransport vom Sender nach Haasenbüttel zu einem tragischen Missverständnis. Mit Bengts Hilfe hat Grütze inzwischen einen auf Tierrecht spezialisierten Anwalt gefunden, der das Catering-Unternehmen des Senders auf Schadensersatz verklagen wird. Angeblich hat Grütze aber schon wieder ein neues Projekt im Auge. Wenn ich Anna richtig verstanden habe, will er die Deichdiele restaurieren und aus ihr ein modernes Musical-Bauerntheater machen, mit zwei Vorstellungen wöchentlich jeweils freitags und samstags. In der ersten Saison sei eine norddeutsche Adaption von »Games of Thrones« im Gespräch.

Brigitte hat ihr Haus in Düsseldorf-Oberkassel verkauft und sich vom Erlös eine kleine Finca mit Pool auf Mallorca geleistet, wo sie die Unterhaltsschecks ihres inzwischen wieder allein stehenden Ex-Mannes mit einem Spanier namens Carlos verjubelt, hauptsächlich mit gutem Wein und einer Menge Hühnchen auf dem Teller. Sie genießt das Leben und trägt wieder Kleidergröße 44. Im Frühling fliegen Waltraud und Doroda für zwei Wochen zu ihr.

Langkamp bereitet momentan die nächste Staffel der *Scheunenherzen* vor, für die er auch schon wieder einen potenten Hauptsponsor gefunden hat: Es handelt sich um einen Autoreifen-Hersteller aus Hessen, der sein Produkt hauptsächlich mit ziemlich unbekleideten Frauen in Hochglanz-Kalendern bewirbt. Auf dem aktuellen Titel ist **Doroda Nowak** zu sehen, mit Stiefeln, Reifen und einem Gürtel, das war's. Sie lebt inzwischen in Langkamps Penthouse in Berlin-Schöneberg, zusammen mit ihrer Mutter und ihrem kleinen Sohn sowie zwei polnischen Männern, von denen Langkamp nicht so genau verstanden hat, ob sie nun ihre Halbbrüder, Cousins oder Neffen sind.

Kliemann ist durch seinen Coup mit der Melzig-Enthüllung in die Mantelredaktion seiner Zeitung befördert worden, nachdem ihm der »Wächter-Preis« der Region Steinfurt in der Sparte »investigativer Journalismus« zuerkannt worden war. Seit Wochen ist Kliemann nun schon offiziell an einem »ganz heißen Ding« dran, was ihm als Vorwand dient, ganze Tage im *Silbersack* auf St. Pauli an der Theke, statt in seinem neuen Büro in der Hafen City zu hocken. Bleibt eigentlich nur die Frage, ob sich Kliemann so lange bei der Zeitung halten kann, bis er seinen Führerschein zurückbekommt und wieder als Taxifahrer arbeiten kann. Mit Bengts

Hilfe hat er jedenfalls schon mal den Idiotentest bestanden und darf auch seinen Personenbeförderungsschein behalten.

Eumel alias **Elmar** verschwand gruß- und spurlos schon am Tag, nachdem die Deichdiele im Zuge der Ermittlungen um Melzigs krumme Geschichten von Amts wegen geschlossen wurde. Grütze erhielt erst wieder ein Lebenszeichen von ihm, als ein Anwalt aus Lüneburg sich bei ihm meldete und ihm mitteilte, dass sein jüngerer Bruder beim Versuch, in eine Tierhandlung in Wendisch-Evern einzubrechen, von einer Schlange gebissen und anschließend ohnmächtig festgenommen worden sei. Die Verhandlung ist in sechs Wochen, doch niemand rechnet damit, dass Elmar mit weniger als einem Jahr Staatsunterbringung davonkommt, auch wenn Bengt ihm nach Absprache mit Grütze schon mal vorsorglich einen Platz in einer therapeutischen Veganer-WG in Sparrieshoop besorgt hat. Nur für den Fall, dass er mit einer Bewährung davonkommt.

Käthe Obgenoth hat ihren Laden nicht wieder aufgemacht. In Haasenbüttel macht man mich und die *Scheunenherzen* dafür verantwortlich, dass es ihren köstlichen Lappen nur noch gelegentlich im Fernsehen als Voice-Datei auf dem Buzzer von Stefan Raab gibt, was mich in der Regel zu peinlichen Rechtfertigungen und Entschuldigungen zwingt. Aber wirklich verantwortlich ist natürlich Bengt, der Käthe und ihrer Sippe ein großzügiges Angebot für die halb verfallene Villa mit dem herrlichen Garten gemacht hatte, noch während unsere Staffel der *Scheunenherzen* lief. Käthe nämlich war der Überraschungsgast auf unserem Abschiedsabend im Klöterkamp gewesen, und sie hatte damals sogar ein paar Worte mit uns gesprochen und gelächelt. Heute wissen wir, wieso: Vermutlich war sie froh, dass sie nie wieder in ihren düsteren Ladenraum zurückmusste. Bengt hat schon ein paar

Männer aus der Gegend rekrutiert, die sich – mit uns zusammen – um die Restauration der alten Villa kümmern. Im nächsten Frühjahr soll darin ein Land-Café eröffnen …

Womit wir bei dem Traum wären, an dem **Anna und ich** jeden *Tag* arbeiten. Bengt hat uns Käthes altes Haus verpachtet, zu einem fairen Tarif, erst mal für fünf Jahre. Am 1. Mai werden wir dort die *Haasenbütteler Landpartie* eröffnen: selbstgemachtes Brot, prima Kaffee und natürlich ein kleiner Biergarten, in dem an Wochenenden Live-Musik gespielt wird. (Es werden sich ja wohl ein paar Klampfer und Saxophonbläser finden, denen wir kein Vermögen dafür bezahlen müssen, dass sie bei uns öffentlich üben dürfen …)

Wir machen uns allerdings nichts vor. Unsere einzige Hoffnung, so ein Café ohne Erfahrung in der Gastronomie über den Berg zu bringen, sind die Lappen von Käthe Obgenoth. (Obwohl Doroda schon angeboten hat, bei Bedarf auch gern mal an der Stange zu tanzen …)

Bengt hatte beim Kauf von Käthes Ruine eine Bedingung gestellt: Er würde es nur zusammen mit dem Geheimrezept für ihren Kuchen nehmen. Tatsächlich war das aber überhaupt kein Problem gewesen. Käthe war froh, dass sie nach Jahrzehnten in der Backstube endlich in den Ruhestand gehen konnte – sie hat Anna und mir sogar versprochen, ihr bei den ersten Versuchen am Ofen zur Seite zu stehen. Käthe! Und da sage noch einer, dass die Welt nicht voller Wunder sei.

Was den Traum angeht, an dem Anna und ich in der *Nacht* arbeiten, da würde ich sagen: DAS GEHT SIE ÜBERHAUPT NICHTS AN! Nur so viel: läuft.

Im Radio ist gerade wieder ein Moderator damit beschäftigt, die Schleswig-Holsteiner Bevölkerung in Aufregung zu versetzen: »Schauen Sie doch einmal nach, ob Sie nicht zufällig ein Los der

Glückslotterie in Ihren Sachen verdaddelt haben«, sagt der Mann mit hörbarer Verzweiflung in der Stimme, »es geht schließlich um 11 Millionen Euro.« Ich muss in mich hineinlachen. 11 Millionen Euro. Davon könnte man eine Menge an seine Freunde verteilen und trotzdem noch viel Quatsch mit machen. Das wäre mal eine Geschichte. (Später vielleicht.) Anna drückt mir den Parkettschleifer in die Hand, mit dem ich unserer neuen Gaststube auf den Pelz rücken soll.

»Du kannst auch träumen, *während* du arbeitest!«, sagt sie und stellt noch eine kurze, beiläufige Frage. Im nächsten Moment pumpt schon zum zweiten Mal in diesem Jahr gleißender Stahl durch meine Adern. Ich muss mich mal erkundigen, ob so etwas eigentlich gesund ist. Annas Frage lautete: »Sag mal, Alvy, was hast du eigentlich mit dem Los der Glückslotterie gemacht, das ich dir damals zum Abschied geschenkt hatte?«

The End?

Schauen wir mal.

Danksagung

Zuerst einmal möchte und muss ich mich ausdrücklich bei all meinen Nachbarn bedanken, die unser merkwürdiges Leben in »Haasenbüttel« mit amüsierter Nachsicht begleiten und uns über die Jahre das Gefühl gegeben haben, am richtigen Ort zu leben: Gerti und Hans, Petra und Gerd, Svenja, Imme und Fabian, Esther und Thomas, Dieter und Margret, Rosi und Krilli, Kathrin und Nils, Iska und Strüwi, Katharina, Britta, Kathrin und Torsten, Ellen und Angela und überhaupt alle, die nicht gleich umdrehen, wenn wir ihnen in albernen Designer-Gummistiefeln auf der Straße begegnen. (Aber Leute, echt jetzt: Zieht nicht immer gleich die Schuhe aus, wenn ihr mal kurz in die Stube kommt!)

Vielen Dank auch bei meiner Lektorin I Friederike Achilles vom Lübbe Verlag, die zusammen mit Viola Krauß (danke auch dir) eine Fortsetzung des »Gummistiefelgefühls« auf den Weg brachte und die so clever war, sich auf eine Weltreise zu verabschieden, nachdem ich den Abgabetermin des Manuskripts bereits um neun (!) Monate überzogen hatte. Leidtragende in dieser Sache wurde dann meine *Scheunenherzen*-Lektorin II Bettina Steinhage, die klaglos übernahm und der ich ausdrücklich für ihre konstruktiven, umfassenden und klaren Ansagen zu meinem Text danken möchte.

Schließlich danke ich meiner Frau Sabine für ihre Geduld und die nie erlahmende Bereitschaft, mir als Erstleserin und Sonderpädagogin zur Seite zu stehen. Ohne dich wär's eng geworden.